Maria Knissel

Spring!

Maria Knissel

Spring!

Roman

SOCIETÄTS
VERLAG

Satz: Julia Desch, Societäts-Verlag
Umschlaggestaltung: Julia Desch, Societäts-Verlag
Umschlagsabbildung: © andreiuc88 - Fotolia.com
Grafik Innenteil: © lesniewski - Fotolia.com
Druck und Verarbeitung: CPI – Ebner & Spiegel, Ulm
Printed in Germany 2015

ISBN 978-3-95542-144-1

Für meine Töchter
Mareike und Sarah

Erster Teil

Der Moment vor dem Sprung entscheidet. Der Film in deinem Kopf: Anlauf, Radwende, Absprung, deine Hände auf dem Leder, dein Körper in der Luft, doppelte Drehung, deine Füße auf der Matte, steh!

Dunkelheit schob sich in die Halle, Wind begann an den Fenstern zu zerren, und Sekunden später kam der Sturzregen ohne weitere Vorwarnung. Mit solcher Wucht prügelte er auf das Dach ein, dass die Mädchen sich duckten und auf der Matte zusammenrückten. Nur Mascha löste sich aus dem Pulk. Sie kam auf mich zu, wollte mir etwas mitteilen, etwas Wichtiges, Dringendes, ihre Lippen bewegten sich, aber erst als sie ganz nah war, drang ihre Stimme durch das Dröhnen des Regens zu mir durch. „Frau Maifert! Schnell!"

Meine Beine waren wie aus Holz, die Brust in der Zange. Alle Kraft musste ich zusammennehmen, um Mascha zu folgen. In der Umkleide spritzte das Wasser aus der undichten Stelle im Dach in den darunter platzierten Eimer wie aus einem kaputten Wasserhahn. Mascha war schon wieder hinausgelaufen, kam mit einem zweiten Eimer zurück, griff den vollen und hielt ihn mir entgegen. „Schnell!" Sie drückte mir den Drahthenkel in die Hand. Er schnitt in meine Finger. Ich musste es ausschütten, das Wasser. Den leeren Eimer zurückbringen. Den vollen wieder nehmen und ausschütten. Aber als ich die Tür zur Toilette öffnete, gurgelte es in der Kloschüssel und das Wasser kräuselte sich. Ich schloss den Deckel und setzte mich darauf, als könnte ich so verhindern, dass es aus dem Kanal nach oben drückte. „Frau Maifert?" Maschas Stimme war schrill. Ihr T-Shirt voller Sprenkel. Schweiß, dachte ich, dabei wusste ich es besser, und im selben Moment sagte sie schon: „In der Halle regnet's auch durch!"

Später, als sich der Wolkenbruch in einen dünnen Frühlingsregen verwandelt hatte, schickte ich die Mädchen nach Hause. Natürlich war mir klar, dass die Eltern Ärger machen würden. In der vergangenen Woche erst hatten wieder zwei Mütter ihre Töchter abgemeldet.

Mascha war noch geblieben, hatte die Weichbodenmatte an die Stelle in der Halle gezerrt, wo der Regen auf das Parkett tropfte, und sich, als das Wasser an den Rändern herunterlief, mitten draufgesetzt, um eine Vertiefung zu schaffen, in der es sich sammeln konnte. Dünn und frierend saß sie in der Mulde.

„Geh du auch nach Hause.“ Das Sprechen kostete mich ungeheure Anstrengung, dabei müsste ich viel mehr tun. Lappen holen, das Wasser aufwischen, mich um das Dach kümmern.

„Aber dann wird hier alles nass!“

„Geh nach Hause und nimm ein Bad, Mascha, bitte. Sonst wirst du krank.“

Zögernd stand das Mädchen auf, Wasser schwappte auf den Boden. In der Tür drehte sie sich noch einmal um. Ihr Pferdeschwanz hatte sich gelöst, das Haar klebte dunkel an ihren Wangen. „Soll ich nicht doch besser bei Ihnen bleiben?“

Ich versuchte ein Lächeln, es misslang, ich hätte gern Danke gesagt, auch das bekam ich nicht hin, und ich schüttelte nur den Kopf und sah Mascha nicht ins Gesicht, um die Enttäuschung darin nicht sehen zu müssen.

Lange nach dem Schlagen der Tür setzte ich mich auf den Rand der Matte. Das Wasser aus Maschas Kuhle floss zu mir herüber und drang durch die Hose hindurch an meine Haut. Vorbei. Die Rechnungen nicht mehr zu bezahlen. Das Dach nicht dicht zu bekommen ohne Geld. Die Heizung, die nie ausreichte, die Nägel, die es immer wieder aus dem spröden Parkett trieb, die Eingangstür, in der das Glas im brüchigen Kitt schepperte, das kaputte Auto: Die Liste war lang, und wenn ich vorn einen Posten wegstrich, kamen hinten drei dazu.

Ich stand auf, ging ein paar Schritte. Meine Beine fühlten sich immer noch an, als gehörten sie nicht zu mir. Ich begann zu laufen, fühlte, wie das Blut wieder anfing zu fließen, wurde schneller, wollte das dicke Gefühl in meinem Kopf wegrennen, aber die Halle war zu klein dafür, überall Wände, die mich aufhielten. Ich rannte durch die Mitte, machte eine Pirouette, noch eine, einen Spagatsprung, Ringsprung, Hockbücksprung, ein Rad und stand schon wieder vor einer Wand. Aber jetzt, als ich mich umdrehte, lag die ganze Diagonale vor mir. Konzentrieren. Anlauf, Flickflack, Schmetterling, Salto, Aufkommen, die hellen Rufe der anderen: „Steh!" Die Arme hochrecken, das Enden der Musik, die Sekunde, bevor der Applaus zu mir durchdringt...

Ich blickte auf die Frau vor mir: fast vierzig, in einer nassen Trainingshose, verzerrt durch die Spiegelfolie, die auf der Wand aufgeklebt war. Zu dick. Ich wusste, dass ich es nicht war, das alte Thema. Immerhin musste ich keine knappen Turnanzüge mehr tragen.

Ich streifte die Hände am Pulli ab und ging ins Kabuff, wie ich den kleinen Aufsichtsraum am Rand der Halle von Beginn an genannt hatte. Der Drehstuhl knarrte, als ich mich setzte. Durch das zerkratzte Plexiglasfenster blickte ich in die Halle.

Meine Akrobatikschule. Die Mädchen. Ich hatte es anders machen wollen, besser. Freude an der Bewegung sollten sie haben, deshalb sollten sie kommen. Die Freude am Tun und daran, sich zu spüren, ohne Druck, ohne Konkurrenz, ohne die ewige Kritik und Schreierei, ohne Waagen und Wettkämpfe und Kampfgerichte und Punktabzug, immer wieder Punktabzug. Die Halle. Mein Leben. Ein anderes hatte ich nicht. Aber ich konnte die Rechnungen nicht mehr bezahlen. Mein Kopf sank auf den Tisch. Einfach liegenbleiben und wegdämmern im müden Licht des Februarspätnachmittags...

Als jemand gegen die Scheibe klopfte, schrak ich hoch. Hinter dem Plexiglas standen ein Mann und ein Mädchen, wie vom Sturm aus einer fremden Welt hierher geweht. Sie passten nicht hierher, nicht in diese Halle, nicht in diese Gegend: der Alte, durch dessen Gesicht sich unzählige Falten zogen, obwohl die Haut sich um die Wangenknochen spannte. Die Augen saßen tief hinter den Lidern. Das Mädchen, acht oder neun Jahre mochte sie sein, bewegte sich nicht, aber an dem unbedeckten Teil ihres Arms sah ich, dass sie ihre Hand in der Jackentasche des Mannes um seine krampfte. Zart war sie, und ihr Gesicht kam mir seltsam bekannt vor. Der Mann lächelte und nickte in einem fort. In der rechten Hand hielt er einen Brief.

Der Regen hatte Spuren hinterlassen: Blätter und Äste von den Bäumen gerissen, Erde aus den Straßengräben geschwemmt und auf dem Asphalt verteilt. An der Haltestelle lagen glitschige Plastiktüten und in der Straßenbahn beschlugen die Scheiben. Auch der Hausflur und das Treppenhaus waren dreckig, aber bis zu mir im dritten Stock verlor sich die Nässe.

Aus der Wohnung neben meiner drang Rockmusik. Seit zwei Wochen hatte ich einen neuen Nachbarn, der deutlich mehr Lärm machte als die alte Frau Hellwig, die vor ihm dort gewohnt hatte. Gesehen hatte ich ihn noch nicht, war ihm im Gegenteil sogar aus dem Weg gegangen. Einmal hatte ich seine Tür schlagen hören, als ich auch gerade ins Treppenhaus gehen wollte, und abgewartet, bis seine Schritte verhallt waren. Ich schob den Schlüssel ins Schloss, und im selben Moment verstummte die Bohrmaschine. Ich atmete durch, als ich in die Wohnung trat.

Weiß und still war es hier. Der Geruch kühl und mineralisch, wie ein Neuanfang. Ich streifte die Stiefel von den Füßen und ging in die Küche, klaubte einen Krümel vom Tisch, warf ihn in den Müll, dann warf ich einen Blick ins Schlafzimmer und kurz ins Bad. Eine Marotte, seit ich allein lebte: einmal jeden Raum betreten, dann erst konnte ich mich hinsetzen. Bei einer Einzimmerwohnung war das zum Glück keine große Sache.

Ich füllte Wasser in den Wasserkocher und hängte zwei Teebeutel in die Kanne, blieb an der Arbeitsplatte stehen, bis der Dampf weiß aus der Tülle strömte und das Gerät sich abschaltete, goss das kochende Wasser in die Kanne, sog den Geruch nach Pfefferminze ein, der mir manchmal ein leises Gefühl von Zuhause gab.

Heute nicht. Die Halle, der Regen, das viele Wasser, der alte Mann, das Mädchen: all das wirbelte in meinem Kopf umher. Vor allem aber der Brief, den der Mann mir gegeben hatte, überreicht mit beiden Händen und fremden Worten. Ich zog ihn aus meinem Rucksack. Der Umschlag schimmerte porzellanfarben. Ich hatte ihn aufgerissen, nachdem der Mann und das Mädchen wieder gegangen waren, jetzt störte das zerfetzte Papier den feinen Eindruck. Die deutschen Buchstaben wirkten plump neben den chinesischen Schriftzeichen.

Sehr geehrte Frau Winter,

Winter. Nicht Maifert.

Sehr geehrte Frau Winter,
ich bin der Vater von Xu Lian. Sie ist zehn Jahre alt und eine äußerst begabte Turnerin. Sie hat das Potenzial, eine erfolgreiche Leistungsturnerin zu werden.

Ich bin sicher, dass Sie, verehrte Frau Winter, aufgrund Ihrer großen Erfahrung die geeignete Lehrerin sind.

Ich hielt es nicht aus, ging zum Fenster, aber der Blick auf die Brandschutzwand gegenüber deprimierte mich.

Lian kommt jeden Tag nach der Schule zum Training, von 14.30 Uhr bis 18.30 Uhr. Ihr Großvater, sein Name ist Xu Yuwan, wird sie bringen und wieder abholen. Ich zahle ein sehr gutes Honorar und erwarte sehr gute Leistung. Lian muss sobald wie möglich anfangen. Seien Sie gewiss, dass sie ein gut erzogenes Mädchen ist.
Hochachtungsvoll
Xu Sheng

Wer war dieser Chinese, der meinen Mädchennamen kannte? Er konnte doch nicht im Ernst erwarten, dass ich seine Tochter trainierte, noch dazu jeden Tag! Was stellte er sich vor: ein Einzeltraining? Exklusiv für seine Elitetochter? Und wie um Himmels willen kam er ausgerechnet auf mich? Ich war doch gar keine Turntrainerin, ich machte längst völlig andere Dinge. Und überhaupt: Was wäre mit den anderen Mädchen? Geld allerdings brauchte ich dringend.

Ich zog meine Sachen aus, stopfte sie in die Waschmaschine und ging in die Dusche, drehte das heiße Wasser so weit auf, dass ich es gerade noch aushielt. Ich gab Shampoo in meine Hand, viel Shampoo, und verrieb es in meinem Haar, fühlte, wie der Schaum an meinem Körper herunterlief, über die Brust, meinen Bauchnabel und an den Schenkeln entlang.

Ich hatte mich gerade wieder angezogen und ein Handtuch um meinen Kopf gewickelt, als es klingelte. Zögernd öffnete ich die Tür. Ein Mann stand vor mir. Er mochte etwa in meinem Alter sein, um die vierzig. Nur ein Stück größer als ich war er, die Haare waren dunkel und so lang, dass er sie im Nacken zusammengebunden trug. Die Wangen mit den Aknenarben wirkten im fahlen Licht des Treppenhauses wie ein Stück Mondoberfläche. Als ich die Flasche Wein in seiner Hand sah, ahnte ich, wer er war und bereute, dass ich geöffnet hatte.

„Hallo", er streckte die Hand aus, „ich wollte mich einfach mal vorstellen."

„Hallo." Seine Hand war überraschend schwielig.

„Ich bin Johannes. Der neue Nachbar."

„Angelika Maifert."

„Coole Frisur", sagte er. Ich zog das Handtuch von meinem Kopf. Er wartete, dann fragte er: „Darf ich reinkommen?" Sein Blick traf mich seltsam intensiv, sodass ich unwillkürlich einen Schritt zurücktrat, was er als Einladung auffasste und in die Wohnung trat. „Ganz schön weiß hier", seine Augen schweiften durch den Flur, während er sich bückte und sein Schnürband aufzog. Der Trapezmuskel zeichnete sich unter dem T-Shirt ab. Auch die Armmuskulatur war gut ausgebildet.

„Bitte", sagte ich, „lassen Sie die Schuhe ruhig an."

Er verharrte in der Bewegung, dann schnürte er die Schuhe wieder zu. „Wollen wir uns nicht duzen?", fragte er und richtete sich auf, „ich meine, wir sind Nachbarn und ungefähr im gleichen Alter."

Ich zuckte mit den Schultern und ging an ihm vorbei in die Küche. Er folgte mir und stellte die Flasche auf den Tisch. Es gefiel mir nicht, wie sein Blick über die Schränke, den Kühlschrank, über mich glitt. „Weingläser habe ich nicht." Ich stellte zwei Wassergläser auf den Tisch.

„Macht nichts." Er setzte sich ohne Aufforderung auf einen meiner Stühle.

Ich wusste nicht, was ich sagen sollte, kannte ihn doch gar nicht. Und hatte keine Lust auf Besuch, ausgerechnet heute. Es gab so viel, um das ich mich kümmern musste. Ich drehte den Korkenzieher in den Korken.

„Lass mich das machen", er streckte mir seine Hände entgegen.

„Geht schon." Der Korken ging schwer und ich spürte, wie viel Kraft ich gelassen hatte an diesem Tag. Aber schließlich löste er sich und ich stellte die Flasche wieder auf den Tisch. Johannes nahm sie und goss ein. Mir blieb wenig übrig, als mich zu ihm zu setzen. Er sagte nichts, sah mich nur interessiert an. Ich räusperte mich. „Hast du dich schon gut eingerichtet?", war das Einzige, das mir einfiel.

„Nicht wirklich. Allzu viele Sachen habe ich zum Glück nicht. Die Gegend hier ist ja nicht gerade die schönste, finde ich, aber für eine Zeit ..."

Für eine Zeit. Er hatte also nicht vor, lange hier wohnen zu bleiben.

„Du bist neu in Kassel?"

„Nein." Er trank einen Schluck, und noch während ich krampfhaft überlegte, was ich als nächstes fragen könnte, sagte er: „Meine Frau hat sich von mir getrennt." Er sah aus dem Fenster.

„Oh, das ... tut mir leid." Ich hoffte, er würde mir nicht seine ganze Lebens- und Liebesgeschichte erzählen, konnte außer meinen eigenen wirklich nicht auch noch fremde Sorgen gebrauchen.

„Es dreht sich halt immer, das Gedankenkarussell", sagte er und fuhr mit dem Zeigefinger über den Rand seines Glases. „Ich glaube, ich muss erst wieder lernen, mit mir selbst klarzukommen."

Ich nickte. „Ja. Bestimmt."

„Und du?"

„Ich?"

„Wohnst du schon lange hier?"

Ich griff zu meinem Glas. „Schon. Eigentlich sollte es auch nur vorübergehend sein, aber ich brauchte damals dringend ..."

Er sah mich an, wieder mit diesem Blick, der zu lange auf mir stehenblieb. Ich mochte es nicht und schob das Glas vor mein Gesicht, trank, aber ich verschluckte mich und musste husten. Rot spritzte der Wein auf den Tisch.

„Entschuldigung." Das Blut stieg mir ins Gesicht. Oder der Alkohol? Seit dem Morgen hatte ich nichts gegessen, hatte mich nicht an meinen Kalorienplan gehalten, alles war aus dem Takt geraten an diesem Tag, und jetzt saß hier auch noch dieser Fremde in meiner Küche und fragte mich aus. Ich ging zur Spüle, um einen Lappen zu holen. Auf der Arbeitsplatte lag der Brief. Meine Tochter ist sehr begabt, hatte der Chinese geschrieben. Ich wusste, was er wollte, dieser Vater. Seine Tochter sollte ein Turnstar werden. Und ich sollte dafür sorgen. Doch das würde ich nicht tun. Alles, aber nicht das! Ich musste auf andere Weise an Geld herankommen.

„Angelika?"

Ich zuckte zusammen, als ich Johannes' Stimme hörte, eine völlig unverhältnismäßige Reaktion. „Entschuldigung", sagte ich wieder, „ich bin es nicht gewohnt, dass hier jemand ist außer mir."

„Ist alles in Ordnung mit dir?"

„Ich …" Was ging ihn das überhaupt an? Warum interessierte er sich dafür? Sein Glas hatte er noch nicht einmal zur Hälfte ausgetrunken. Meins war längst leer. Ich wollte allein sein. Ich drehte mich zu ihm um, blieb aber an der Arbeitsplatte stehen, fühlte die Kante in meinem Rücken und umklammerte sie mit meinen Fingern. „Hör zu, ich hatte einen schweren Tag, mein Auto ist vor ein paar Tagen kaputtgegangen und morgen muss ich …"

„Der alte Golf, der unten vor der Tür steht?"

Ich nickte. Der alte Golf, der mit den defekten Zylinderkopfdichtungen. Der, dessen Reparatur ich mir nicht leisten konnte. Der, mit dem ich morgen nicht zum Baumarkt fahren konnte, um zumindest das Notwendigste zu besorgen. Verdammt! Wieso hatte sich die ganze Welt gegen mich verschworen?

„Kann ich dir helfen? Soll ich dich morgen irgendwohin fahren?", fragte Johannes.

„Danke. Ich komme zurecht."

Er musterte mich und trank sein Glas aus. „Wie du meinst."

Und wenn ich doch … Er wirkte nett, dieser Johannes, und es ging ja nur um eine einzige Fahrt. „Was hast du denn für einen Wagen?", fragte ich.

„Einen Volvo."

„Ich müsste zum Baumarkt."

„Wie gesagt, ich helfe dir gern. Hast du was Größeres zu transportieren?"

Ich zögerte. „Es geht um meine Halle." Ich setzte mich wieder an den Tisch.

„Halle?"

„Eine Sporthalle. In Bettenhausen, nicht groß, aber …" Ich wischte mit dem Finger durch einen der Weinflecken und zog einen roten Striemen über die Tischplatte. „Heute hat es durchgeregnet. Ich hätte die undichte Stelle im Dach eigentlich längst reparieren müssen. Es ist ziemlich viel kaputtgegangen." Ich sah aus dem Fenster. Ich wusste auch so, dass es nicht regnete, denn dann würde ich die Tropfen auf der Fensterbank hören. Manchmal, wenn der Wind aus Südosten kam, schlugen sie auch gegen die Scheibe.

„Ich bin Architekt", sagte Johannes, „wenn du willst, gucke ich mir das Dach morgen mal an."

Der Regen am Tag zuvor hatte das bisschen Wärme mitgenommen, das in der Luft gelegen hatte, und ich rieb mir die Oberarme, als ich vor der Halle auf Johannes und seinen Volvo wartete und versuchte, die Risse in der Asphaltdecke der Zufahrt und auf dem Parkplatz zu ignorieren. Sie waren mir noch nie zuvor aufgefallen.

Johannes sah anders aus als am Abend zuvor. Er trug einen Rollkragenpulli und ein Sakko über seiner Jeans, und in diesem Outfit wirkte sogar sein Zopf stylisch. Schon während er aus dem Wagen stieg, schweifte sein Blick über den Platz, den Himmel, an dem sich Wolkenfetzen aneinanderreihten, und das Gebäude. Er beugte sich ins Auto und holte eine Kamera heraus. Ich zog die Jacke fester um meinen Körper.

Als ich die Eingangstür öffnete, versuchte ich unauffällig die Scheibe festzuhalten, damit sie nicht schepperte oder womöglich sogar ausgerechnet jetzt aus dem Kitt fiel. In der Umkleide schlug uns Gestank entgegen. Die Schlammlache, die sich aus der Toilette unter der Tür durchgedrückt hatte, hatte ich weggewischt, doch der Fäkalgeruch würde noch eine Weile bleiben. In das Holz einer Bank hatte sich das Wasser aus der undichten Stelle im Dach tief hineingezogen.

Johannes runzelte die Stirn, und ich ging schnell weiter in die Halle. An der Decke breitete sich ein hässlicher Fleck aus, darunter lag die Weichbodenmatte. Sie hätte fast schön aussehen können: die glänzenden Wasserperlen auf dem tiefen Blau, aber am Rand häuften sich die nassen Papierhandtücher, die ich am Tag zuvor zum Aufwischen benutzt und noch nicht in den Müll gebrachte hatte, und an einer anderen Stelle zogen sich braune Schlieren über den Kunststoff. Der Geruch von modrigem Holz erfüllte die ganze Halle.

„Puh", Johannes kratzte sich am Kopf, „ich schätze, da kommt einiges auf dich zu."

Als ob ich das nicht wüsste. „Es geht erstmal nur ums Dach."

„Man könnte es provisorisch mit Bitumen abdichten, das hält allerdings nicht lange. Das Dach muss erneuert werden, alles andere ist Flickwerk. Außerdem müsste die Halle gedämmt werden, und die Heizung scheint auch nicht mehr die Neueste zu sein."

„Bitumen klingt gut."

„Ich mache mal ein paar Fotos, okay?" Er zog seine Kamera vom Arm und begann zu fotografieren. Die undichte Stelle im Dach, das aufgequollene Parkett. Er sah sich um, hob wieder die Kamera, fotografierte die Fenster, dann die Halle in ihrer Länge, hörte gar nicht auf damit, drehte am Objektiv. „Das Licht hier, die Atmosphäre", ununterbrochen drückte er jetzt auf den Auslöser, „man könnte was draus machen, mit ein bisschen Geld. Ein Kulturzentrum oder eine hippe Skaterhalle oder so etwas. Vielleicht findest du einen Investor, der dir das Ding abkauft."

Ich wandte mich von ihm ab. Mir war immer noch kalt und ich verschränkte die Arme vor der Brust. In der Spiegelwand sah ich, dass Johannes von hinten die Kamera auf mich hielt. „Lass das!“

Der Auslöser klickte.

„Ich will nicht fotografiert werden! Ich mag es nicht.“

Er schoss ein weiteres Foto, bevor er die Kamera sinken ließ und die Verschlusskappe wieder auf die Linse nestelte. „Schade.“ Dann räusperte er sich wieder. „Wächst dir das Ganze hier nicht finanziell über den Kopf? Ich meine, fünftausend wird allein das Dach kosten, zwanzigtausend die Heizung, um nur die großen Posten zu nennen. Soviel Geld kannst du doch mit deinen Gruppen gar nicht machen.“

Immer noch biss der Gestank des Bitumens in meiner Lunge und meine Armmuskeln schmerzten. Trotzdem musste ich rennen, den Puls hochjagen, meine Lunge an ihre Grenze bringen. Aber jetzt bekam ich Seitenstechen, was mir sonst nie passierte, musste stehenbleiben, die Hände auf den Oberschenkeln abgestützt, und in meine Seiten atmen.

Auf der Wasseroberfläche des Hirschgrabens neben mir kräuselten sich die Spiegelbilder der kahlen Bäume in exakt gleichen Abständen. Normalerweise tat mir die Ordnung in der Karlsaue gut: die geraden Linien der Wassergräben, die exakten Sichtachsen. Manchmal, im Frühsommer, wenn das Gras noch heil war und die Sonne durch die Blätter der Baumkronen funkelte, konnte ich mir hier sogar ein anderes Leben vorstellen. Ein barockes Leben mit Picknicks auf der Wiese vor der Orangerie und belanglosen Gesprächen, mit Spaziergängen auf Wegen, die wie mit einem Lineal gezogen waren. Ein reiches Leben, ohne eine marode Turnhalle, die ich über den nächsten Tag, Monat, das nächste Jahr bringen musste. Manchmal gelang es mir hier, ein paar Momente Auszeit vom echten Leben zu nehmen.

Sechs Stunden hatte es mich gekostet, das Dach wieder dicht zu bekommen. Der Moder der ganzen Stadt schien sich darauf angehäuft zu haben, es hatte lange gedauert, alles wegzufegen, die undichte Stelle zu reinigen und mit stinkendem Bitumen abzudichten. Und immer wieder hatte ich Johannes' Augen auf mir gespürt. Von wegen Architekt! Fotograf war er eigentlich, hatte nur umgeschult, weil die Fotografie nicht genug Geld einbrachte. In diesen Zeiten schon gar nicht, hatte er gesagt, Finanzkrise und so, wer gibt da schon Geld für Fotos aus. Das erklärte wohl auch seinen manchmal merkwürdig intensiven Blick. Ich stellte mir vor, wie er mich sah: nicht in Bewegung, sondern in Standbildern. Wie durch eine Kamera, wo es nur galt, im richtigen Moment auf den Auslöser zu drücken, um das eine Bild zu bekommen, das besser ist als alle anderen. „Geh nach Hause!“, hätte ich ihm am liebsten ins Gesicht geworfen, ich brauche dich nicht. Aber er hatte ein Auto, das nicht kaputt war, er war mit mir zum Baumarkt gefahren und er hatte die alte Leiter festgehalten, als ich aufs Dach kletterte. Ich musste dankbar sein: Die Halle war wieder dicht, vorerst. „Das ist nur ein Provisorium“, hatte er gesagt, als ob mir das nicht klar wäre, „vorm nächsten Winter musst du das Dach unbedingt richtig reparieren lassen.“

Ich begann wieder zu traben, an der Orangerie vorbei, an den alten Mauern des Rondells entlang. Die ersten Regentropfen zerzupften die Oberfläche der Fulda neben mir. Hoffentlich hielt die Abdichtung. Ich musste die Halle in Schuss bringen, zumindest notdürftig, um eine Chance zu haben, wieder mehr

Schüler zu bekommen. Vielleicht konnte ich sogar neue Vereine dafür gewinnen, die Halle zeitweise anzumieten. Der Karnevalsverein, die Aerobic-Frauen, der Tangoclub: Ein Mieter nach dem anderen hatte innerhalb des letzten Jahres gekündigt, als hätten sie miteinander verabredet, häppchenweise mein Leben aufzulösen.

Ich könnte mit der Stadt reden. ‚Kinder sollen sich doch mehr bewegen', könnte ich sagen, ‚da kann ich mit meiner Schule einen wichtigen Beitrag leisten. Akrobatik, das schult die Koordination, spricht alle Muskelgruppen an.' Ich stellte mir vor, wie ich vor einer Sachbearbeiterin saß und versuchte, ihr das zu erklären. ‚Ganz ohne Druck, es macht den Kindern einfach Spaß!' Doch dann käme das Gespräch darauf, wer ich war. Warum ich geeignet sei, würde sie fragen. Welche Qualifikationen ich vorweisen könne. Und dann, irgendwann im Lauf des Gesprächs, würde sich womöglich die Miene der Sachbearbeiterin verändern, ich würde ihr ansehen, wie sie versuchte, mein Gesicht einzuordnen, das ihr irgendwie bekannt vorkam.

Ich war wieder zu schnell gelaufen, mein Atem war außer Takt geraten, und an der großen Kreuzung am Katzensprung musste ich mich an der Ampel festhalten, als ich auf Grün wartete.

Und wenn ich doch über das Angebot dieses Chinesen nachdenken würde?

Nein! Nie mehr Leistungsturnen. Nie mehr Schwebebalken, Boden, Stufenbarren. Und nie mehr Sprungpferd!

In der Wohnung fuhr ich meinen Computer hoch, öffnete das Mailprogramm und schrieb die E-Mail-Adresse von dem Porzellanbrief ab: Xusheng@yellowdragon.cn.

Sehr geehrter Herr Xu Sheng,
vielen Dank für Ihr Angebot. Ich betreibe eine Akrobatikschule und keine Talentschule für Turnerinnen. Daher sehe ich keine Möglichkeit, Ihre Tochter zu trainieren.
Mit freundlichen Grüßen
Angelika Maifert

PS: Mein Name ist jetzt Maifert, nicht Winter.

Ich dirigierte den Cursor zum „Senden"-Button und drückte den Zeigefinger auf die Maustaste.

Den nassen Papiertuchhaufen hatte ich beseitigt und die Weichbodenmatte wieder an den Rand gezogen und an der Wand befestigt. Jetzt war auf dem Parkett ein faseriger Umriss zu sehen, dort, wo das Wasser sich unter die Matte gesogen hatte. Ich hatte die Heizung hochgedreht, auch wenn es ins Geld ging, aber es war die einzige Chance, dass alles abtrocknen konnte und nicht zu schimmeln begann. Allerdings hatte sich der Gestank aus der Toilette verstärkt und drang schon bis in die Halle vor. Ich musste mich darum kümmern, aber jetzt waren erst mal die Mädchen dran.

Es würde noch eine Weile dauern, bis sie kämen, trotzdem holte ich schon einmal die Kästen und Bänder hervor, um einen Parcours daraus zu bauen. Die Kinder liebten das, und ich freute mich schon auf ihre Gesichter, auf das Strahlen, wenn ihnen etwas gelang, die geröteten Wangen, wenn sie am Ziel waren, etwas geschafft hatten: mit beiden Beinen über eine Kiste zu springen, einen Tanz einzuüben, eine Pyramide aus ihren Körpern zu bauen und sich dabei stark zu fühlen.

Mascha kam wie immer eine Viertelstunde vor der Zeit und machte sich beflissen mit an die Arbeit. Ich lächelte ihr zu, auch wenn ich lieber noch bis zum Beginn der Stunde allein geblieben wäre. Um fünf vor drei sah ich auf die Uhr. Sonst war um diese Zeit längst das Scheppern der Scheibe in der Eingangstür zu hören, helle Stimmen, das Kichern der ersten Mädchen in der Umkleide, bevor sie in die Halle stürzten und mich bestürmten: Was machen wir heute, was machen wir heute, spielen wir wieder Feuer-Wasser-Luft?

Doch heute blieb es still. Mascha warf mir verstörte Blicke zu, und ich musste mich anstrengen, um nicht ständig auf die Uhr an der Wand zu gucken. Dann endlich, es war schon nach drei, ging die Tür und ich atmete auf. Aber es folgte kein Trappeln von Kinderfüßen, keine hellen Stimmen. Keine Kinder stürmten herein und drängten sich um mich, voller Energie und mit einer Begeisterung, die noch nicht vom Leben abgeschliffen war.

Stattdessen Frau Müller, Maschas Mutter. Mit entschlossenen Schritten kam sie auf mich zu, und ich spürte, wie das Blut aus meinem Kopf wich. Frau Müller beachtete Mascha nicht, sondern begann zu reden, noch bevor sie bei mir angekommen war, als hätte sie es eingeübt: „Frau Maifert, wir Eltern haben uns darauf verständigt, dass wir unsere Kinder nicht mehr zu Ihnen bringen möchten." Sie stand unter dem Fleck an der Decke und redete, hörte nicht auf, ihre Worte drangen in meinen Kopf, ballten sich zusammen, wurden immer lauter und schriller: Verantwortung! ... gefährlich! ... Schimmel! ... lernen!

Auch Mascha war blass geworden. „Mama, aber ich möchte …“

„Ich habe auch mit den anderen Müttern gesprochen“, sagte Frau Müller, ohne sie zu beachten.

Mir wurde übel, so übel, dass ich nichts anderes tun konnte, als die Hand vor den Mund zu pressen und auf die Toilette zu rennen, wo mir der Gestank aus jeder einzelnen undichten Fuge entgegenschlug. Ich riss den Deckel hoch und übergab mich. Als ich zurückkam, war die Halle leer.

Jedes Mal, wenn die Straßenbahn über die Fulda-Brücke ratterte, wollte ich am liebsten mitschwimmen mit dem Wasser, das sich ruhig und beharrlich den Weg aus der Stadt bahnte, bis zur Weser, bis zum Meer. Heute ließ mich das Gefühl auch nicht los, als wir längst über den Fluss hinweggefahren waren, ich am Stern ausstieg und in die Eins wechselte für die drei Stationen bis zur Haltestelle Hauptfriedhof.

Vier Minuten brauchte ich von dort bis zu meiner Wohnung. Manchmal hatte ich das Gefühl, jeden Riss im Asphalt, jedes Graffito, jeden Winkel auf dem Weg zu kennen. Der Geruch der Tankstelle kam mir schon oben an der Eisenschmiede entgegen. In der Quellhofstraße hatte der Wind die gelben Säcke über dem Gehsteig verteilt. Ein Stück Plastikfolie wehte über die Straße.

In der Wohnung war es kalt. Ich hatte die Heizung ausgestellt, als ich aus dem Haus ging, und jetzt lohnte es sich auch nicht mehr, sie wieder anzudrehen. Von nebenan drangen Stimmen durch die Wand. Johannes schien Besuch zu haben. Frau Hellwig hatte nie Besuch gehabt.

Ich ging ins Schlafzimmer. Hier, wo immer der Nordwind auf der Wand stand, war es noch kälter. Ich legte mir die Bettdecke um die Schultern und setzte mich an meinen Rechner. Während das alte Gerät rasselnd hochfuhr, sah ich aus meinem Fenster in die des Hauses gegenüber. Die Leute, die dort wohnten, kannte ich nur von diesen abendlichen Einblicken aus meinem Schlafzimmer in ihre erleuchteten Wohnungen: den stiernackigen Mann, der zu jeder Tageszeit hinter seinem Computer saß, und wenn er den Platz verließ, kurz darauf auf der Straße vor der Haustür auftauchte, um zu rauchen, immer barfuß, sommers wie winters. Die dicke Frau in der Wohnung daneben, die nur selten da war, dann aber meistens nackt durch die Wohnung lief. Das junge Paar, das erst vor Kurzem eingezogen war und ständig stritt. Hinter fast allen Fenstern flackerten blau die Fernseher.

Ich öffnete das Tabellenkalkulationsprogramm und tippte Kostenaufstellung ein. Mir wurde wieder schlecht. Ich lehnte mich zurück, die Lehne knarrte.

Erste Priorität hatte das Auto. Ohne Auto konnte ich nicht zum Baumarkt fahren, nichts transportieren. Ich kannte eine Werkstatt, die billig arbeitete.

Auto: 300

Der Boden. Ich musste ihn ausbessern, bevor es anfing zu schimmeln. Das Parkett konnte ich selbst verlegen, irgendwie würde ich es schon einpassen, doch es war teuer, 70 Euro pro Quadratmeter bestimmt.

Boden: 800

Nein. Nichts beschönigen! Ich löschte die Acht vor den beiden Nullen und tauschte sie gegen eine Neun aus. Den Gestank aus der Toilette würde ich nur loswerden, wenn ich die Fliesen erneuerte. Die alten Fliesen rausschlagen konnte ich selbst, den Estrich darunter auch. Aber neuen Estrich gießen? Wer könnte das für wenig Geld machen? Und was kosteten diese verdammten Fliesen?

Estrich und Fliesen, Toilette: 500

Zeile um Zeile erweiterte ich die Liste, bis ich zum letzten großen Posten kam.

Dach (bis Herbst 2008)

Mein Finger verharrte über den Tasten, dann tippte ich es schnell ein, bevor ich es mir anders überlegte:

5.000

Ich atmete durch und legte wieder den Kopf zurück. Auf fast zehntausend Euro kam ich, wenn ich die Posten addierte. Nur für die nötigsten Reparaturen. Ohne Miete, Essen, Kleidung, Heizung. Zehntausend Euro. Wie könnte ich an so viel Geld kommen?

Eine Idee war mir vor ein paar Tagen gekommen, besser gesagt mitten in der Nacht. Ein Gedanke, der plötzlich da war, ohne dass ich wusste, woher. Ich hatte ihn sofort beiseite gewischt, er war absurd, aber jetzt kam er wieder hoch und drängte in meinen Kopf. Vielleicht war es einen Versuch wert. Was konnte ich schon verlieren? Nichts. Nichts zumindest, was wichtig war.

Langsam zog ich im Flur die Schuhe an, ging aus der Wohnung, stieg die Treppen hinunter bis zum Keller und schritt die Reihe der Holzgitter ab. Mein Abteil war das letzte in der Reihe. Ich öffnete das Schloss. Ewig war ich nicht mehr hier unten gewesen, wo sich unsortiert die abgelegten Episoden meines Lebens übereinander stapelten. Der Karton mit den Klamotten aus meiner wilden Zeit: bunte Leggings, das enge, ausgeschnittene Kleid, die hohen Schuhe, mit denen es leichter war, ein Bett zu finden, als das Geld nicht einmal mehr für eine Wohnung reichte. Eine Plastiktüte mit Pokalen. Die vielen anderen mussten noch bei Margot stehen – wenn sie sie nicht weggeworfen hatte. Der alte Schlitten, den ich mit zwanzig gekauft hatte, mitten im Sommer, auf dem Flohmarkt. Die Kiste mit den Küchensachen, die Martin nicht mitgenommen hatte nach der Scheidung und die ich nicht mehr benutzen konnte, weil jedes einzelne wertlose Teil – eine angeschlagene Tasse, ein kitschiger Löffel, das Metallsieb, aus dem sich ein Draht gelöst hatte und immer piekte – mich an ihn erinnerten. Aber wegwerfen konnte ich sie auch nicht.

Drei Kartons hob ich von dem Stapel, um an den untersten mit der Aufschrift „Aufzeichnungen" zu gelangen. Die Feuchtigkeit aus dem Lehmboden war in die Pappe gezogen, so dass die Buchstaben verlaufen waren, und als ich die Hände unter den Karton schob, schlug mir Schimmelgeruch entgegen.

In der Wohnung schüttete ich den Inhalt auf den Küchentisch und stellte den leeren Karton vor die Wohnungstür, aber der muffige Geruch war längst auch in die Urkunden, Fotos und Zeitungsausschnitte eingedrungen, die sich jetzt zusammen mit den Medaillen auf dem Tisch aufhäuften. Er verstärkte sich, als ich in den Haufen griff und ihn mit beiden Händen ausbreitete. Schwarz-rot-goldene Kordeln, die sich um Urkunden knoteten, zerrissenes Papier, ganz oben eine vergilbte Zeitungsseite – ich mit vielleicht zehn Jahren, im knappen Turnanzug. Ich schaue den Mann nicht an, der mir die Medaille um den Hals hängt.

Ich öffnete das Fenster. Im Nachthimmel drehte sich langsam und hell der Mercedesstern, der auf einem Hochhaus in der Innenstadt angebracht war und aus jeder Wohnung, in der ich bisher in Kassel gelebt hatte, zu sehen gewesen war. Kalte Luft strömte herein und schlug in mein Gesicht. Ich setzte mich wieder an den Tisch und schob die Urkunden und Zeitungsartikel auseinander, bis ich fand, was ich gesucht hatte. Groß und rund, golden glänzend lag die Medaille vor mir: *Gymnastics World Championship, Budapest 1983.*

Wie viel war sie wert? Wie viel würde ich dafür bekommen, bei dem Goldhändler um die Ecke, in dessen Auslage dicke Ketten auf rotem Samt das Schild in der Mitte umrahmten: Nehme auch Zahngold. Oder bei Ebay?

Ich ging zurück ins Schlafzimmer und setzte mich wieder an den Computer. Neben dem Bildschirm lag der Brief von dem Chinesen. Ich zerriss ihn und warf ihn in den Papierkorb.

Der Rechner war noch an. *Weltmeisterschaft, Goldmedaille Kunstturnen* gab ich als Suchworte bei Ebay ein. Kein Ergebnis. Kein Sportler bot seine Medaille im Internet an. Aus Johannes' Wohnung drang jetzt Lachen, das bis in mein Schlafzimmer zu hören war. So schlimm schien die Trennung ihn ja nicht getroffen zu haben. Ich schloss die Tür und wollte den Rechner herunterfahren, aber das Mail-Programm zeigte drei neue Nachrichten an. Zwei waren Spams. Eine kam von Xusheng@yellowdragon.cn.

Sehr verehrte Frau Winter,
ich kann Ihre Absage nicht akzeptieren. Ich biete Ihnen 2.000 Euro im Monat. Bei Erfolg mehr.
Hochachtungsvoll
Xu Sheng

Ich starrte auf die Zahl. Zweitausend Euro, jeden Monat. Ich ging in die Küche, nahm die Medaille in die Hand, umschloss sie mit meinen Fingern.

Die hatte ich. Die andere, die wichtige, die olympische, hatte ich nicht.

Kassel-Nordstadt, 1973

Mutter sagt, dass früher die Mieter das Eisengestell in unserem Vorgarten genutzt haben, um ihre Teppiche darüber zu hängen und auszuklopfen. Und dass es jetzt nur noch da ist, weil niemand es abmontiert hat. Weil sich hier eh nie jemand um irgendwas kümmert, sagt sie.

Ich bin aber froh, dass es da ist. Es hat nämlich genau die richtige Höhe, um die Stange mit den Händen zu packen, mich hochzuschwingen, dann fallenzulassen, bis die Kniekehlen an der Stange einhaken und der Kopf über dem Boden baumelt und es im Bauch kribbelt und der Körper sich auseinanderzieht, so dass ich mich ganz leicht fühle.

Ich liebe es, wenn die Welt auf dem Kopf steht. So wie jetzt Mutter, die auf mich zukommt: die zerdrückten Ballerinas ganz oben, daran aufgehängt die Knöchel und Waden, um die ein weiter lilafarbener Rock schwingt. Eine bestickte Bluse mit blinkenden Pailletten. Lange rotbraune Haare, im selben Takt schwingend wie der Rock. Es sieht lustig aus, dass die Haare nach oben hängen. Und ganz unten ist der Himmel, ein diffuses Gemisch aus Blau und Grau. Der Himmel als Erde, das gefällt mir.

„Angel", ruft Mutter. So nennt sie mich seit ein paar Wochen. Das heißt Engel auf Englisch, sagt sie, „und du bist doch mein Engel". Ich soll sie nicht Mama und schon gar nicht Mutti nennen wie die Mütter der anderen Kinder, auch nicht Regina, wie sie wirklich heißt, sondern ‚Janis', weil sie Janis Joplin bewundert und findet, dass jeder Mensch das Recht hat, den eigenen Namen selbst zu bestimmen. Seitdem meide ich es, sie mit Namen anzusprechen.

„Angel! Es geht los!“

Ich springe ab, stelle mich und die Welt wieder auf die Füße, klopfe den Rost von meinen Händen und umarme zum Abschied den Pfosten des Gestells. Dann laufe ich zu Mutter, greife nach ihrer ausgestreckten Hand. Ihre Hände sind immer warm und feucht.

Vorm Haus steht schon Ulfs Pritschenwagen mit laufendem Motor. Auf der Ladefläche unsere rote Chaiselongue, der kleine runde Tisch, eine Matratze. Ulf wirft seine Zigarette auf den Boden, tritt sie aus und steigt wortlos auf den Fahrersitz. Mutter klettert auf der anderen Seite in den Wagen und lässt sich neben ihn fallen. „Angel, Schatz, steig ein!“ Als ich neben ihr sitze, muss ich mich weit hinausbeugen, um die Tür heranzuholen, und einen Moment habe ich Angst, dass ich hinausfallen könnte und sie ohne mich fahren würden. Doch dann habe ich es geschafft und sehe zu, wie sich das Haus und das Eisengestell langsam entfernen.

„Gibt es im neuen Haus auch eine Stange zum Turnen?“, frage ich. Ulf lacht auf. Wenn er lacht, klingt es wie das Knurren eines Hundes. Mutter legt ihre Hand auf sein Bein und sagt: „Jetzt wird alles besser“, und ich weiß nicht, ob das eine Antwort auf meine Frage sein soll.

Wir fahren raus aus unserer Straße auf eine größere, über eine Brücke, immer weiter, bis am Straßenrand keine Wohnhäuser mehr stehen, sondern nur noch große, geduckte Gebäude. Am Horizont schälen sich die Silhouetten von Industrieanlagen aus dem Dunst heraus, aber noch bevor ich sie wirklich erkennen kann, biegt Ulf ab und bringt den Wagen vor einem breiten grauen Tor zum Stehen. Er steigt aus, schiebt einen Riegel zurück und stemmt seine Schulter gegen das Tor. Quietschend ruckelt es zur Seite und gibt zentimeterweise den

Blick frei auf das, was dahinter liegt: eine große asphaltierte Fläche, hier und da aufgebrochen durch Grasbüschel, Stapel von Stahlgestellen, manche unlackiert, andere dunkelgrün oder ockerfarben, ein Gabelstapler mit einem Rostfleck an der Seite. Dahinter ein langgestrecktes, nahezu fensterloses Gebäude. An der Fassade ziehen sich alle paar Meter lange grüne Schlieren von der Dachrinne herunter.

„Ist das unser neues Haus?“, flüstere ich. Eine Katze taucht auf, blickt erschrocken in unsere Richtung und verschwindet unter einem Stapel. Ich spüre Mutter an meiner Seite, ihre feuchte Hand auf meinem Arm. „Da oben“, sagt sie mit leuchtenden Augen und zeigt durch die Windschutzscheibe auf die Halle vor uns, „da wohnen wir.“

Die Metalltür fällt schwer gegen meinen Rücken und drückt mich hinter Ulf und Mutter ins Innere des Gebäudes. Wir steigen eine Treppe hoch. Ulfs Wohnung riecht wie er: nach Zigaretten, Öl und Leder. Das Wohnzimmer ist mit einer braunen Couchgarnitur und einem Glastisch vollgestellt, aus der Ecke ragt ein Fernseher in den Raum hinein.

„Ich zeige Angel die Wohnung.“ Mutter nimmt mich an der Hand und öffnet die Tür zu einem Zimmer, in dem ein riesiges Bett steht. „Schau, hier schlafen Ulf und ich.“

„Und ich?“

„Du hast jetzt dein eigenes Zimmer.“ Sie geht zur nächsten Tür. „Ulf hat es extra vom Schlafzimmer abgeteilt. Die Wände sind noch nicht gestrichen: Das machen wir beide zusammen, ja? Damit du dir die Farbe selbst aussuchen kannst.“

Der Raum ist schmal und riecht nach feuchtem Mörtel und Tapetenkleister. Er gefällt mir: ganz weiß und leer. Ich schlage ein Rad, und weil ich damit schon am Ende des Zimmers angelangt bin, schlage ich gleich wieder eines zurück. „Ach Engelchen“, sagt Mutter und drückt mich an sich. Eine Paillette schneidet in meine Wange. Ich höre es in ihrem Bauch gluckern und wünschte, wir könnten für immer so stehenbleiben, nur wir beide in dem leeren Raum, ohne Ulf oder Mark oder Heinrich oder wie sie alle hießen.

Am nächsten Morgen wache ich vom Quietschen des Tores auf. Es dauert eine Weile, bis ich weiß, wo ich bin, und mir fällt ein, dass auch bei dem letzten Umzug der erste Tag in der neuen Wohnung voller ungewohnter Geräusche gewesen ist. Damals waren es Stimmen: ein Streit zwischen einem Mann und einer Frau dicht über meinem Kopf, das Schreien eines Babys, das wütende Weinen eines älteren Kindes. Jetzt kommen alle Geräusche von unten und haben mit Menschen nichts zu tun.

Als ich es im Flur rascheln höre, stehe ich leise auf und öffne die Tür. Doch vor mir steht nicht Mutter, sondern Ulf, im Gehen begriffen. Anstelle der sonst üblichen Jeans, die nur ein festgezurrter Gürtel davon abhält, über die Hüften zu rutschen, trägt er seinen Blaumann. Ich verstecke mich halb hinter der Tür und hoffe, dass er geht. Doch er bleibt stehen, zieht eine Zigarette aus der Brusttasche, zündet sie an und nimmt einen Zug. „Deine Mutter schläft noch“, sagt er schließlich.

Ich weiß nicht, ob ich etwas sagen soll.

„Willst du denn was essen oder so?“ Ulf zieht wieder an der Zigarette, es zischt und der Glutstreifen wandert ein ganzes Stück in Richtung seiner Finger. „Kannst dich auch nochmal hinlegen, ist ja noch früh.“

Ich nicke, und Ulf zuckt mit den Schultern, dreht sich um und zieht endlich die Tür hinter sich zu. Auf Zehenspitzen laufe ich zu Mutter. Zusammengerollt wie ein Embryo liegt sie am

Bettrand. Ich klettere zu ihr, lege mich neben sie, ohne sie zu berühren, und lausche ihrem Atem, dem einzigen vertrauten Geräusch inmitten der vielen neuen, fremden, die von draußen und unten zu mir vordringen: Motorengeheul, harte, metallische Schläge, das Schreien von Sägen, und immer wieder ein hohes Sirren, das plötzlich da ist und genauso plötzlich wieder weg.

Mutter dreht sich zu mir um und legt einen Arm über mich, ohne aufzuwachen. Nach einiger Zeit tut mir die Stelle weh, wo der Arm liegt, aber ich bewege mich trotzdem nicht.

Als Mutter aufsteht, sehe ich, dass sie nackt ist. „Angel", murmelt sie, greift zu einem Kleidungsstück am Boden und zieht es sich über. Es ist ein T-Shirt von Ulf.

Wir nehmen ein spärliches Frühstück zu uns, weil der Kühlschrank außer Bier und Milch nicht mehr hergibt als ein paar Scheiben Toast und Schinkenwurst, die am Rand rot ist und sich aufwölbt. Ich kaue noch, als Mutter ins Wohnzimmer geht und ruft: „Angel, komm, fass mit an!" Zusammen schieben wir Ulfs Ledersofa an die Wand und rücken an seine Stelle die rote, samtbezogene Chaiselongue, die noch von Mutters Großmutter stammt. Oft habe ich in der alten Wohnung Stunden auf ihr verbracht, wenn Mutter Männerbesuch hatte. Meistens ist es schon spät gewesen und ich wäre gern im gemeinsamen Bett liegengeblieben, aber ich widersprach nicht, wenn Mutter mit diesen fremden glänzenden Augen durch mich hindurch blickte. Dann legte ich mich auf die Chaiselongue und hörte sie nebenan lachen, wie sie nur lacht, wenn ein Mann bei ihr ist, ein kurzes, atemloses, hartes Lachen, immer wieder, bis andere Laute aus dem Schlafzimmer kamen, und ich ließ die goldenen Fäden der Troddeln durch meine Finger gleiten, bis es vorbei war.

Mutter zieht die indischen Deckchen aus dem Umzugskarton und legt sie über die Kacheln des Couchtischs. Den gläsernen Aschenbecher ersetzt sie durch die Schale, die wir einmal zusammen getöpfert haben und die immer umkippt. Aus einem anderen Karton holt sie ihre Tassen und Teller, schiebt Ulfs Geschirr im Schrank nach hinten und stellt ihres hinein. Die Leuchtstoffröhre in der Küche verhängt sie mit dem transparenten rosa-orange gemusterten Stoff, der uns in der alten Wohnung als Gardine im Schlafzimmer gedient hat. Als sie das Licht anknipst, ist alles in ein rot-schummriges Licht getaucht: die Fronten der Einbauküche, der dunkle Tisch, die beiden Kochplatten. „Was meinst du", sagt sie, „so ist es doch viel gemütlicher, oder?" Sie greift wieder in einen der Kartons und zieht eine bunte Decke heraus. Ich helfe ihr, sie über das große Bett zu ziehen.

„In welcher Farbe sollen wir dein Zimmer streichen?", fragt sie.

Mein Zimmer ist schon viel kleiner geworden, seit die Matratze und drei Kisten darin liegen. „Ist doch schön so", sage ich.

„So weiß und kahl?" Mutter zieht die Patchworkdecke aus dem Karton, die sie im letzten Jahr zusammengenäht hat. „Guck mal. Die legen wir über dein Bett, dann ist es gleich viel hübscher! Und nächste Woche suchen wir eine schöne Farbe für die Wände aus."

Ich zucke mit den Achseln. „Ob es hier auch eine Turnstange gibt, draußen?", frage ich.

Mutter richtet sich auf, die Decke in der Hand. „Geh doch mal raus auf Entdeckungstour."

„Kannst du mitkommen?"

„Ich habe hier noch viel zu tun, Angel. Und du bist doch schon ein großes Mädchen."

Ich gehe in den Flur und ziehe meine Sandalen an. Weil sie mir zu klein sind, trete ich hinten auf die Riemen, statt sie um die Fersen zu schnallen. Im Treppenhaus ist es kühl. Hier riecht es noch stärker nach Öl, und die Geräusche, die ich schon den ganzen Morgen gehört habe, sind viel lauter. Ich halte mich so dicht an der Wand, dass meine Schulter daran entlangschabt, Stufe für Stufe, bis endlich eine Tür kommt. Die Klinke klemmt. Ich hänge mich daran, um sie zu bewegen, und mit einem Mal springt sie auf. Lärm schlägt mir entgegen, als hätte ich die Tür zur Hölle geöffnet, es hämmert, kreischt und zischt, am schlimmsten ist das hohe Sirren, das ich schon den ganzen Morgen gehört habe und das jetzt direkt in meinen Kopf zielt. Wenige Schritte von mir entfernt steht ein Mann, er trägt einen Blaumann wie Ulf, hat aber eine eckige schwarze Maske auf und ein Gerät in der Hand. Funken stieben in die Luft. Mit einem Mal endet das Sirren, der Mann setzt das Gerät ab, schiebt die Maske nach oben und dreht den Kopf zu mir. Er kneift die Augen zusammen, verzieht ungläubig das Gesicht, dann beginnt er zu lachen, die Zähne blitzen in dem vom Öl verschmierten Gesicht auf. Er ruft in fremder Sprache etwas zu dem Mann, der in der Nähe steht, auch der sieht zu mir herüber. Immer mehr Männer drehen sich zu mir um und lachen, und mit einem Mal wird mir bewusst, dass ich immer noch meinen Schlafanzug trage, den mit den Teddybären, den mir Oma zu Weihnachten geschickt hat und den Mutter deshalb nicht mag. Ich schiebe mich zurück durch die Tür und wünschte, ich könnte alles zurückdrehen. Würde nicht vor den vielen Männern stehen in meinem Schlafanzug, wäre nicht die Treppe heruntergegangen, hätte nicht die Klinke heruntergedrückt, wäre nie in die Halle getreten.

Oben muss ich dreimal klingeln und bekomme Angst, schon wieder an der falschen Tür zu sein oder dass Mutter einfach nicht aufmacht. Doch dann öffnet sie. Sie hat sich die Lippen geschminkt und trägt immer noch Ulfs T-Shirt, das um ihre Brust spannt.

„Wie sieht es denn hier aus?“, brummt Ulf, als er am Nachmittag zurückkommt. Ich habe auf der Chaiselongue Purzelbäume geschlagen, jetzt setze ich mich rasch hin und ziehe die Knie vor den Bauch.

„Schön! Findest du nicht?“ Mutter kommt aus der Küche und gibt Ulf einen Kuss auf die zusammengekniffenen Lippen.

„Hast du was zu Essen gemacht?“

„Zu essen gemacht?“

„Ja. Was gekocht oder so.“

Mutter zögert, dann zieht sie die Packung Zigaretten aus seiner Brusttasche, nimmt zwei heraus, zündet sie an und gibt ihm eine. „Ich bin deine Geliebte“, sagt sie, „und nicht deine Haushälterin. Und außerdem ist nichts da“, ihr Blick streift mich, „was wir kochen können, und ich habe kein Auto, um etwas zu besorgen, wie du weißt.“ Sie tritt auf ihn zu und hängt ihre Arme um seinen Hals. „Wollen wir nicht in die Stadt fahren? Da können wir uns was kaufen. Und auch noch ein paar Farben besorgen.“

Sie drückt ihre Hüfte gegen seine. Von Ulf sehe ich jetzt nur noch den Scheitel mit den schütteren Haaren, und die Hand, die sich auf Mutters Rock legt und den Stoff ein wenig hochzieht, die hervortretenden Adern auf dem Handrücken, die schwieligen Finger, die zu winzigen Rechtecken heruntergekauten Nägel.

„Wenn's sein muss“, brummt er, und Mutter lacht ihr Männerlachen. Sie dreht sich zu mir um. „Komm, Angel!“ Ich schiebe mich von der Chaiselongue.

„Ohne die Kleine“, sagt Ulf.

Mitten in der Bewegung bleibe ich stecken, halb im Sitzen, halb im Stehen, wage nicht, mich weiter zu bewegen.

„Aber“, sagt Mutter langsam, „sie hat doch auch Hunger.“

„Ich habe nicht vor, die Göre überall mit hinzunehmen.“ Ulf geht hinaus, seine Schritte hallen im Treppenhaus, der Schlüsselbund rasselt. Ohne aufzusehen, nehme ich wahr, dass Mutter den zu mir ausgestreckten Arm sinken lässt und Ulf folgt. Doch als ich den Blick hebe, ist sie noch nicht ganz weg, steht in der Wohnungstür, an den Rahmen gelehnt. „Angel?“, sagt sie, als spräche sie mit der anderen Seite des Rahmens. „Ich ..., wir, Ulf und ich bringen dir was Schönes mit, ja? Warum spielst du nicht solange was? Du hast deine Spielsachen noch gar nicht ausgepackt. Und was sollen wir dir zu essen mitbringen?“

„Habe keinen Hunger.“

„Pommes?“

Ich zucke mit den Schultern. Mutter wirft mir eine Kusshand zu und schließt die Tür hinter sich. Ich gehe zum Fenster und sehe sie über den asphaltierten Platz zu dem Pritschenwagen eilen, dessen Motor schon wieder läuft. Sie fasst ihr Haar zusammen und legt es nach vorn über ihre Schulter, bevor sie in das Auto klettert. Ich hebe die Hand und winke, aber sie schaut nicht hoch.

In der Wohnung ist es jetzt still. Von unten kommen keine Geräusche mehr und sogar der Kühlschrank in der Küche hat aufgehört zu brummen. Auch der Gabelstapler, dem ich stundenlang zugesehen habe, wie er Stahlgestelle zu schwankenden Stapeln zusammensetzte oder mit Bündeln von Vierkantrohren in die Halle fuhr, steht regungslos an derselben Stelle wie am Abend zuvor. Zu den grauen, grünen und ockerfarbenen Stapeln auf dem Platz ist ein weiterer aus großen roten Gestellen gekommen. „Da werden später Karosserien und so Sachen reingehängt, was weiß ich. Ich schweiße die Dinger hier zusammen, alles andere geht mich nichts an“, hat Ulf gebrummt, als Mutter ihn am Tag zuvor gefragt hatte, wofür die Gestelle seien. Das neue, rote Gestell sieht aus wie ein Klettergerüst, und ich hätte es gern ausprobiert, aber ich will nicht noch einmal allein durch das Treppenhaus gehen.

Plötzlich bewegte sich etwas in der Nähe des Tores. Ich recke den Kopf nach vorn. Die Katze! Sie kauert an einer Ecke, huscht dann über den Platz, als habe sie es eilig, wieder in Deckung zu gehen, verharrt aber mitten auf dem Weg und spitzt die Ohren. Ich halte den Atem an. „Bleib“, ich lege die Hand ans Fenster, „nicht weglaufen. Ich komme.“ Ich ziehe nicht erst die Sandalen an, sondern laufe barfuß die Treppe hinunter, finde dieses Mal die richtige Tür nach draußen. Die Katze ist nicht mehr zu sehen. Auf Zehenspitzen überquere ich den Platz.

Durch das Geflecht aus roten Stahlrohren blickt die Katze mich aus schrägen Augen an, als hätte sie auf mich gewartet. Ich lege mich auf den Boden. Der Asphalt ist noch warm von dem sonnigen Tag. „Katze“, flüstere ich, „du brauchst keine Angst zu haben.“ Die Katze hebt ihren Kopf. Ich krieche durch die Rohre hindurch in das Innere des Stapels, bedacht darauf, keine hektischen Bewegungen zu machen, und warte. Nach kurzem Zögern bewegt sich auch die Katze zwei Schritte auf mich zu, wir wechseln uns ab, bis wir uns soweit einander angenähert haben, dass ich die Hand ausstrecken und sie vorsichtig daran schnuppern kann. Sie ist dünn und feingliedrig, ihre Bewegungen unsicher.

„Wie heißt du?“, frage ich leise, „ich heiße Angelika.“ Ich berühre den grauen Kopf mit dem Zeigefinger. „Ich nenne dich einfach Katze". Langsam streiche ich über den Rücken, spüre die zarten Knochen unter dem weichen Fell. Die Katze drückt sich gegen meine Hand, streift an ihr entlang. Doch dann schreckt sie auf, duckt sich und ist im nächsten Moment verschwunden. „Warte!" Ich richte mich auf und stoße mit dem Kopf hart gegen ein Stahlrohr. Es tut weh, aber ich presse die Lippen aufeinander, denn durch die Rohre hindurch sehe ich einen Mann, besser gesagt: die Beine eines Mannes. Sie stecken in einer abgewetzten braunen Cordhose und kommen auf mich zu. Direkt vor der Stelle, wo ich in dem Stapel kauere, bleiben sie stehen. Kräftige Hände stützen sich auf den Oberschenkeln ab, dann erscheint der zur Seite gelegte Kopf, von dem ich gegen das Licht nicht mehr erkennen kann als einen grauen Haarkranz. Die Stimme klingt brüchig, aber nicht unfreundlich: „Ein kleines Mädchen! Was machst du denn hier, um Himmels willen!"

Ich wage nicht zu antworten.

Der Mann kniet sich umständlich hin. „Wie heißt du?"

Ich weiß nicht, ob ich ihm antworten darf, doch jetzt, da er auf der gleichen Höhe ist wie ich, kann ich sein Gesicht sehen, und es wirkt freundlich. „Angelika", sage ich.

„Angelika. Ein schöner Name."

„Meine Mutter nennt mich Angel."

„Angel, so?" Es klingt komisch, wie er es ausspricht. „Dann sag mir doch mal, was ein kleiner Engel wie du hier unter diesem Stapel zu suchen hat."

„Die Katze war hier."

„Mischka?"

Ich bin enttäuscht, dass er der Katze schon einen Namen gegeben hat, noch dazu einen so seltsamen. Als hätte der Mann meine Gedanken gelesen, sagt er: „Ich nenne sie so. Genauso könnte ich sie auch Mathilda oder Dummkopf oder Königin rufen. Sie kümmert sich nicht darum."

„Ist es deine Katze?"

„Eine Katze gehört nie jemandem wirklich", antwortet der Mann, „ich stelle ihr Futter hin, und wenn sie gnädig gestimmt ist, kommt sie und frisst es. Zu viel gebe ich ihr aber nicht – sie soll sich ja um die Mäuse kümmern." Er richtet sich auf. „Willst du nicht mal rauskommen? Für einen alten Mann wie mich ist es nicht leicht, so lange auf dem Boden zu knien und sich mit jungen Damen zu unterhalten, die unter einem Stapel hocken."

Ich zögere, bevor ich hinauskrieche. Jetzt, im Licht, sehe ich die tiefen Falten, die sich durch das Gesicht des Mannes graben. Er mustert mich aus trüben und von roten Äderchen durchzogenen Augen, die von einer starken Brille vergrößert werden. Als sein Blick auf meine nackten Füße trifft, ziehe ich die Zehen zusammen.

„Nun verrate mir doch mal, Engel, wo du herkommst", sagt er schließlich.

Ich zeige auf die Halle.

„Aus der Fabrik?"

„Wir wohnen da oben."

Er runzelt die Stirn. „Bei Ulf Marquard, so. Und wo ist deine Mutter?"

„Sie sind weggefahren."

„Und wann kommen sie wieder?"

Ich hebe die Schultern.

„Du kannst hier nicht so allein herumlaufen, Kind, es ist zu gefährlich. Geh am besten rein."

Ich nicke, bewege mich aber nicht, und der Mann runzelt wieder die Stirn. „Ich bringe dich zur Tür." Er hält mir die

Hand hin. Ich nehme sie nicht, doch ich folge ihm, als er sich in Bewegung setzt. Die Tür zur Halle ist verschlossen.

„Hast du einen Schlüssel?“, fragt der Mann. In seinen Brillengläsern spiegeln sich die Fabrik und der Himmel mit den Wolken, die sich allmählich rötlich verfärben. „Ich hatte einmal Schlüssel zu jeder Tür auf dem Gelände hier. Ist lange her.“ Er schiebt seinen Ärmel hoch und sieht auf die Uhr. „Ich muss meine Medikamente nehmen.“ Ohne ein weiteres Wort geht er, gebeugt, mit langsamen Schritten, als müsste er sich auf jeden einzelnen konzentrieren.

Ich spüre in meinem Rücken die verschlossene Tür, hinter der das Treppenhaus liegt, die Fabrikhalle, in der die Maschinen jetzt schweigen, und die Wohnung, die riecht wie Ulf. „Warte“, rufe ich, und der Mann bleibt stehen und setzt sich erst wieder in Bewegung, als ich bei ihm angelangt bin.

Wir gehen an der Halle entlang. Der Asphalt unter meinen Füßen ist rau und voller kleiner Stahlsplitter, die sich in die Haut setzen. Einmal weiche ich Pflanzen aus, die zwischen der Halle und dem Weg wuchern, weil ich denke, es seien Brennnesseln, aber der Mann erklärt mir, dass es Taubnesseln sind. Er fasst sie an und sagt mir, dass ich aus den Blüten süßen Sirup saugen kann. Er macht mich auf ein Starennest im Dach aufmerksam, und ich staune, als er erzählt, welche langen Strecken die Vögel noch vor Kurzem geflogen sind und dass sie schon in wenigen Monaten wieder in Richtung Süden aufbrechen werden.

Hinter der Halle wird der Asphalt brüchiger und die Pflanzen dichter und höher. Der Weg verkleinert sich zu einem Trampelpfad, auf dem wir nur hintereinander gehen können. Der Mann tritt rechts und links die Pflanzen herunter, denn jetzt, sagt er, seien wirklich Brennnesseln dabei. Ich konzentriere mich so sehr auf meine Schritte, dass ich gar nicht das Haus gesehen habe, vor dem wir plötzlich stehen. Ich folge dem Mann in den kleinen Flur und drücke die brennenden Fußsohlen auf die kühlen Fliesen, während er seine Schuhe gegen ein Paar Pantoffeln tauscht. Dann betreten wir den Wohnraum: Ein Esstisch steht darin, ein Stuhl, ein Sessel, auf dem eine zusammengefaltete Zeitung liegt, ein Küchenschrank mit Glasscheiben, ein Herd, dessen Platten an den Rändern rosten. Ich bleibe stehen. Irgendetwas irritiert mich an diesem Zimmer, doch erst, als der Mann das Licht anschaltet, sehe ich die Gesichter. An den Wänden, übereinander, nebeneinander, hängen Fotos von Menschen, die reglos ihre Augen auf mich richten. Manche sehen wie Leute aus, denen wir auch hier auf den Straßen begegnen, doch die meisten sind fremd: ein Mann mit dunkler Haut und riesigen, durch schweren Schmuck langgezogenen Löchern in den Ohren, eine grell geschminkte alte Frau mit einer Perlenkette um den faltigen Hals, ein junger Mann mit zusammengewachsenen Brauen und einer Pelzmütze. Vor einem Foto, das auf meiner Höhe hängt, bleibe ich stehen. Ein Mädchen ist darauf abgebildet.

„Das war in China", sagt der Mann, „es ist lange her. Damals konnte ich noch reisen. Und fotografieren."

„China?"

„Ein Land, weit entfernt von hier. Viel größer als Deutschland. Am anderen Ende der Welt. Ein schönes Land, aber viele Menschen dort sind bitterarm. Zumindest war es damals so." Ich drehe mich zu dem Mann um. Er hat sich auf den Stuhl fallen lassen, auf dem Tisch vor sich eine Tablettendose, deren Fächer mit verschiedenfarbigen Pillen und Kapseln gefüllt sind. „Damals durfte kaum jemand nach China reisen. Sie wollten ihre Einwohner vor dem Einfluss des Westens schützen. Ich war einer der ersten Geschäftsleute, die sie ins Land gelassen haben." Er nimmt eine Tablette aus der Dose, steckt sie in den Mund und schluckt sie herunter, ohne etwas dazu zu trinken. „Dieses Mädchen hier war damals ungefähr so alt wie du. Sie musste jeden Tag auf dem Feld mitarbeiten." Er greift zu der nächsten Tablette und sieht mich an. „Jetzt ist sie längst eine erwachsene Frau. Wenn sie überhaupt noch lebt. Dies ist vielleicht das einzige Foto, das von ihr als Kind existiert. Und sie weiß das sicher gar nicht mehr. Aber hier, in diesem Zimmer, ist sie immer noch das kleine Mädchen, das sie in dem Moment war, als ich auf den Auslöser drückte. Fotos halten die Zeit an, mein Kind. Wenn ich die Fotos ansehe, bin ich bei jedem einzelnen wieder genau in der Situation, in der ich war, als ich es gemacht habe." Er sackt in sich zusammen und brummt: „Ach, was schwätze ich für dummes Zeug."

Ich wende mich wieder dem Foto zu. Trotz des breiten Gesichts wirkt das Mädchen zerbrechlich, mit der blassen Haut und den Augen, so schmal, dass die dunklen Pupillen kaum zu sehen sind. Auf der Wange hat sie ein Muttermal. Ernst schaut sie mich an, und plötzlich habe ich das Gefühl, sie wäre meine Freundin.

Zweiter Teil

„Ich wollte meine Würde nicht verlieren,
ich wollte meinen Stolz nicht verlieren.
Also biss ich die Zähne zusammen."

(Li Cunxin, Balletttänzer aus China)

An manchen Tagen im Frühjahr schien die Sonne auf eine besondere Art durch die alten Fenster der Halle. Dann wirkte alles wie mit Gold gepudert. Der Schmutz an den Wänden wurde zur Patina, die Kratzer auf den Bänken verschwanden im Gelb des Holzes und die Weichbodenmatte, die ich jetzt vor die Spiegelfolie schob, nahm einen sanften, fast violetten Ton an. Jeden Winkel der Halle kannte ich, jede kleine Schwäche: das Klappern der Ventilatoren in den Heizungen, das Knarren des Parketts, das an der linken Stirnseite besonders ausgeprägt war. Ich wusste, dass ich die Tür zum Kabuff beim Öffnen leicht anheben musste und dass die Uhr an der Wand jede Woche eine Minute verlor.

Nur vom rechten Geräteraum hatte ich lediglich die Erinnerung an einen kurzen Blick. Ich wusste nicht, ob sich das Kipptor noch bewegen ließ, das ich vor elf Jahren geschlossen hatte. Vielleicht waren die Scharniere eingerostet oder das Holz hatte sich verzogen. Es war selten, dass eine Halle zwei voneinander abgetrennte Geräteräume hatte. Für mich war es damals wie ein Zeichen gewesen, dass es die richtige für mich war.

Ich nahm den Knauf in die Hand. Er fühlte sich an wie die zu dem anderen Raum, dem, der lebte, mit den Matten und Bällen, den Bändern und Keulen, die die Kinder immer so geliebt hatten. Ich atmete durch und zog. Nichts passierte. Ich zog kräftiger – immer noch nichts. Erst als ich meine gesamte Kraft mobilisierte, begannen die Stahlfedern an den Seiten zu kreischen und das Tor bewegte sich ein paar Zentimeter, so dass ich unter den Rand fassen und es ganz aufschieben konnte.

Als Erstes tauchte der Stufenbarren vor mir auf. Ich trat vor und fasste das glatte Holz an, strich daran entlang. Staub schwebte in der Luft. Zwischen den Holmen zog sich der Faden eines Spinnwebens. Ich löste die Bremsen und zog den Barren in die Halle. Es hatte mir immer ein Gefühl von Wichtigkeit gegeben, wenn ich die großen Geräte bewegte. Es geht darum, sie zu beherrschen. Von dem Moment an, in dem du sie über den Boden schiebst, einen Platz auswählst, die Bremsen mit einem Tritt arretierst. Du darfst dir keine Angst erlauben nur wegen ihrer Größe.

Als Nächstes holte ich den Schwebebalken, zog ihn in die rechte Ecke der Halle und stellte ihn fest. Fünf Meter lang, einen Meter zwanzig hoch, zehn Zentimeter breit. Jedes Gerät bringt seinen eigenen Schmerz. Beim Stufenbarren sind es die Hände, die sich aufreiben, bis sie bluten. Beim Schwebebalken die Schmerzen an den Schenkeln, wenn die Füße das Holz nicht treffen.

Und beim Sprung?

Ich zog mich auf den Balken, streckte mich und machte eine Drehung. Dann sah ich mich um. Nie hatte ich meine Halle aus dieser Perspektive betrachtet. Kleiner wirkte sie jetzt. Wie die Kampfrichter bei den Wettkämpfen oder die Köpfe der Zuschauer, die bei den schnellen Schwüngen am Barren verschwimmen.

Was, wenn sich so viel verändert hatte in den vergangenen vierundzwanzig Jahren, dass das Turnen heute etwas ganz anderes war als damals? Es gab bestimmt viele neue Elemente, die ich noch nicht kannte, und bessere, effektivere Trainingsmethoden. Sofort wischte ich den Gedanken beiseite. Der Vater dieses Mädchens wusste, worauf er sich einließ, zumindest könnte er es wissen, wenn er sich über mich und meine Angebote erkundigt hätte.

Ich sprang vom Balken ab. Ich brauchte das Geld. Darum ging es. Um nichts sonst.

Ich holte Luft und ging wieder in den Geräteraum. Der hintere Teil war dunkel und ich drückte auf den Lichtschalter. Die

Birne flackerte einmal kurz auf, dann ging sie aus. Nur langsam gewöhnte ich mich an das Dämmerlicht. Dort war es, das Pferd, lehnte gekippt an der Wand. Ich versuchte mich zu erinnern, ob es damals, bei meinem kurzen Blick in den Geräteraum, auch schon so dort gestanden hatte, fand aber kein Bild in meinem Kopf.

Ich stellte es auf die Füße und strich über das Leder, das so lange nicht berührt worden war. Das glatte, feste Material hatte ich immer geliebt. Kühl im ersten Moment, doch wenn man eine Weile die Hand darauf liegenließ, wurde es warm und weich. Dazu kam es meistens nicht, zu kurz berührten die Hände das Leder beim Sprung, Sekundenbruchteile nur. Aber heute benutzte man keine Pferde mehr, sondern Sprungtische, nicht aus Holz und Leder, sondern aus Kunststoff und Hightech-Material, ganz anders geformt. Ob dem Chinesen klar war, dass ich so etwas nicht bieten konnte? Ebenso wenig wie einen Spannbarren, einen Übungsbalken oder sonst irgendein Equipment, das für ein Hochleistungstraining nötig wäre? Sein Problem!

Ich fuhr herum, als ich ein Räuspern hörte. Das Licht aus der Halle blendete mich und nur ganz allmählich zeichneten sich zwei Silhouetten im hellen Rechteck ab. Schmal waren die beiden, auch der Großvater. Ich ging ihnen entgegen, und wieder hielt der Alte mir mit beiden Händen einen Umschlag hin. Die Augen des Mädchens ähnelten seinen, saßen dunkel und tief hinter den Lidern, als ob sich hinter ihrem kindlichen Gesicht etwas ganz anderes verberge, etwas, das mit Kindsein nichts zu tun hatte. Ihre schwarzen Haare waren zu einem unbeholfenen Pferdeschwanz zusammengebunden.

„Hallo Lian", ich hielt meiner neuen Schülerin die Hand hin, „ich bin Frau Maifert." Sie hob kaum merklich den Kopf. Ansonsten bewegte sie sich nicht.

Die Halle kam mir auf einmal furchtbar leer vor, ohne all die anderen Kinder: Mascha, Ann-Kathrin, Ceylan, Svenja. Sie gehörten hierher anstatt dieser fremden Göre, die sich zu gut war, meine ausgestreckte Hand zu ergreifen, so dass ich sie zurückziehen musste wie eine Verliererin. „Verstehst du, was ich sage?“, fragte ich kühl.

Keine Reaktion. Der Großvater runzelte die Stirn und gab Lian einen kräftigen Klaps auf den Rücken, der ihren Körper erschütterte, sonst aber keine Reaktion hervorrief.

„Wohl nicht.“ Ich räusperte mich, wusste nicht, wie ich weitermachen sollte, und wandte mich dem Großvater zu. Es fiel mir schwer, sein Alter einzuschätzen. Er wirkte wie jemand, der in seinem Leben schon viel körperliche Arbeit verrichtet hatte – wahrscheinlich war er jünger, als ich dachte. „Und Sie? Können Sie mich verstehen?“ Er lächelte wieder das unsichere Lächeln und rieb mit den Handflächen über seine Brust.

Groll stieg in mir auf. Das hier war doch lächerlich! Wie sollte es funktionieren? Aber ich fühlte die Scheine durch das Kuvert hindurch und straffte den Rücken. Zehntausend Euro. Das war das Ziel. Solange würde ich dieses Mädchen trainieren und nicht einen Tag länger. Sollte doch jemand anderes eine Nadia Comăneci aus ihr machen.

Ich ging ins Kabuff und ließ schnell die Scheine durch meine Finger gleiten. Dann bat ich den Großvater, seine Adresse und Telefonnummer aufzuschreiben, aber er wusste entweder nicht, was ich von ihm wollte, oder er konnte keine deutschen Buchstaben schreiben. Er sprach mit Lian. Sie schwieg. Er wurde lauter, schien aufgebracht. Bevor er ihr wieder einen Stoß versetzen konnte, sagte ich schnell: „Und Sie? Wie heißen Sie?“ Wie sein Name geschrieben wurde, wusste ich aus dem Brief von Lians Vater, hatte aber keine Vorstellung davon, wie man ihn aussprach. Ich zeigte auf mich selbst, sagte: „Maifert", und richtete dann den Finger fragend auf ihn.

„Ah", sagte er, und dann etwas, das klang wie ein unterdrücktes Niesen: „Tschiü".

„Also gut. Fangen wir an." Ich sah Lian an und erntete als einzige Reaktion ein leichtes Vorstrecken des Kinns. Mein Widerwille wuchs. Der Großvater schob das Mädchen in meine Richtung. „Warmlaufen", sagte ich barscher als beabsichtigt und lief los. Erleichtert stellte ich fest, dass Lian mir folgte, wenn auch mit Abstand: Wurde ich langsamer, reduzierte auch sie das Tempo, lief ich schneller, folgte sie und hielt die Distanz von etwa zwei Metern. Nach dem Warmlaufen machte ich ein paar Aufwärmübungen vor, die sie nachahmte und dabei immer knapp an mir vorbeisah, als wollte sie zwar mitbekommen, was ich tat, aber gleichzeitig vermeiden, dass sich unsere Blicke trafen. Mir war es recht, ich legte auch keinen Wert darauf. Ich ging zu den Bodenmatten, die ich schon vom Wagen heruntergezogen und zu einer Bahn aneinandergelegt hatte. „Kannst du das auch?" Ich machte eine Rolle vorwärts. Ich gab mir Mühe, machte sie besonders exakt und als ich die Arme nach oben streckte, fühlte ich mich erbärmlich, weil ich Lian vorführen wollte – ein zehnjähriges Kind! Sie machte eine Rolle wie aus dem Lehrbuch.

„Gut", sagte ich, „und wie steht es hiermit?" Ich machte einen Handstand vor.

Herr Xu hatte sich an der Wand auf den Boden gesetzt, dort, wo das Parkett kaputt war, was ihn nicht zu stören schien, und beobachtete uns. Lian streckte sich, nahm Schwung, stellte sich auf die Hände. Beine durchgedrückt, Zehen gestreckt, perfekt in einer Ebene.

Als nächstes ein Rad. Perfekt. Ich ließ Lian mit nach vorn gestreckten Beinen ein Seil hochklettern, auf den Händen laufen, lobte sie, lächelte sie sogar an, aber ihre Miene blieb ungerührt und ihr Gesicht war blass, als strenge das alles sie nicht einmal an. Querspagat links, rechts, Längsspagat. Grätschsprung. Flickflack. Die Hilfestellung wäre nicht nötig gewesen.

Verdammt, dachte ich. Der Vater hat recht. Das Mädchen hat Talent.

Kassel-Bettenhausen, 1974

Über ein Jahr wohnen wir nun schon bei Ulf. Die Wohnung sieht jetzt ganz anders aus. Alles ist bunt, nur Ulfs Sessel ist noch wie vorher. Die Geräusche aus der Fabrik unten sind vertraut geworden. Wenn sie mich wecken, weiß ich, dass Ulf bald die Wohnung verlässt, schleiche hinüber zu Mutter, lege mich zu ihr, lausche ihrem Atem und hoffe, dass sie nicht zu bald aufwacht, denn diese Zeit ist die schönste des Tages.

Die Abende verlaufen immer gleich: Ulf sitzt in seinem Sessel, die Fernbedienung in der Hand. Mutter setzt sich im Schneidersitz zu seinen Füßen, das Gesicht wie er zum Fernseher gerichtet. Ihre Haarspitzen berühren fast den Teppich. Nach wenigen Minuten kritisiert sie das Programm, das Ulf ausgewählt hat. Er reagiert nicht, sein Mund wird schmal und ich versuche, unsichtbar zu sein. Mutter steht auf, holt zwei Flaschen Bier und sie trinken. Sie lehnt sich gegen seine Knie. Kurz darauf wechselt er die Position. Meistens legt sie dann ihren Arm um seine Beine, als wolle sie sich daran festhalten.

Heute jedoch ist es anders. Mutter legt sich auf den Teppich, sie liegt da zwischen dem Tisch und dem Fernseher, ihre Haare breiten sich um den Kopf herum aus wie ein Schleier und verweben sich mit den Schlingen des Teppichs, ihre Brüste sind breit und flach. Ich lege mich leise neben sie, lehne den Kopf an ihren Brustkorb, der sich hebt und senkt. Mein Ohr wird warm. Ich höre Mutters Herz schlagen. Mit dem anderen Ohr höre ich, wie Ulf sich eine Zigarette ansteckt und nach jedem Zug den Rauch aus der Lunge jagt. Seine Atemzüge werden schneller. Unvermittelt lacht Mutter ihr Männerlachen, es überträgt sich auf meinen Kopf: das Vibrieren, der kehlige Ton, die mitschwingende Atemlosigkeit in ihrer Stimme: „Geh doch schon mal in dein Zimmer, Angel."

Aber es ist noch früh, die Sonne scheint sogar noch, und ich ziehe im Flur die Sandalen an, lausche an der geschlossenen Wohnzimmertür, schleiche aus der Wohnung und laufe die Treppe hinunter. Ich drücke die Haustür auf, renne den Weg an der Halle entlang, der mir inzwischen viel kürzer erscheint als damals, beim ersten Mal, als Karl mich führte. Ich durchquere das Lager und laufe über den überwucherten Trampelpfad. Ich klopfe an Karls Tür, er öffnet, ich schlüpfe hinein.

Vor Ninas Bild bleibe ich stehen. So habe ich das Mädchen auf dem Foto genannt. Niemand weiß es. Nina ist mein Geheimnis. Mit ihr spiele ich tagsüber, mit ihr klettere ich auf den Gestellen herum, wir kichern, wenn einer der Arbeiter sich unbeobachtet wähnt und an den Rand der Halle pinkelt. Mit Nina spreche ich, wenn ich nicht einschlafen kann, Nina liegt neben mir im Bett und hält meine Hand, wenn ich morgens vor dem Sirren der Schweißer aufwache und Ulf noch nicht zur Arbeit gegangen ist, und erzählt mir Witze. Nina ist meine Freundin.

Nach dem stillen ‚Hallo' laufe ich auf der anderen Seite des Hauses wieder hinaus, auf die kleine, überdachte Terrasse, wo Karls Stuhl steht und Mischkas Futternapf. Heute ist sie da! Ich setze mich neben sie, beobachte, wie sie vorsichtig ein Fleischstückchen nimmt, hin- und herwiegt, dann mit ruckartigen Bewegungen herunterschluckt. Zwischendurch blickt sie immer wieder zu mir hinüber, aber ich verharre unbeweglich, bis sie fertig ist.

Karl kommt dazu und setzt sich auf den Stuhl. Wir reden immer wenig. Als Mischka fertig ist, strecke ich ihr die Hand entgegen, wie bei unserer ersten Begegnung, und sie schnuppert daran, bevor sie ihren Kopf in meine Hand schmiegt.

„Wie alt bist du eigentlich, Engel?“, fragt Karl. Ich mag es, dass er mich Engel nennt.

„Fast sieben.“

„Dann kommst du bald in die Schule?“

Ich nicke.

„Freust du dich schon?“

„Weiß nicht.“

Ich erzähle ihm nicht von unserem Besuch in der Schule, der Frau mit den grauen, streichholzkurzen Haaren, ihrem Lächeln, das einen Moment stehenblieb, als sie Mutter sah, der steifen Haltung, die Mutter daraufhin einnahm. Die Frau stellte mir Fragen, viele Fragen. Sie legte mir ein Blatt und Buntstifte hin und die Striche auf dem Blatt wurden Zickzacklinien, weil meine Hand zitterte. Sie fragte, in welchen Kindergarten ich gehe, was mein Lieblingsessen sei, welchen Beruf mein Vati habe. Und in dem Moment stand plötzlich Nina vor mir, lebensgroß und frech grinsend, und ich sagte: „Fotograf“, und Mutter hob die Hand und ließ sie wieder sinken. Als wir fertig waren und durch den langen breiten Flur zum Ausgang gingen, hielt sie meine Hand so fest, dass es wehtat, und sagte: „Ich würde dich ja lieber auf eine Waldorfschule tun, aber das können wir uns nicht leisten.“

Karl hat sich längst wieder in seine Zeitung vertieft und ich übe Handstand, wie immer, wenn ich hier bin. Ich stelle die Hände auf den Betonplatten auf, nehme Schwung, bis die Füße oben an der Hauswand landen. Dann versuche ich, mich von der Wand zu lösen und auszubalancieren, um frei zu stehen. Manchmal schaffe ich es schon für mehrere Sekunden, spüre, wie meine Haare sich lang ziehen, das Blut in meinen Kopf läuft. Immer wieder mache ich es, nehme Schwung, stelle die Welt auf den Kopf. Langsam wird es dunkel, Karl ist eingenickt, Mischka, deren neugieriges Gesicht zu Anfang noch aus den Büschen herausgeschaut hat, verschwunden. Ich will in der Luft bleiben, mindestens bis zehn zählen können, ohne mich an der Wand abstützen zu müssen. Meine Handgelenke schmerzen und die Fersen sind vom rauen Beton aufgeschürft, aber ich mache weiter, wieder und wieder.

Und mit einem Mal gelingt es mir zu stehen! Ich stehe auf den Händen, ohne mich abzustützen. Es ist ganz leicht, und ich kann mir gar nicht mehr vorstellen, dass ich es schwer gefunden habe. Ich zähle bis zehn und bleibe immer noch stehen. Ich nehme meinen Atem wahr, den ich dieses Mal nicht angehalten habe, regelmäßig und ruhig strömt er durch meinen Körper, einatmen und ausatmen, ein und aus in der perfekten Balance.

Dann dringt Mutters Stimme zu mir vor, „Angelika!", und obwohl sie weit entfernt ist, höre ich den schrillen Unterton. Ich verliere das Gleichgewicht und kippe beinahe zur Seite. Als ich wieder auf den Füßen stehe und das Blut langsam aus meinem Kopf weicht, wird mir klar, wie dunkel es schon ist. „Angelika!" Auch Karl scheint es jetzt gehört zu haben. Er öffnet die Augen, braucht einen Moment, sieht zur Uhr. Ohne etwas zu sagen, gehen wir zur Haustür. Mutter ist jetzt viel näher, immer wieder ruft sie, nicht „Angel", sondern: „Angelika". Karl öffnet die Tür und schaltet das Außenlicht an. Aus der Dunkelheit heraus taucht Mutter auf, ihr Rock verfängt sich in den Brennnesseln. Ein paar Meter vor uns bleibt sie stehen, schwer atmend. Sie ist mir unheimlich mit diesen riesigen Telleraugen, die zwischen Karl und mir hin- und herrasen und so bleibe ich neben ihm stehen, bis Mutter drei große Schritte macht, mich am Arm packt und den ganzen Weg zurück nicht mehr loslässt, auch nicht, als ich es nicht mehr aushalte und zu weinen beginne.

„Sie war bei diesem Karl!“, stößt sie hervor, als wir in die Wohnung kommen, und: „Was will der überhaupt von ihr!“

Ulf erhebt sich aus seinem Ledersessel, ich sehe seinen Gürtel vor mir, die zerkratzte Schnalle ist genau auf meiner Augenhöhe, das Leder neben der Schnalle heller als der Rest, an einer Stelle ist es eingerissen. Ich sehe, wie Ulf den Gürtel löst, wie er den Arm hebt. „Kleines Luder“, sagt er, Mutter schreit: „Ulf, nicht!“, ich schließe die Augen und denke an meinen Handstand, und Nina ist bei mir, sie strahlt und applaudiert wie verrückt, weil ich so lange auf den Händen stehen bleiben kann.

Vor der Nachbarwohnung lag immer noch die Matte von Frau Hellwig, mit den beiden Kätzchen, die vor Schmutz kaum noch zu erkennen waren.

Als Johannes mich ein paar Tage zuvor gefragt hatte, ob ich Lust hätte, mit ihm klettern zu gehen, hatte ich Ja gesagt, ohne vorher den Kopf einzuschalten. Und jetzt stand ich hier und hoffte, dass es die richtige Entscheidung gewesen war. Eine geschlagene Viertelstunde hatte ich vor meinem Schrank gestanden und überlegt, was ich anziehen sollte, wie lächerlich! Viel gab er ohnehin nicht her: ein paar alte Jeans, Kapuzenpullis, einen Wollpullover, verwaschene Shirts. Schließlich hatte ich mein grünes enges T-Shirt ausgewählt, dazu eine locker sitzende Jeans, und mich gezwungen, in den Spiegel zu sehen. Du musst besser auf deine Figur achten, Schätzchen! Ich wusste, dass das nicht stimmte. Ich wusste, dass ich dünn genug war, weil ich am unteren Ende des Body-Mass-Index stand. Meistens kam ich auf weniger als siebzehn, wenn ich ihn im Internet berechnete, um mich zu vergewissern. Ich wusste es, aber ich sah es nicht, ich spürte es nicht, nach all den Jahren gelang es mir immer noch nicht.

Ich drückte auf den Klingelknopf, hörte Johannes Stimme, Schritte, die Tür öffnete sich. Er hatte das Telefon am Ohr. „Komm rein, bin gleich da“, formten seine Lippen.

Es war das erste Mal, dass ich die Nachbarwohnung betrat. Zur Linken war die Küche, wie bei mir, nur spiegelverkehrt, und gegenüber das Schlafzimmer, dessen geöffnete Tür den Blick auf sein Bett freigab: eine Matratze auf dem Boden, die dunkel gemusterte Bettdecke darauf verknäuelt. Anders als bei mir gab es noch ein drittes Zimmer, aus dem jetzt Johannes' Stimme kam. Ich ging einen Schritt vor und lugte um die Ecke. Er stand hinter einem großen hellen Tisch, auf dem Pläne übereinanderlagen und strich mit der Hand über das Papier, als suche er einen Stift. Vorn auf dem Boden lag ein Pulli, weiter hinten Kletterzeug und ein Seil. Am Fenster stand ein Sofa, darauf lag ein einzelnes Kissen. Bei aller Unordnung herrschte eine gewisse Ästhetik, als habe jemand die Dinge für ein Stillleben angeordnet. Der graue Teppich, auf dem das Sofa stand, hatte einen rötlichen Schimmer. Vor dem Fenster erhob sich eine Tonskulptur, zwei ineinander verwachsene Menschen, eine Mutter vielleicht, die sich schützend über ihr Kind neigte. Außer dem Tisch und dem Sofa waren keine Möbel in dem Raum, aber an der Wand lehnten, lagen, stapelten sich Fotografien in verschiedenen Formaten, die meisten schwarz-weiß.

Johannes beendete sein Telefonat. „Komm doch rein", sagte er und: „Wie geht's?"

Jetzt war er da, der Blick. Ich widerstand dem Impuls, mir ins Gesicht zu fassen. „Ganz okay. Und dir?"

Er griff zu dem Kletterzeug auf dem Boden. „Wenn ich klettern gehen kann, geht es mir immer gut. Hier, für dich." Das Seil war rau und fest, und ich war froh, es in die Hand zu bekommen.

„Schön, dass du mitkommst", sagte er im Treppenhaus.

Ich war nicht sicher, gar nicht sicher, ob ich es auch schön fand. Besser jedenfalls, als wenn die Gedanken immer nur um Lian kreisten. Drei Wochen war das Mädchen nun schon bei mir. Ihr Talent war unglaublich, ihre Fortschritte auch, aber noch immer sprach sie kein Wort. In der Halle herrschte oft stundenlanges Schweigen. Ich zeigte ihr die Übungen, Lian machte sie nach. Manchmal erklärte ich ihr auch alles, dachte, so könnte sie vielleicht Deutsch lernen, zumindest das, was sie für das Training brauchte. Dann wieder ließ ich es, weil es keinen Unterschied zu machen schien, ob ich etwas sagte oder nicht. Herr Xu hatte in den ersten Tagen auf dem Boden gesessen, bis ich ihm meinen Stuhl aus dem Kabuff holte. Dort saß er nun die langen Stunden während des Trainings auf dem wackligen Drehstuhl, manchmal nickte er ein. Am Tag zuvor hatte er wieder einen Brief mitgebracht.

> *Sehr verehrte Frau Winter,*
> *ich bin sicher, dass Sie Lian die besten Trainingsmethoden absolvieren lassen. Sie sollte jedoch, damit ihr Talent nicht ungenutzt bleibt, mehr Kraftübungen machen. Ihre Arme sind zu schwach, sie müssen weiter ausgebildet werden. Lian ist ein starkes Mädchen.*

Er machte mir Vorschriften, wie ich das Training gestalten sollte!

Johannes' Volvo stand direkt vor der Tür. Ein altes Auto, die Zahlen auf dem Schalthebel waren kaum noch zu erkennen, der Kunststoff des Armaturenbretts stumpf. Die Rückbank war umgelegt und hinten lag alles durcheinander: das Modell eines Gebäudes, eine zerdrückte Isomatte, Seile, Kletterzeug, Karabinerhaken, eine Gaskartusche, ein Stativ.

Auf der Fahrt fragte Johannes nach meiner Halle und dem Dach, aber ich antwortete nur einsilbig und war froh, als er hinter Baunatal den Wagen auf einen Autobahnparkplatz lenkte. Müll hing über dem Rand eines überfüllten Papierkorbs, und als ich ausstieg, trat ich auf eine leere Red-Bull-Dose. Hier sollten wir den Nachmittag verbringen? Klettern in der Natur hatte ich mir anders vorgestellt. Ich drehte mich von der Autobahn weg und hob den Blick zu dem Hügel, aus dessen Mitte Felsen herausragten wie die Türme einer schwarzen Kathedrale.

„Basalt“, sagte Johannes und strich über einen aus dem Boden ragenden Stein, der aussah wie eine abgerutschte und liegengelassene Pyramide, „hartes Gestein. Siehst du, wie es sich immer in sechseckigen Säulen anordnet?" Auch auf dem Feldweg, den wir jetzt gingen, brach überall in bizarren Formen der Stein durch. Dann bogen wir vom Feldweg ab auf einen Trampelpfad, es wurde steiler, wir stiegen immer höher, bis wir oben auf einem der Felsen standen und in eine Kulisse wie aus einem Winnetou-Film blickten: eine zerklüftete, schwarze Landschaft, Felsen, die sich um ein Tal gruppierten, wie hingefallen in den Feldern, die sie umgaben. „Der Elefantenbuckel", sagte Johannes fast zärtlich und deutete auf einen abflachenden, breiten Felsen vor uns, „und das", jetzt richtete er den Finger auf einen glatten, obeliskartigen Felsen, „ist die Schiefe Anna." Sein Blick wanderte über die Felsen hinweg, bekam etwas Sehnsüchtiges. Ich steckte die Hände in die Taschen.

Dann nahm er das Seil von der Hüfte, führte es durch einen Ring, der im Fels befestigt war, und ließ es ins Tal fallen. „Wir fangen top-rope an, das heißt: Ich ziehe das Seil hier durch, dann kann ich dich gut von unten sichern, während du kletterst." Einen Moment ruhte seine Hand auf dem Felsen.

Über einen anderen Pfad stiegen wir in den Talkessel ein. Das Seil, das er oben befestigt hatte, baumelte von einer hoch aufragenden Felswand herunter, die immer steiler und glatter erschien, je näher ich an sie herantrat. „Ist gut, sich die Route vorher schon mal vorzustellen", sagte Johannes und ich dachte: „Wie beim Turnen!"

Ich spürte seine Hand auf meiner Schulter. „Siehst du die Haken?" Er zeigte auf die Ösen, die in regelmäßigen Abständen im Felsen befestigt waren. „Die brauchst du heute nicht. Aber du kannst dich an ihnen orientieren, sie zeigen, wo die Route ungefähr langgeht. Hier, der Klettergurt. Da musst du mit den Beinen durch!"

Ich steckte die Beine durch die Beinschlaufen am Gurt. Johannes überprüfte den Sitz, zog den Gurte straff, und ich konnte nicht anders als an Martin zu denken, an seine Arme, auf die er meinen Namen tätowiert hatte, seine Berührungen, die ich immer noch vermisste, nach all den Jahren.

„Alles in Ordnung?", fragte Johannes. Er nahm eines der beiden von oben herabhängenden Seilenden, zog es durch eine Schlaufe am Gurt vor meinem Bauch und machte einen komplizierten Knoten. Die ganze Zeit erklärte er irgendwelche Dinge, doch ich hörte kaum zu. Ich hatte keine Ahnung, wo Martin jetzt war. Martin Maifert. Sein Nachname war das Einzige, das mir von ihm geblieben war, außer einem kaputten Sieb und den anderen alten Küchensachen in meinem Keller.

„Angelika?" Johannes sah mich an. „Du brauchst schon deine Konzentration."

„Ja klar, kein Problem."

„Okay. Dann klettere mal ein Stück hoch und lass dich ins Seil fallen, damit du ein Gefühl dafür bekommst."

Ich griff an einen kleinen Vorsprung im Fels, mit der anderen Hand in eine Einbuchtung, fand Stellen, auf die ich die Füße aufsetzen konnte, und zog mich hoch. Das Gestein war rau unter meinen Fingern, das Gewicht zog mich nach unten, und mir wurde bewusst, dass Klettern bedeutet, gegen die Schwerkraft zu kämpfen, Zentimeter für Zentimeter, ganz anders als beim Turnen, wo es immer auch um Schwung ging, um Impulse und Fliehkräfte, die genutzt und gebändigt werden mussten. Ich suchte neue Stellen für die Füße und die Finger.

„Du bist ja ein Naturtalent", sagte Johannes von unten, „jetzt lass dich fallen!"

„Ein Stück noch“, rief ich und kletterte weiter. Dann kam ich an eine Stelle, an der es nicht weiterging. Ich erreichte den nächsten Vorsprung nicht.

„Lass einfach los!“, sagte Johannes. Doch ich klammerte mich an der Wand fest, begann zu schwitzen, obwohl das Klettern mich kaum angestrengt hatte.

„Es kann nichts passieren!“ Johannes zog das Seil straffer, so dass ich einen leichten Zug spürte. Mein Mund wurde trocken. Dann begann meine rechte Hand zu krampfen

„Was ist los?“, rief Johannes. Ich guckte nach unten. Als ich sein zu mir gewandtes Gesicht sah, begann es sich in meinem Kopf zu drehen, der Felsen, meine Hände, alles verschwamm, und ich hörte plötzlich meinen eigenen Atem, wie unter Wasser, und klammerte mich fest, hing wie eine Spinne an dem Felsen. „Willst du runter?“, hörte ich wieder Johannes Stimme. Auch er klang wie unter Wasser. Konzentrier dich, flüsterte ich, konzentrieren! Ich atmete durch. Dann wurde ich ruhig, als hätte jemand auf einen Knopf gedrückt und einen anderen Film gestartet. Ein Film, den ich kannte. Ein Film mit einer Angelika, die alles konnte, ohne Angst, ohne Zaudern. Ich drückte mich mit dem rechten Fuß ab, einen Moment lang hatte ich nur noch zwei Fixpunkte, ich schwang mich hoch, mein Fuß suchte Halt, fand ihn, meine Finger fassten einen Vorsprung. Ich lehnte die Wange an den Fels.

„Angelika!“, rief Johannes, „du musst dich fallenlassen. Damit du merkst, dass du dem Seil vertrauen kannst. Je höher du kletterst, desto schwieriger wird es, glaub mir.“

„Okay“, sagte ich, aber ich bekam meine Stimme nicht laut gestellt. Dann schloss ich die Augen und ließ los. Es gab einen Ruck, ich schaukelte hin und her und ahnte, dass es sich schön anfühlen könnte.

Kassel-Bettenhausen, 1975

Ulf bringt mich jeden Morgen zur Schule. Der Zeitpunkt richtet sich nach seinem Plan. Manchmal muss er schon frühmorgens los, dann stehe ich lange vor dem ersten Klingeln vor der Schule und balanciere auf den Fahrradständern oder schlage Räder, bis die ersten anderen Schüler kommen. An anderen Tagen komme ich zu spät, und ich drücke mich an der Wand des Schulgebäudes entlang, ein Umweg, aber geschützt vor den Blicken aus den Klassenräumen. Am wenigsten mag ich es, wenn wir genau zur richtigen Zeit kommen und ich aus dem rostigen Pritschenwagen steigen muss, während Ulf, eine Zigarette im Mundwinkel, durch die Windschutzscheibe starrt, Gas gibt und mich in einer stinkenden Wolke zurücklässt, so dass die Viertklässler am Schultor grinsen.

Aber heute ist Mittwoch. Mein Lieblingstag, weil wir gleich in der ersten Stunde Turnunterricht haben, bei Frau Juners, die mich immer lobt, auch wenn ich Dinge tue, die einfach sind. Als ich in den Turnraum komme, steht neben ihr noch eine andere Frau. Sie ist dünn und angezogen wie die Mädchen aus den höheren Klassen, mit engen Jeans und einem pinkfarbenen T-Shirt. Ihr Haar ist sehr blond und zu einem straffen Knoten zusammengebunden. Mir kommt es vor, als schauten beide zu mir herüber.

Die Jungen murren, weil heute wieder Turnen auf dem Programm steht und sie lieber Fußball spielen. Mir aber macht es Spaß. Zuerst müssen wir rennen, damit wir warm werden, wie Frau Juners es nennt. Danach sollen wir alle möglichen Bewegungen machen, damit unsere Muskeln sich daran gewöhnen, dass sie jetzt etwas tun sollen. Dann fangen wir endlich an. Die

Matten liegen schon bereit, wir stellen uns hintereinander auf, ich bin fast die Letzte in der Reihe, nur Özlem ist noch hinter mir, neben der ich auch in der Klasse sitze. Sie sagt fast nie etwas, weil sie nicht gut Deutsch kann.

„Rollen vorwärts, einmal über die ganze Bahn", ruft Frau Juners. Wieder habe ich den Eindruck, dass sie und die blonde Frau zu mir herübersehen, und verstecke mich hinter dem Jungen vor mir, bis ich an der Reihe bin. Frau Juners hat uns gezeigt, wie wir die Rolle machen sollen, und ich drücke mich ab, fliege einen winzigen Moment durch die Luft, komme mit den Händen auf der Matte auf, drücke das Kinn auf die Brust, runde den Rücken, rolle ab und stehe wieder auf den Beinen. Ich strecke die Arme und beginne die nächste Rolle. Es macht Spaß, alles dreht sich, und wenn ich es genauso mache, wie Frau Juners es uns erklärt hat, wird die Bewegung weich, rollen meine Wirbel gleichmäßig über die Matte, habe ich reichlich Schwung, um wieder auf die Beine zu kommen.

Am Ende der Matte strecke ich noch einmal die Arme und drehe mich um. Wieder sieht die blonde Frau mich an, es kommt mir vor, als beobachte sie mich die ganze Zeit. Schnell laufe ich zu den anderen und stelle mich wieder an. Özlem sitzt auf der Matte. Sie schafft es nie, nach einer Rolle wieder hochzukommen. Das verstehe ich nicht, es ist doch ganz einfach.

Am Ende der Stunde ruft Frau Juners mich zu sich.

„Angelika? Das ist Frau Riemenschneider."

„Margot", sagt die blonde Frau, ihre Stimme klirrt wie Glas, und jetzt, aus der Nähe, sehe ich, dass sie schon Falten im Gesicht hat, „nenn mich einfach Margot, ja?"

„Margot ist Übungsleiterin in einem Turnverein", sagt Frau Juners. „Hättest du nicht Lust, da mitzumachen?"

Ich ziehe die Schultern hoch.

„Margot und ich finden, dass du sehr gut turnen kannst“, sagt Frau Juners. „Da wäre es doch schön, wenn du das öfter machen könntest. Du machst das doch gern, oder?“

Ich nicke und denke an Nina, meine Freundin. Sie würde jubeln: ‚Toll, das wird dir Spaß machen!‘ Aber ich weiß nicht, was Mutter dazu sagen würde.

„Willst du mal mit deiner Mutti sprechen?“, sagt Margot.

Ich beiße mir auf die Lippe, und Frau Juners legt mir die Hand auf die Schulter und wirft Margot einen Blick zu. „Oder soll ich sie lieber fragen, Angelika?“

Zwei Tage später stehe ich vor dem Schiebetor und warte auf die Frau, die ich Margot nennen soll. Ein kleiner roter Wagen fährt vor, die Beifahrertür öffnet sich von innen, und ich steige ein.

„Hier wohnst du?“ Die Frau reckt den Kopf nach vorn, um durch die Windschutzscheibe über das Tor hinweg das Gebäude sehen zu können.

„Da oben“, ich zeige auf die Fenster unserer Wohnung, mit Mutters bunten Gardinen. Eine ist halb zugezogen, die andere hängt schief. Margot runzelt die Stirn und legt den Rückwärtsgang ein. Ich meine, Mutter an einem der Fenster zu sehen. Sie hat fast ein bisschen stolz geklungen, als sie Ulf erzählte, dass Frau Juners angerufen hätte, weil ich so gut im Turnen sei, dass sie mich in ihrem Verein haben wollten und sogar den Beitrag übernehmen würden, aber Ulf hat nur die Fernbedienung genommen und das Programm umgestellt.

Langsam rollte ich vom Hof der Werkstatt. Natürlich war es teurer als geplant gewesen, den Golf reparieren zu lassen, aber an den ersten Posten auf der Liste konnte ich einen Haken machen. Im Baumarkt in der Hafenstraße machte ich einen Zwischenstopp und kaufte eine Brechstange. Wieder Kosten, die ich nicht einkalkuliert hatte, doch das schwere Werkzeug fühlte sich gut an in meiner Hand, und als ich es in den Kofferraum legte, hatte ich zum ersten Mal seit Langem das Gefühl, dass es möglich sein könnte, mein Leben wieder in den Griff zu bekommen.

Ich machte mich auf zur Halle. Lian und Herr Xu würden erst in einigen Stunden kommen, bis dahin wollte ich damit beginnen, das kaputte Parkett herauszustemmen. Ich parkte direkt vor der Tür, griff die Brechstange und schloss die Halle auf, wappnete mich innerlich gegen den Anblick der Geräte, an den ich mich nicht gewöhnen konnte. Stumm standen sie herum, Mahnmale der Vergangenheit, und warteten auf Lian, meine verschlossene Schülerin. Warteten darauf, dass ich ihr beibrachte, wie sie mit ihnen umzugehen hatte.

Doch wie sollte ich dem Mädchen die Feinheiten des Turnens beibringen, ohne Sprache? Schließlich hing alles beim Turnen von Präzision ab. Von einer Vierteldrehung des Fußes. Millimetern beim Barren. Der richtigen Dynamik der Schritte beim Anlauf auf den Sprung. Wie sollte ich ihr die Besonderheiten der Geräte erklären? Wie ihr sagen, was sie mit dir machen, wie du sie bezwingen kannst?

Ich klemmte die Brechstange in eine Ritze im Parkett. Ein paar Meter weiter stand das Sprungpferd.

Der Sprung. Geballte Energie. Du darfst keine Kompromisse machen, Lian, darfst auf keinen Fall zögern. Konzentration ist das Wichtigste. Konzentration auf den einen kurzen Moment.

Innerhalb von zwei Sekunden muss alles zusammenpassen. Der Abstand zwischen Startpunkt und Sprungbrett muss der Anzahl und Weite deiner Schritte entsprechen, zentimetergenau. Das Sprungbrett muss richtig eingestellt sein. Dann musst du losrennen, alle Energie in deine Schritte stecken, das Brett exakt am richtigen Punkt treffen, um die Hände wiederum im richtigen Winkel auf das Pferd zu bringen und genügend Höhe zu erreichen. Denn nur dann kannst du schaffen, was dir Punkte bringt: eine, zwei, zweieinhalb Drehungen in der Luft, bevor du auf dem Boden landest. Das Aufkommen ist hart. Vom Fliegen zum Stehen, von Hundert auf Null. Geradestehen musst du. Keinen Ausfallschritt darfst du machen. Schon beim Absprung vom Brett wird dir klar, ob du eine Chance hast.

Ich spannte die Muskeln an und hebelte das erste Stück des Parketts heraus. An der einen Seite war es morsch und roch faulig, als hätte sich dort schon früher Feuchtigkeit festgesetzt und mit der Zerstörung begonnen. Ich setzte die Stange wieder an. Jetzt hatte ich schon einen besseren Hebel.

Der Stufenbarren. Jeder Barren ist anders. Schwingt anders, die Holme fühlen sich anders an in deinen Fingern. Es ist ein Zusammenspiel zwischen dem Gerät und dir. Wenn ihr zusammenpasst, kann es wunderbar sein: die Umschwünge, die Riesenfelge, der Deltchev-Salto. Doch der obere Holm ist hoch, und du fällst tief, Lian. Daran musst du dich gewöhnen: Fallen. Aufstehen. Weitermachen.

Das Parkett knarrte, bewegte sich aber nicht. Ich musste mein ganzes Gewicht auf die Brechstange legen, bis das Holz endlich brach.

Der Boden. Eineinhalb Minuten musst du füllen mit Artistik und mit Tanz. Eineinhalb Minuten, in denen du die Zuschauer auf deine Seite bringen musst – und in denen die

Kameras auf dein Gesicht halten. Sie dürfen deine Anstrengung nicht sehen. Du sollst lächeln. Leicht muss es aussehen. Dabei ist es anstrengend, verdammt anstrengend. Am Anfang erscheint dir die Fläche riesig, die du ausfüllen musst. Aber das ändert sich, sobald du beginnst, besser zu werden. Du stehst in einer Ecke und weißt, dass du den Schwung für die Flickflacks, Sprünge und Salti genau dosieren musst. Die Diagonale liegt vor dir. Knapp siebzehn Meter hast du. Du wirst dir oft mehr wünschen. Einen Fußbreit nur – den Fußbreit nämlich, den du über die Linie getreten bist.

Einen halben Quadratmeter hatte ich jetzt schon freigelegt. Hässlich sah es aus, das splittrige Loch in dem alten Holz, aber es musste sein, ich musste diese Wunde schlagen, um sie wieder schließen zu können.

Der Schwebebalken. Weißt du, Lian, dass er Zitterbalken genannt wird? Die gleichen Übungen wie am Boden, aber die Schwierigkeit ist vervielfacht. Zehn Zentimeter hast du, um aufzukommen, egal ob du einen Salto machst oder eine Pirouette drehst. Wenn du nicht richtig triffst, tut es weh. Du wirst alles tun, um das zu vermeiden, doch es wird dir nicht gelingen. Du wirst dir wehtun, wieder und wieder, Lian. Du wirst fallen und dir wehtun und aufstehen und weitermachen und fallen und dir wehtun und aufstehen und weitermachen.

Weiß dein reicher Vater das? Wenn ich das Geld zusammenhabe, Lian, werde ich es ihm sagen. Keiner soll mir vorwerfen, ich hätte ihn nicht gewarnt.

Kassel-Wilhelmshöhe, 1976

Unheimlich still ist es. Durch die Löcher im Rollladen dringen matte Lichtstrahlen und bescheinen die Möbel. Am Abend zuvor habe ich kaum gewagt, meine Sachen über den Stuhl zu legen, weil ich die Ordnung nicht stören wollte. Jetzt versuche ich noch liegenzubleiben und drücke fest die Lider zusammen. Genügend Schlaf ist sehr wichtig vor einem Wettkampf, hat Margot gestern Abend gesagt. Die Bettdecke hat sie über meine Brust gezogen und glattgestrichen. Die Hand ausgestreckt zu meinem Gesicht, sie dann wieder zurückgezogen, sich geräuspert und: „Gute Nacht, Schätzchen“ gesagt. Das Zimmer ist dreimal größer als meines zu Hause, mindestens. Es riecht auch anders.

Draußen beginnt ein Vogel ein einsames Lied zu singen, da halte ich es nicht mehr aus in dem Bett, schalte das Licht an und setze mich auf. Der Turnanzug hängt am Schrank. Eigentlich sollte ich Mutter fragen, ob sie mir einen kauft, aber ich habe es nicht getan, weil wir ja kein Geld für so etwas haben. „Gefällt er dir?“, hat Margot gefragt, als sie ihn an den Schrank hängte, und sich zu mir umgedreht. „Du wirst hübsch aussehen darin.“ Es fühlt sich schön an, wenn sie lächelt.

Der Teppichboden ist weich unter den Füßen. Ich gehe zum Schrank, nehme den Anzug vom Bügel, halte ihn vor meinen Körper und stelle mich vor den großen Spiegel an der Wand. Ich ziehe meinen Schlafanzug aus. Der mit den Bärchen passt mir längst nicht mehr, jetzt trage ich einen, den Mutter vor einigen Monaten mitgebracht hat. Ich mag ihn nicht, das Frottee ist rau und an den Ellbogen und Knien ist der Stoff schon so dünn, dass die Haut durchschimmert. Ich schlüpfe in den Turnanzug, schiebe die Beine nacheinander durch die Beinlöcher, ziehe ihn an meinem Körper hoch, dann die Arme in die Ärmel. Der Stoff schimmert magisch blau und schmiegt sich um mich wie eine neue, schöne Haut. Ich strecke den Rücken durch, hebe die Arme, wie ich es vor und nach jeder Übung tun soll. Das Mädchen im Spiegel gegenüber sieht fremd aus. Und schön. Wunderschön.

Ich werde, ich muss alles richtig machen.

„Angelika Winter vom TV Großenritte" hallt es vier Stunden später aus den Lautsprechern, und mein Herz hämmert dermaßen gegen meinen Brustkorb, dass ich fürchte, die Kampfrichter könnten es durch den engen Anzug sehen. Jetzt wünschte ich, ich würde ihn nicht tragen. Wäre in meinem eigenen Bett aufgewacht, in dem kratzigen Schlafanzug, könnte mich zu Mutter legen, die bestimmt noch schläft. Ich spüre Margots Hand zwischen meinen Schultern, ihre Stimme, die selbst im Flüstern noch klirrt: „Spannung! Denk an die Arme!"

Vor mir der Schwebebalken. Ich stelle mich hin, wie ich es bei den Turnerinnen vor mir beobachtet habe, mit Blick zu den Kampfrichtern, die mit ernsten Gesichtern hinter einem langen Tisch sitzen und mich nicht beachten, sondern mit Listen hantieren und miteinander diskutieren, bis sie endlich mit Kreide eine Zahl auf eine Anzeigetafel schreiben. Ich verstehe die Zahl nicht, die dort angegeben ist, und sehe hinüber zu Margot. Sie macht eine heftige Bewegung, als wäre sie böse auf mich, und streckt übertrieben den Rücken durch. Ich verstehe die Botschaft und strecke mich ebenfalls, bis die Schultern schmerzen.

Endlich sehen die Kampfrichter auf. Ihre Augen richten sich auf mich. Arme nach oben! Strecken! Der blaue Anzug kommt mir plötzlich knapp vor. Können sie meine Unterhose sehen?

Ziehen darf ich nicht am Anzug, hat Margot gesagt, weil das Abzüge gibt.

Dann verschwimmt alles: das Holz des Balkens, meine verschwitzten Hände, die ich ins Magnesia tauche, das Zittern meiner Beine beim Aufhocken, das Schwanken, der Moment, in dem ich fast falle, mich wieder auffange, weitermache. Margots Gesicht, ihr geschminktes Lächeln. Der Boden, die riesige Fläche, ich habe Angst, dass ich sie nicht füllen kann, ich bin klein, die Musik, die jetzt mich meint. Mein Herzschlag der mich treibt, so dass ich zu früh fertig bin. Fehler, so viele Fehler! Der Anlauf zum Sprung, das Sprungbrett, das mich hochschleudert, das Leder unter meinen Händen, der Anzug, an dem ich nicht ziehen darf, die Musik zur Bodenkür aus den Lautsprechern, immer wieder. Die Holme des Barrens, sie fühlen sich anders an als in unserer Halle, Margots Arm um meine Schulter nach dem Abgang. Die Köpfe der Kampfrichter, ihre Blätter und Stifte, die Musik, immer wieder dieselbe Musik, der Applaus der Zuschauer, für ein anderes Mädchen.

Dann ist es vorbei. Alle Geräte absolviert. Ich sitze auf einer Bank. Mir ist jetzt kalt in dem blauen Anzug, ich zittere und weiß nicht, wo Margot und Ruth sind, das andere Mädchen aus unserem Verein. Endlich die Glasstimme: „Wo bleibst du denn, du musst dich aufstellen für die Siegerehrung!“ Musik. Alle Mädchen in einer Reihe hintereinander auf der Linie. Ruth vor mir, die Arme durchgedrückt, auch die Beine, so dass ihr Gang steif aussieht. Nur ihr Zopf schwingt von einer Seite zur anderen.

Die Musik stoppt und wir drehen uns in Richtung der Zuschauer. Die Stimme aus den Lautsprechern. Ich höre nicht zu, aber dann sagt die Stimme meinen Namen. Angelika Winter vom TV Großenritte. Die Zuschauer klatschen. Ich weiß nicht, was zu tun ist. Wo ist Margot? Ich gucke Ruth neben mir an, aber die starrt vor sich hin. „Geh vor", zischt mir jemand zu, „du musst vortreten." Ich mache einen Schritt vor, dann endlich sehe ich Margot. Sie fuchtelt mit den Armen und ich verstehe, dass ich meine hochnehmen soll. Ich gehe noch einen Schritt. In der Mitte der Halle stehen drei Kästen, der mittlere höher als die beiden äußeren. Dahinter warten eine Frau und ein Mann. Sie lächeln. Im Publikum macht sich Heiterkeit breit.

„Das Siegerpodest! Du musst auf den Kasten gehen!", zischt wieder die Stimme von vorhin.

Meine Beine beginnen wieder zu zittern, so dass ich fürchte, ich würde es nicht auf den Kasten schaffen. Doch es gelingt, und ich stehe dort oben auf dem Kasten, ganz allein, die Frau hängt mir eine Medaille um. Der Mann wirft einen Blick auf die Urkunde in seiner Hand, sagt: „Angelika! Sehr schön, weiter so!", und drückt mir die Hand. Die Leute klatschen. Da erst wird mir klar, dass ich gewonnen habe. Ich sehe Margot am Rand stehen. Sie strahlt, redet auf den Mann ein, der neben ihr steht und zeigt dabei immer wieder auf mich.

Alle Augen sind auf mich gerichtet. Ich stehe gerade, drücke die Beine und den Rücken durch und spüre zum ersten Mal den süßen Rausch des Siegens.

Auf der Rückfahrt setze ich mich selbstverständlich nach vorn auf den Beifahrersitz. Ruth auf dem Rücksitz starrt aus dem Fenster, ihre Teilnehmerurkunde hat sie achtlos in ihre Tasche gesteckt, so dass sie oben herauslugt. Die Medaille halte ich ganz fest in meiner Hand.

Zu Hause sitzt Mutter auf der Chaiselongue und wiegt sich hin und her. „Mama?" Nur langsam dreht sie den Kopf zu mir. Ihr

Lippenstift ist an der einen Seite verschmiert, was ihren Mund schief aussehen ließ. „Na, Angel?“, sagt sie mit einer seltsam leiernden Stimme, als sei ihr selbst die Anstrengung des Sprechens zu viel. Ich schiebe mich auf ihren Schoß und drehe die Medaille in meinen Händen, aber sie fragt nicht, und schließlich sage ich: „Ich habe gewonnen, Mama.“

„Gewonnen?“

„Beim Gauwettkampf. Ich war die Beste.“

„Gauwettkampf…“ Zögernd streicht sie über mein Haar, dann nimmt sie die Medaille in die Hand, berührt mit zarten Fingern das Bild auf der Medaille: eine Turnerin im Flug, der Rücken durchgebogen, die Zehen gestreckt. Der Lack an Mutters Nägeln blättert ab. „Das ist schön, mein Schatz“, sagt sie, „dass du dich so freust.“

Jetzt erst sehe ich die Koffer und Taschen, die gepackt in der Ecke stehen. Darauf liegt die Patchworkdecke aus meinem Zimmer. „Es wird dir gefallen“, sagt Mutter auf einmal so laut, als sollten es alle hören, obwohl niemand da ist außer mir, „es ist eine schöne kleine Wohnung, und du kannst weiter in deine Schule gehen.“ Sie lehnt ihren Oberkörper zurück, als wollte sie die Berührung mit mir minimieren.

Ich rutsche von ihr herunter. Die Medaille fällt auf den Boden. Ich hebe sie auf und gehe auf steifen Beinen aus dem Zimmer, aus der Wohnung, die Treppe hinunter, fange an zu laufen. Meine Muskeln brennen von dem anstrengenden Wettkampf, trotzdem renne ich den ganzen Weg an der Halle entlang, wo die Taubnesseln gerade wieder blühen. Ich muss Karl noch einmal sehen. So oft habe ich mich auf seine kleine Terrasse gewünscht in der ganzen Zeit, seit Mutter mir verboten hat, dorthin zu gehen. Ich musste es ihr sogar versprechen, was mich stolz machte, weil sie mich so wichtig nahm. Oft war ich bis zu dem Lager gelaufen, einmal auch hindurch, in der Hoffnung, Karl zu sehen, oder Mischka. Aber beide waren wie vom Erdboden verschwunden. Jetzt ist mir mein Versprechen egal. Ebenso egal, wie ich Mutter bin! Nichts hatte sie mir davon erzählt, dass wir umziehen werden! Meine Sachen gepackt, während ich in einem fremden Bett gelegen habe! Ich renne über den Trampelpfad, ohne auf die Brennnesseln zu achten, die inzwischen den Weg fast überwuchert haben, bis ich endlich mit hämmerndem Herzen vor Karls Tür stehe. Als ich klopfe, bemerke ich, dass die Tür einen Spalt aufsteht. Sie knarrt, als ich sie aufschiebe. „Karl?“ Seine Hausschuhe stehen nicht im Flur, ebenso wenig seine Straßenschuhe. Nichts steht da. Mein Herz beginnt noch stärker zu klopfen. Wo ist er? Ich muss ihn doch noch einmal sehen, muss mich verabschieden!

Das Wohnzimmer ist leer. Kein Tisch, keine Stühle. Nur der alte Herd steht noch darin. In einer Ecke des Bodens liegen Wollmäuse, kreisförmig angeordnet, als hätte jemand sie so drapiert. An den Wänden zeichnen sich die Stellen hell ab, wo die Fotos hingen. Blass starren sie mich jetzt an statt der vielen Gesichter, die mir im Lauf der Zeit vertraut geworden waren. Nur ein Bild hängt noch dort. Das vertrauteste. Ich muss den Kopf senken, um sie anzusehen, weil ich gewachsen bin. „Ich habe gewonnen heute, Nina“, sage ich, „ich war die Beste, und alle haben geklatscht.“

Als ich zurückkomme, stehen die Koffer auf dem Platz vorm Tor. Auf dem größten sitzt Mutter und streckt ihr Gesicht der Sonne entgegen.

„Wo ist Karl, Mama?“

„Du sollst mich doch nicht Mama nennen.“

„Wo ist Karl?“

„Karl?“ Im Sonnenlicht treten die roten Flecken in ihrem Gesicht hervor. Die schwarz geschminkten Augen und der rote Mund sehen aus, als gehörten sie nicht dazu. An einer Stelle über der Lippe ziehen sich feine Fältchen hoch, die ich noch nie gesehen habe. „Ach, Karl. Ich weiß nicht“, spricht sie vor sich hin, „du darfst dich eh nie auf einen Mann verlassen. Nie, hörst du? Männer machen dich nur unglücklich.“ Sie bewegt sich nicht, sieht mich nicht an, sitzt da, als sei sie in einer anderen Welt, einer, in der ich nicht dazugehöre.

Ich fühle Ninas Bild unter meinem Pulli, an meiner Haut. „Mama?“

„Mmh?“

„Margot hat gesagt, dass ich später mal zu den Olympischen Spielen gehen kann, wenn ich so weitermache.“

Mutter lacht auf, es klingt wie das Gluckern eines Wasserhahns. „Olympische Spiele“, ihre Stimme ist hoch und dünn, „du meine Güte!“ Sie öffnet die Augen, hält den Blick auf das geöffnete Tor gerichtet, dann dreht sie den Kopf zu mir. „Das hat sie gesagt? Olympia?“

Ich nicke. „Ich habe ja heute auch schon eine Medaille gewonnen, und das war gar nicht schwer, Mama. Und ich habe gehört, wie ein Mann zu Margot gesagt hat, dass ich viel Talent hätte.“

„Olympia…“ Sie hält das Wort noch in ihrem Mund, als würde es ihr so gut schmecken, dass sie es gar nicht herunterschlucken will. „Dann wären wir ja berühmt, Angel.“

Herr Xu hatte wieder einen Brief mitgebracht. Den sechsten in zwei Monaten. Zweimal enthielt der Umschlag Geldscheine, ohne ein Schreiben, ohne ein freundliches Wort. Das verlangte ich auch gar nicht. Aber die anderen Briefe! Nicht ein einziges Mal hatte dieser Mann sich in der Halle sehen lassen, nicht einmal mit mir persönlich gesprochen. Immer wieder hatte ich nach der Telefonnummer des Vaters gefragt, aber Herr Xu strich sich dann nur über die Brust und Lian schaute zur Seite. Manchmal hatte ich den Eindruck, dass es nicht nur an der Sprache lag, dass sie mich nicht verstanden.

Ich legte den Brief ungeöffnet ins Kabuff, denn ich hatte mir angewöhnt, die Schreiben erst zu Hause zu lesen, im Schutz meiner Wohnung.

Herr Xu nahm seinen Stammplatz ein und ich stellte ihm sein Glas Wasser hin. Anfangs hatte er sich dafür fast verbeugt, was mir unangenehm gewesen war, jetzt lächelte er nur und ich lächelte kurz zurück. Auch wenn ich es nicht wollte: Ich mochte ihn. Ich hatte das Gefühl, dass er müde war, von viel harter Arbeit wahrscheinlich, aber da war noch etwas Anderes, etwas, das ihn abschliff, Schicht für Schicht. Ich gönnte ihm seine Ruhe. Am liebsten hätte ich ihm den Mattenwagen hingestellt, damit er sich hinlegen konnte, wusste aber nicht, ob ich ihn damit beleidigen würde, daher ließ ich es.

Lian lief längst ihre Runden und machte die Aufwärmübungen, ohne dass ich sie dazu auffordern musste. Dann Kraftübungen, nur einige wenige heute, Lian brauchte die Energie und Konzentration für die Übungen am Schwebebalken. Nächste Woche würde ich wieder drei Krafteinheiten einlegen, damit der Vater sich zufriedengab.

Schon seit zwei Wochen übte Lian eine Kombination auf dem Schwebebalken. Strecksprung, Standwaage, in den Handstand, zurück. Dann der Menichelli, ein Flickflack mit gespreizten Beinen. Auf dem Boden beherrschte sie ihn perfekt. Unglaublich für ihr Alter. Aber auf dem Schwebebalken war es schwierig. Nur zehn Zentimeter.

Ich hatte auf der Bodenmatte mit Kreide zwei parallele Linien gezogen, zehn Zentimeter voneinander entfernt. Nicht gerade professionell, das wusste ich, in anderen Trainingshallen gab es einen Übungsbalken direkt auf einer Matte und Gurte, die die Turnerinnen am Fallen hinderten, so dass sie neue Elemente ohne Angst trainieren konnten, bis sie sie gut genug beherrschten. Manchmal dachte ich daran, auch so etwas anzuschaffen. Um den Gedanken dann gleich wieder zu verbannen: Es lohnte sich nicht. Denn auch den zweiten Haken auf der Liste hatte ich inzwischen gesetzt. Das neue Parkett in der Ecke hob sich als helles Rechteck vom alten ab. Es war nicht einfach gewesen, es allein zu verlegen. An einer Stelle knarrte das Holz, und an einer anderen klaffte eine Lücke. Doch die Wunde war geschlossen.

Lian begann mit ihrer Übung, zunächst auf dem Boden. Ihr Gesicht war ernst. Sie war konzentriert, das war gut. Konzentration war die Voraussetzung für alles im Turnen. Sie hatte Schrammen an den Beinen, weil sie beim Menichelli so oft am Balken abgerutscht war. Gestern hatte ich sie gebeten, zum Schutz ihre lange Hose überzuziehen, aber heute trug sie wieder ihre schwarzen Shorts, als wollte sie mich provozieren, und ich hatte gedacht: dann eben nicht.

Ich beobachtete die Fußstellung. Nach dem Handstand landete Lian perfekt auf dem aufgemalten Balken. Dann der Salto. Und als schwerste Übung der Menichelli. Auch hier klappte es. Doch Trockenübungen waren leicht. Am Boden ist es nicht schlimm, wenn du nicht hundertprozentig landest. Ein paar Zentimeter weiter rechts oder links sind kein Problem.

Ich sah sie an, legte die Hand auf den Balken. Sie nickte knapp und zog sich hoch. Ich rückte die Weichbodenmatte darunter zurecht. Dieselben Übungen würde Lian nun machen, aber der Unterschied war gewaltig. Der Unterschied hieß Angst. Vor dem Fallen, vor dem Schmerz. Lians Blick kehrte sich nach innen, und mir wurde klar, dass sie mich jetzt nicht wahrnahm, nur soviel an äußerem Reiz zuließ, wie sie für die Übungen brauchte. Ich kannte das: Die Welt verengt sich auf den Balken. Der Abstand zum Boden, die Fallhöhe: egal. Alles ist ausgeblendet. Der Balken könnte in einer Wüste stehen oder in einer Fußgängerzone oder in zehn Metern Höhe: Du nimmst es nicht wahr. Siehst nur den Sprung vor dir, vollziehst ihn innerlich. Dann brauchst du ihn nur noch zu machen. Dein Körper kann ihn längst. Es ist der Kopf, der im Weg steht.

Lian hob die Arme, beugte die Knie, stieß sich ab, die Füße lösten sich vom Balken, sie schnellte hoch, mit Kraft, der Rücken war rund, der Kopf auf der Brust, sie wirbelte durch die Luft, die Höhe reichte, ich streckte dennoch die Hände aus, durfte sie nicht fallenlassen, musste auf sie aufpassen, auf die kleine ernste Lian, aber sie drehte sich in einer exakten Ebene, die Füße kamen auf dem Balken auf, die Knie federten, sie streckte die Beine durch. Und stand.

In der Halle war es still, als sei die Zeit stehengeblieben. Nur langsam kehrte Lian sich wieder nach außen – und noch langsamer begann sich Freude auf ihrem Gesicht auszubreiten. Unwillkürlich streckte ich meine Arme aus, als sie sich zu mir umdrehte. Sie ist ja noch ein Kind, dachte ich überrascht und wollte sie an mich drücken, sie loben, mich mit ihr über ihren Erfolg freuen, ihr sagen, dass sie es gut gemacht hatte. Doch Lians Augen wanderten zum Großvater. Sie rief ihm etwas zu, mit heller, fremder Stimme, er rappelte sich hoch, und Lian lief in seine ausgebreiteten Arme.

Auf dem Nachhauseweg sah ich immer noch Lians Gesicht vor mir, das sich löste, weich wurde. Es ließ mich nicht los, tauchte überall vor mir auf, in jedem Menschen, dem ich begegnete, sah ich Lians Gesicht, die schmalen Augen, die feinen Linien, die so anders aussahen, wenn sie lächelte. Ein Kindergesicht. Und auf einmal legte sich ein anderes Gesicht darüber, eines aus einer Zeit, die so lang vorbei war, dass sie wie aus einem anderen Leben erschien: Nina. Das chinesische Mädchen auf dem Foto in Karls Wohnung.

In der Küche legte ich den Brief auf den Tisch. Ich würde ihn später öffnen. Ganz hinten im Kühlschrank stand ein Piccolo Sekt, schon seit einem halben Jahr, ein Verlegenheitsgeschenk der Mutter einer Schülerin. Ich holte ein Glas aus dem Schrank und öffnete den Schraubverschluss der kleinen Flasche, ließ den Sekt in das Glas laufen. Die Kohlensäure stieg mir in die Nase. Auf dich, Lian, dachte ich. Auf uns.

Ich ging ins Schlafzimmer, wo neben dem Bett das Holzregal mit den Büchern stand. Viele waren es nicht, lesen war nie mein Ding gewesen, die Buchstaben verschwammen, kaum dass ich die ersten Seiten gelesen hatte, die Gedanken drifteten ab und ich steckte mitten in meinen eigenen Geschichten, statt Ablenkung zu finden. Ich zog den Nachttisch heran und stellte mich darauf, um an das oberste Regalbrett zu gelangen.

Die alte Kladde steckte zwischen dem „Zauberer der Smaragdenstadt", einem Kinderbuch, das Großmutter mir einmal geschenkt hatte, und einem leeren Fotoalbum. Ich zog das schmuddelige Büchlein heraus. Die anderen Mädchen hatte ich immer um ihre Tagebücher beneidet, die glänzend rot oder rosa waren, mit Schloss und einem Schlüsselchen, das man an einer Kette um den Hals tragen konnte. Meines war dieses einfache Heft, das ich unter mein Kissen legte, damit niemand es sah, wenn wir auf den Trainingscamps waren. Zu Hause versteckte ich es in meiner Schultasche, zu Margot nahm ich es nie mit. All die Jahre hatte ich es aufbewahrt. Martin hatte es einmal in den Händen gehalten und gefragt, ob er darin lesen dürfe, aber als er mein erschrockenes Gesicht sah, legte er das Tagebuch sofort zurück, und an dem Tag hatte sich ein Schatten auf sein Gesicht gelegt, der nicht mehr verschwand.

Vielleicht wäre alles anders gekommen, wenn ich das Vertrauen aufgebracht hätte, ihm das Tagebuch zu lassen. Wenn ich überhaupt mehr Vertrauen hätte aufbringen können. Doch ich hatte ja selbst immer nur hineingeschrieben und es nie wieder gelesen. Auch jetzt mied ich den Blick auf die runde kindliche Schrift, klappte die Kladde nur kurz auf, um das Foto herauszunehmen, das ich damals aus Karls Haus geholt hatte, kurz bevor Mutter und ich weiterzogen in die Erdgeschosswohnung in der Weserstraße, wo es im Hausflur nach Pisse roch und die Scheinwerfer der Autos nachts durch mein Zimmer wanderten.

Das Gesicht auf dem Foto war mir immer noch vertraut. Nina. Wie die Frau zu dem Gesicht jetzt aussehen mochte? Ich versuchte, mir faltige Haut vorzustellen, die sich wie bei Herrn Xu straff um die Wangen spannte, aber es gelang mir nicht. Nina blieb klein, ihre Haut weich und weiß wie Lians. Ich nahm das Foto und ging zurück in die Küche, und als ich den Brief auf dem Tisch liegen sah, dachte ich, dass ich all das – den Sekt öffnen, das Bild suchen – nur gemacht hatte, um noch Zeit zu stehlen und den Porzellanumschlag noch nicht öffnen zu müssen. Mein Widerwille gegen die Briefe war von Mal zu Mal größer geworden, die Überwindung, sie zu öffnen, auch. Denn der Ton von Lians Vater wurde immer fordernder, die Anweisungen, wie ich Lian zu trainieren hatte, immer präziser. Mit jedem Brief wurde ich mehr zur Erfüllungsgehilfin dieses Mannes, den ich nicht kannte. Vielleicht sollte ich versuchen herauszufinden, was die chinesischen Schriftzeichen auf dem Umschlag bedeuteten. Vielleicht war ja alles eine große Lüge, ich eine Figur in einem Spiel, das in Wahrheit andere spielten. So wie ich es früher auch schon gewesen war. Bis ich allen einen Strich durch die Rechnung gemacht hatte, vor allem mir selbst.

Auf dem Tisch neben dem Brief stand noch der Sekt, halbvoll. Ich kippte ihn in einem Zug hinunter. Er war lauwarm und schmeckte schal.

Dieses Mal würde ich mitspielen. Bis meine Halle soweit war. Länger nicht, denn dieses Mal bestimmte ich die Regeln. Ich riss den Umschlag auf.

Nachts wachte ich auf. Das erste, was ich sah, als ich das Licht anschaltete, war das Foto von Nina. Ich hatte es in einen Rahmen gesetzt und auf meinem Nachttisch aufgestellt, als es im Haus und draußen auf der Straße still geworden war und ich mich an die Nächte in den Trainingslagern erinnerte. Dort war auch alles stumm gewesen, wenn die anderen schon seit Stunden schliefen, erschöpft vom anstrengenden Training, den Kraftübungen, den unendlichen Schwüngen und Sprüngen und Stürzen und Schmerzen. Mitten in den Nächten verschluckte die Dunkelheit alles, und ich wusste nicht mehr, ob die anderen Mädchen überhaupt noch da waren, ob die Wände noch standen, oder ob ich allein war, in einem schwarzen, grenzenlosen Raum. Manchmal versuchte ich dann, an zu Hause zu denken, das Bild meiner Mutter heraufzubeschwören, aber immer öfter war stattdessen Margot vor meinem inneren Auge aufgetaucht.

Als ich das nächste Mal aufwachte, zeigte die Uhr halb acht. Ich fühlte mich so zerschlagen, als hätte ich die ganze Nacht geturnt. Von Hallen hatte ich geträumt. Kassel, Frankfurt, Saboe, Budapest. Jede Halle anders. Manche hatten Blautöne, andere waren in orange-braun gehalten. In Russland waren sie kalt. In Rumänien waren die Holme des Stufenbarrens rundgehobelt, damit sie der internationalen Norm entsprachen. In Frankreich waren die Matten hart. Und doch waren sie alle gleich, mit ihrem Bohnerwachsgeruch, den surrenden Neonröhren, den zerkratzten Sitzbänken.

Der Brief von dem Chinesen lag noch auf dem Küchentisch. Ich setzte einen Kaffee auf und starrte aus dem Fenster auf die Brandschutzwand, bis die Maschine aufhörte zu gurgeln. Ich goss eine Tasse ein und setzte mich an den Tisch. Ich wusste, dass ich etwas essen sollte, aber wenn ich an den Inhalt des Briefes dachte, wurde mir schlecht.

Sehr geehrte Frau Winter,
Lian macht gute Fortschritte. Wie ich erfahren habe, erfolgen im September die Wettkämpfe für die Landesmeisterschaften. Ich erwarte, dass Sie Lian anmelden und dass sie ein gutes Ergebnis erzielt. Die Aufnahme in den Landeskader muss das nächste Ziel sein.
Hochachtungsvoll
Xu Sheng

Die Landesmeisterschaft. Lian anmelden. Als ob das so einfach ginge! Als ob es überhaupt möglich wäre. Lian konnte nicht an dem Wettkampf teilnehmen, wenn sie keinem Verein angehörte. Doch ich hatte längst keinen Verein mehr. Sieben Mitglieder bräuchte ich dafür, mindestens. Mitgliederversammlungen, Geschäftsführer, Kassenprüfer, all das Theater, das ich hinter mir gelassen hatte. Und ich müsste eine Trainerlizenz vorweisen. Die Ausbildung war teuer und dauerte lange.

Was würde passieren, wenn Lians Vater erführe, dass ich keinen Trainerschein hatte? Würde er die Zusammenarbeit aufkündigen? Womöglich sogar entrüstet sein Geld zurückverlangen? Das hatte ich doch längst ausgegeben. Nichts hatte ich in der Hand, womit ich mich dagegen wehren könnte. Im Gegenteil: Lians Vater hatte mich in der Hand. Mein Schicksal und das meiner Halle. Mit seinen Briefen diktierte er mein Leben. Ich verbrannte mir die Zunge an dem heißen Kaffee.

Ich musste es aushalten, nur eine Weile noch. Und dann würde ich den Spieß umdrehen und ihm einen Brief schreiben:

Sehr geehrter Herr Xu, ich habe mich entschieden,
Ihre Tochter nicht weiter zu trainieren.
Hochachtungsvoll
Angelika Maifert

Und dann? Was würde dann mit Lian geschehen? Darauf hatte ich ohnehin keinen Einfluss. Jedenfalls gab es keine andere Option als weiterzumachen, vorwärts zu gehen, denn der Rückweg war längst verbaut. Es blieb nur eine Möglichkeit: Ich musste einen Verein finden, in dem ich Lian anmelden konnte, formal natürlich nur. Dem Vater gegenüber müsste ich so tun, als sei das der normale Gang der Dinge. Müsste es als üblichen Vorgang darstellen und hoffen, dass er sich zu wenig auskannte, um sich zu wundern. Es müsste ein Verein sein, der genügend Einfluss hatte, um Lian in den Wettbewerb zu bringen, ohne dass sie sich vorher qualifiziert hatte.

Aber kein Trainer würde Lian zum Wettkampf anmelden, wenn er sie nicht selbst trainiert hatte. Wenn er noch dazu erführe, dass ich sie trainierte. Die Versagerin, Verräterin, das schwarze Schaf, längst nicht mehr Teil der Familie.

Ich stellte die Tasse auf den Tisch. Ich konnte nicht mehr still sitzen, spürte die Ruhelosigkeit in mir aufsteigen, diese alte Bekannte, die mich immer wieder in den Griff nahm, in jede einzelne Zelle meines Körpers drängte und gegen die nur eines half: Erschöpfung. Hastig zog ich die Jogginghose über und die Schuhe, rannte die Treppe hinunter, aus dem Haus, bog in die Quellhofstraße ab, den Quellbachweg hoch, an den Kleingärten vorbei, immer schneller lief ich, obwohl es bergauf ging, ich musste mich spüren, etwas von mir: die ziehenden Oberschenkel, die brennende Lunge, die Arme, die sie vorwärtstrieben, die Fingernägel, die sich in die Handflächen bohrten.

Als ich wieder in der Rothfelsstraße ankam, schaffte ich kaum die drei Stufen zur Haustür hoch, aber das Rennen hatte mir keine Ruhe geschenkt, zu sehr hämmerten die Gedanken in meinem Kopf: Kein Trainer, keine Trainerin würde sich auf den Handel einlassen. Keiner, bis auf eine, vielleicht. Doch dazu müsste ich mit ihr sprechen, und das hatte ich seit vierundzwanzig Jahren nicht getan.

Kassel, Weserstraße, 1976

Seit wir in der Weserstraße wohnen, gehe ich allein zur Schule. Der Weg ist weit, aber die Frau vom Jugendamt meint, es ist besser, wenn ich die Schule nicht wechsele. Wenn sie da ist, fragt sie mich immer nach meinen Medaillen, ich muss ihr alle zeigen, und sie verzieht den Mund und sagt: „Tolle Leistung." Mich stört, dass sie nie lächelt, wenn sie mit Mutter spricht, obwohl sie doch merken muss, dass Mutter Angst vor ihr hat und deshalb so laut redet.

Ich bin in die dritte Klasse gekommen. Meine Tage sind immer gleich: aufstehen, Schule, Training. Immer öfter holt Margot mich schon von der Schule ab, vor allem seit ich an drei Nachmittagen in der Woche noch zusätzlich im Leistungszentrum Sensenstein turne. Ich esse bei ihr zu Mittag, in ihrer Küche, die so aufgeräumt und sauber ist, dass ich nichts anzufassen wage, sondern mich an den Tisch setze und darauf achte, den Rücken gerade zu halten. Dann fährt sie mich zum Sensenstein und holt mich drei Stunden später wieder ab. Oft kommt sie sogar eine halbe Stunde früher, um zuzusehen.

Manchmal stelle ich mir dann vor, dass Mutter an Margots Stelle auf der Bank säße. Aber nichts passt in diesem Bild: ihr knittriger Baumwollrock nicht zu dem Kunststoffhallenboden, ihr Körper nicht zu den anderen, durchtrainierten Müttern oder zu dem einen Vater, der jeden Tag kommt und Notizen in ein Heft schreibt und seine Tochter ständig fotografiert.

Auf dem Rückweg erklärt Margot mir, was ich anders, besser machen muss: beim Spagat auf dem Balken die Füße mehr strecken, beim Sprung schneller anlaufen. Meine Muskeln brennen, die Hände meistens auch, manchmal, nach dem Barren, geht die Haut ab. Ich finde das nicht schlimm, denn es gibt für mich nichts Schöneres, als zu turnen. Die Geräte sind meine besten Freunde und ich beherrsche sie immer mehr. Ich mag auch den Ernst der Trainerin, die nicht von Turnen, sondern von Arbeit spricht. Sogar in der Schule habe ich mich verbessert. Oder die Lehrer sehen mich einfach mit anderen Augen an, das kann auch sein. Ich weiß es nicht. Als ich das erste Mal in der Zeitung stand, holte Frau Juners mich nach vorn, hielt die Seite mit dem Artikel und dem Foto von mir hoch und lobte mich vor der ganzen Klasse.

Seit drei Wochen wohnt Roberto bei uns. Er schraubt bei VW in Baunatal irgendwelche Metallteile zusammen, und wenn er um Viertel nach drei fertig ist mit der Arbeit, geht er entweder noch mit Kumpels, wie er sie nennt, ein Bier trinken oder er kommt direkt zu uns, setzt sich auf die Chaiselongue und redet.

Ich mag ihn, denn ich störe ihn nicht. Im Gegenteil: Er scheint sich sogar zu freuen, wenn er nach Hause kommt und ich schon da bin. Er fragt, wie es in der Schule war. Er schneidet mir dicke Brotscheiben ab, schmiert Butter darauf, schiebt sie mir auf den Teller und sagt, ich soll essen, damit ich gut wachse. Essen ist wichtig für ein junges Mädchen wie mich, sagt er. Für den Körper. Für die Seele. Essen sei überhaupt eines der schönsten Dinge, außer der Liebe natürlich und den Frauen, so etwas sagt er, wenn Mutter dabei ist, dann fasst er ihre Hand, und sie lacht. Auch sonst redet Roberto viel. Eigentlich sogar immer. Selbst beim Fernsehen redet er, kommentiert die Frisur von Dagmar Berghoff oder singt bei der Hitparade laut ‚Ein Bett im Kornfeld' mit und zwinkert Mutter dabei zu. Wenn Aktenzeichen XY kommt, erkennt er immer einen Tatverdächtigen auf einem der seltsam aussehenden Phantombilder. Am allerlautesten wird er samstags bei der Sportschau. Mutter nennt er seine

„Königin“, und sie tut alles für ihn: Sie wäscht seine Wäsche, kocht Essen und backt am Wochenende sogar Kuchen. Nur einmal war sie böse auf ihn, als er mich „kleine Prinzessin“ genannt und auf seinen Schoß gezogen hat. Sofort zog Mutter mich wieder herunter, ihre Finger krallten sich richtig tief in meinen Arm, und herrschte ihn an: „Nenn sie nicht so!“ Er verteidigte sich mit vielen Worten, ich sei doch eine kleine Prinzessin, warum er mich nicht so nennen solle, ich sei doch die wunderbare kleine Tochter seiner Königin, und dann zog er auch Mutter auf seinen Schoß, was merkwürdig aussah, weil er viel kürzere Beine hatte als sie, aber sie machte sich steif und sagte noch einmal: „Nenn sie nicht so“, und das war der erste Moment, den ich erlebte, in dem selbst Roberto nichts mehr einfiel.

Trotzdem: Ich mag ihn. Alles ist leichter, wenn er da ist. Er schimpft nicht, wenn es regnet, er lacht ständig, und er sagt, die Schule ist nicht so wichtig, er sei auch nicht gut in der Schule gewesen, und jetzt habe er doch ein wunderbares Leben mit einer wunderbaren Frau und ihrer wunderbaren Tochter. Ich bin gern seine kleine Prinzessin.

Wenn ich vom Training komme und nicht mehr allzu viele Hausaufgaben zu erledigen habe, setze ich mich zu ihm vor den Fernseher. Mutters Platz ist auf der Chaiselongue neben ihm, dorthin setze ich mich auch dann nicht, wenn sie in der Küche oder sonst wo ist. Meistens hole ich mein Kopfkissen und lasse mich damit auf dem Boden nieder, dann kann ich nebenbei ein wenig Spagat üben und Dehnübungen machen, während sich die Stimmen der Schauspieler, Moderatoren und die von Roberto zu einem Stimmenbrei mischen.

Seit drei Tagen läuft die Übertragung der Olympischen Spiele. Es sind Sommerferien, es ist auch kein Camp, ich habe frei und liege auf dem Teppich, manchmal schiebe ich mich in den Handstand oder in den Spagat, begleitet von Läufern, Synchronschwimmerinnen, Hoch- und Weitspringern, Fechtern und Sportreportern. Und dann, endlich, Turnen. „Die ist ja kaum größer als du", sagt Roberto. Und er hat recht. Das Mädchen, das an den Magnesiatopf geht, sieht nicht älter aus als manche Mädchen in meiner Turngruppe. Sie trägt einen Pferdeschwanz mit weißem Band. Vierzehn Jahre sei Nadia Comăneci aus Rumänien, sagt der Reporter. „Vierzehn", sagt auch Mutter, „guck dir das mal an, das gibt's doch gar nicht, was für ein Floh!" Sie starrt auf den Fernseher, wo Nadia ohne zu zögern auf das Sprungbrett springt, über den unteren Holm hinweg an den oberen, zwei Drehungen macht, in den Handstand geht, mit der Hüfte gegen den unteren Holm prallt, den Schwung mitnimmt, die Hände löst, in der Luft eine halbe Drehung um die eigene Achse macht, die Beine genau im richtigen Winkel abspreizt, um zwischen den Holmen hindurch zu kommen, vom oberen an den unteren Holm wechselt, dann wieder zum oberen und sich nach wiederum zwei Drehungen erneut zum Handstand hochstemmt, sich fallenlässt, loslässt, sich an der Hüfte um den unteren Holm dreht, die Arme ausbreitet wie Flügel, und einen Moment tatsächlich fliegt wie ein Vogel, bevor ihr Körper sich in die Senkrechte dreht und sie auf ihren Füßen landet, die Arme hochreckt, den Rücken durchbiegt.

Die Stimme des Kommentators überschlägt sich, der Jubel des Publikums rauscht in unser Wohnzimmer, Nadia lächelt kurz, als hätte sie gerade im Gummitwist gewonnen, dreht sich noch einmal in die andere Richtung zum Publikum und geht von der Matte. Die Punkte auf der elektronischen Anzeigetafel sortieren sich, dann erscheint die Wertung: 1,00. Ratlose

Gesichter, im Publikum macht sich Aufruhr breit. Nur Nadia lächelt immer noch ein knappes Lächeln, als lasse die niedrige Wertung sie kalt. Ich finde es sehr ungerecht, auch wenn ich die Punktewertung der Kampfrichter oft nicht richtig verstehe. Aber dass Nadia für diese Übung mehr als einen Punkt verdient hat, ist klar.

Dann klärt es sich auf: Sie hat zehn Punkte erreicht, mehr als jemals zuvor eine Turnerin. Und mehr, als je zuvor für möglich gehalten wurde, weshalb die Anzeigetafeln für diese Wertung gar nicht vorgesehen sind. Sie gehen nur bis 9,99. Sicher, mit den schwierigsten und riskantesten Übungen kann man eine Anfangswertung von zehn Punkten bekommen. Dann wird abgezogen. Jeder kleine Fehler, ein leicht eingedrehter Fuß, ein winziger Wackler: Alles gibt Minuspunkte.

Nadia hat keine Abzüge. Keine Wackler. Keine Fehler. Zehn Punkte. Es wird durchgesagt, ihr Trainer schickt sie noch einmal vor, wie auf eine Bühne, wieder reckt sie die Arme in die Höhe. Die Leute stehen von ihren Plätzen auf und jubeln. Auch Roberto erhebt sich vom Sofa und klatscht in die Hände. Kurz danach ist die Siegerehrung. Nadia steht dort oben, die rumänische Flagge wird hochgezogen. Sie winkt. Ich sehe zu Mutter hinüber. In ihren Augen stehen Tränen. Als Roberto es bemerkt, hält er seine Hand an ihre Wange und sagt zu mir: „Oh, siehst du, wie glücklich deine Mama ist, so glücklich hat die kleine Nadia sie gemacht, dass sie sogar weinen muss!" Er beugt sich zu mir hinunter und flüstert: „Wirst du sie auch einmal so glücklich machen?" Und ich sehe Nadia Comăneci zu, wie sie sich auf dem Podium hin- und herdreht, vom Publikum bejubelt, und dann spüre ich Mutters Hand auf meiner. Sie drückt sie, als hätte ich die Goldmedaille gewonnen und nicht das Mädchen aus Rumänien.

Die Kirschlorbeerhecke war akkurat geschnitten, wie damals, aber in die Jahre gekommen. Manche der Blätter waren braun, an der einen oder anderen Stelle taten sich kleine Lücken zwischen den glänzenden Blättern auf und offenbarten das tote Geäst im Inneren. Die Hecke kam mir niedrig vor, doch vermutlich stammte mein Bild im Kopf noch vom ersten Mal, als ich hier war, als Mädchen, das gern Margots Hand genommen hätte, weil die Umgebung so fremd, alles so sauber war, die Rasenkanten in den Vorgärten scharf geschnitten, die Häuser dahinter geräumig, da machte sich der Bungalow fast klein aus, in dem Margot mit ihrem Mann wohnte.

Eine graue Schicht lag jetzt auf dem Putz, auf den Dachschindeln hafteten Flechten, und die Betonplatten, die zur Haustür führten, hatten Moos angesetzt.

Vierundzwanzig Jahre. Vierundzwanzig Jahre lang hatte ich nicht angerufen. Am Anfang, in der Zeit nach Los Angeles, hatte ich manches Mal den Hörer in die Hand genommen und Margots Nummer gewählt, aus Gewohnheit, aus Einsamkeit. Wenn ich einen völlig verkaterten Tag hinter mir hatte. Wenn ich mich morgens im Bett irgendeines Mannes wiedergefunden hatte, mit klebrigen Schenkeln, und wünschte, ich könnte einfach in die Turnhalle gehen, wo mir jemand sagte, was ich zu tun hatte, bis zur Erschöpfung. Aber es hatte keine Turnhalle mehr für mich gegeben – bis ich mir eine eigene kaufte.

Ein modernes Türschild hatte das alte Messingschild ersetzt. Der Schriftzug ‚Riemenschneider' war modern, unter Glas, vermutlich abends von hinten beleuchtet. Auch die Haustür war neu, graublau lackiert und an einer Seite mit Milchglas abgesetzt. Ich legte den Finger auf den Klingelknopf, im selben Moment öffnete sich schon die Tür und ich trat erschrocken zurück. Manfred. Mit ihm hatte ich nicht gerechnet, noch nicht einmal an ihn gedacht. Grau war er geworden und fülliger. In der Hand hielt er eine Sporttasche. Adidas, blau, wie früher, nur abgewetzter. Bestimmt hatte Margot ihm längst eine neue geschenkt, die er jedoch nicht benutzte. Er kniff die Augen zusammen und stellte die Tasche auf dem Boden ab. „Angelika?“, sagte er ungläubig. Ich versuchte ein Lächeln. Er konnte es besser, seines war ehrlich, machte sich breit in seinem Gesicht. „Mein Gott, wie lange ist das her! Eine Ewigkeit! Wie geht es dir, Mädchen? Meine Güte, du bist ja immer noch so dünn!“ Er sah mich lange an, aber ich konnte nichts sagen, konnte mich nicht bewegen. Schließlich legte er mir die Hand auf den Arm. „Entschuldige, ich muss los …“ Er deutete auf seine Tasche.

„Fußball?“ Das erste Wort war geschafft.

„Immer noch. Uralte Herren! Aber unseren Spaß haben wir noch, das ist die Hauptsache.“ Er zwinkerte mir zu. „Bei uns zumindest.“

Mit Manfred war es immer leicht gewesen. Doch an Manfred hatte ich nicht mehr gedacht. Vielleicht hing das zusammen? Hinterließen nur die schweren Dinge Erinnerungen und Spuren? Ich blickte durch die offene Tür in den Flur, auf die nächste Tür, die es zu schaffen galt. „Ist sie da?“ Meine Stimme kiekste und ich räusperte mich.

„Jepp.“ Manfred machte sich auf den Weg über die Betonplatten.

„Ist sie …“

Er blieb stehen, drehte sich noch einmal um. „Ja?“

Ich starrte immer noch in den Flur.

„Du willst wissen, ob sie immer noch wütend ist?“ Er breitete hilflos die Arme aus. „Die Antwort ist: ja.“ Er stapfte davon.

Vor mir die offene Haustür. Ich machte einen Schritt hinein. Der Geruch, wie damals, ein Gemisch von Essigreiniger und den Rosenblättern, die Margot überall in Schalen im Haus verteilt hatte. Ich schloss die Tür hinter mir und fühlte mich auf der Stelle gefangen. Bestimmt fünf Minuten stand ich im Flur, vollkommen regungslos anfangs, dann berührte ich mit den Fingerspitzen die Jacken an der Garderobe, spürte die verschiedenen Stoffe, aus denen sie hergestellt waren. Neben der Garderobe hing der hohe Spiegel, und ich war überrascht, nicht das Kind dort zu sehen, wie gewohnt. Auch nicht die Jugendliche, sondern eine Frau, die längst erwachsen war, auch wenn sich hier, in diesem Flur, nichts danach anfühlte.

Schließlich wagte ich es, an die Tür zum Wohnzimmer zu klopfen. Keine Antwort. Ich klopfte lauter, noch immer kam keine Reaktion. Ich lehnte mein Ohr an die Tür und drückte vorsichtig die Klinke hinunter.

Der Fernseher in der Ecke war jetzt flach und groß. Auch die Couch war nicht mehr die, auf der ich oft gesessen hatte, neben Margot, während Manfred es sich im Sessel gemütlich gemacht und die Füße hochgelegt hatte.

Ich ging ein paar Schritte in den Raum. Dann sah ich das Bild. Ein Foto von mir, über der Couch. Fast lebensgroß, im Vereinstrikot, bei den Deutschen Jugendmeisterschaften wahrscheinlich. Mit einer komplizierten Flechtfrisur. Ich erinnerte mich an das Kratzen des Kamms und Margots Finger auf meiner Kopfhaut, Schmerz und Genuss zugleich. Und an den Stolz in ihrer Miene, wenn sie mir den Spiegel vorhielt. Beim ersten Mal hatte es einen Moment gedauert, bis ich verstand, dass es mein Gesicht war, das ich dort sah. Später, als ich mir längst selbst den Lidschatten und Lippenstift auftrug, war es tatsächlich so, als verwandelte ich mich. Es ist leichter, den Druck auszuhalten, wenn du nicht du selbst bist.

Das Licht ging an und ich fuhr zusammen. Doch es gelang mir, unbewegt stehen zu bleiben. Vor mir stand Margot, in einem rosafarbenen Morgenmantel, den Gürtel straffgezogen, die Haare offen. Das Blond sah inzwischen unpassend aus, der Kontrast zu ihrem ungeschminkten Gesicht war hart. Alt war sie geworden, und das verwirrte mich, weil ich nicht damit gerechnet hatte. Sie presste die Lippen aufeinander, ging an mir vorbei in die offene Küche und legte die Hände auf die Arbeitsplatte. Ich sah nur ihren Rücken, der Kopf verschwand zwischen den Schultern. Dann richtete sie sich wieder auf, nahm Haltung an, drehte sich zu mir um. „Wie kommst du hier rein?" Ihre Stimme zerschnitt die Luft zwischen uns.

Ich wagte nicht, meine Arme zu heben, ließ sie eng am Körper. „Manfred hat …"

„Manfred!", schnaubte Margot.

Ich brauchte all meine Kraft, um nicht in den Knien einzuknicken wie eine Marionette, deren Fäden keiner mehr hält. Es gab eine Zeit, da hatte ich mir gewünscht, dass Margots Mann mein Vater wäre. Ich hatte es mir sogar vorgestellt, mir ihn als Vater herbeifantasiert, so wie ich mir mit Nina eine Freundin in mein einsames Leben geholt hatte.

Margot kreuzte die Arme vor der Brust. „Warum bist du gekommen?"

„Ich …" Wenn ich doch nicht mitten im Zimmer stünde, sondern irgendwo an der Wand, mit Rückendeckung und der Möglichkeit, mich festzuhalten. Alle Alternativen war ich längst durchgegangen, bei allen möglichen und unmöglichen Vereinen hatte ich nachgefragt, obwohl von vornherein klar war, dass ich mir eine Abfuhr abholen würde.

„Wie du dastehst!" Margot lief an mir vorbei, setzte sich in Manfreds Sessel.

Ich machte einen Schritt nach vorn. „Wie geht es dir?"

Margot zog die Brauen hoch. „Das interessiert dich plötzlich? Nach vierundzwanzig Jahren? Danke der Nachfrage."

„Ich ... möchte dich um etwas bitten."

Margots Lachen war mehr ein Fiepen. „Das ist ja interessant!"

Ich schob mich noch einen Schritt weiter. „Ich ... habe eine Schülerin."

„In deiner komischen Akrobatikschule?"

„Du weißt davon?"

„Kassel ist ein Dorf, Schätzchen!"

Ich zog einen Stuhl unter dem Esstisch hervor und setzte mich auf den äußersten Rand. „Eine Turnschülerin."

Margot blickte auf. „Ach!"

„Sie soll an den Hessischen teilnehmen, im September, in Limburg."

„Und? Da kommst du zu mir?"

„Ich brauche einen Verein."

Margot schwieg. In ihrem Gesicht war auch ohne Schminke nichts zu lesen. Ich sah zu Boden. Dasselbe Parkett wie damals, ohne einen Kratzer, ohne ein Staubkörnchen. Auf einmal überkam mich der Wunsch, mein Zimmer zu sehen, einmal noch. Das Zimmer, in dem ich so oft geschlafen hatte. Es sei praktischer so, hatte Margot immer gesagt. Und ich hatte nicht protestiert, hatte mich eingerichtet in diesem Haus mit seiner bestechenden Ordnung, in diesem Quellekatalog-Zimmer. Aber morgens, wenn ich aufwachte und feine Lichtfäden durch die Rollläden drangen und es so still war, dass ich kaum zu atmen wagte, überfiel mich manchmal Sehnsucht nach meinem Zimmer zu Hause, durch das die ganze Nacht die Lichter der Autos wanderten, und dem Geruch von Mutter, ihrem unpassenden Lachen, sogar nach dem Chaos, das sie überall anrichtete. Und irgendwann hatte ich begonnen, mich zu fragen, wer das Zimmer eigentlich bewohnt hatte, bevor ich darin schlief.

„Ich habe immer nur das Beste für dich gewollt", sagte Margot.

„Meine Schülerin ist gut", sagte ich.

Margot stand auf und zog ihren Gürtel wieder fest. „Du kennst ja den Weg zu uns."

„Zu euch? Was meinst du damit?"

„Zu uns nach Großenritte, in die TV-Halle. Du wirst wohl kaum erwarten, dass ich dir einen Freibrief gebe. Wenn das Kind so gut ist, kann sie bei uns train..."

„Nein!" Ich sprang auf, fuhr mir durchs Haar. Dann atmete ich durch. Ich musste diplomatisch sein. „Ich meine, sie ist meine Schülerin. Ihr Vater möchte, dass ich sie trainiere, niemand anderes. Er wird es sonst nicht akzeptieren."

Margot zog die Brauen hoch. Ich sah das Foto an der Wand an, mein eigenes bemaltes, dünnes Kindergesicht.

„Bitte, Margot!" Nie zuvor hatte ich das gesagt.

Kassel, 1976, Weserstraße

Roberto ist weg. Er ist einfach nicht mehr gekommen. Geht nicht ans Telefon, sitzt nicht mehr auf unserem Sofa. An den ersten Tagen ohne ihn schimpfte Mutter, dass man sich doch auch mal streiten können müsse und wie unzuverlässig diese Italiener doch seien und der tauche schon wieder auf. Aber er ist nicht mehr aufgetaucht.

Die Wohnung ist dunkler als je zuvor. Wenn ich vom Training nach Hause komme und die Tür öffne, saugt mich die graue Stille in sich hinein, umhüllt mich und drückt zu, bis ich kaum noch zu atmen wage, um nicht zu stören, um keinen Laut von mir zu geben, der Mutter provozieren, der ihr die Tränen entlocken könnte, die sie so erfolgreich unterdrückt. Ich habe das Gefühl, das Beste ist, nicht da zu sein.

Anfangs habe ich Roberto und sein Geplapper vermisst. Doch jetzt, im Würgegriff von Mutters dumpfer Traurigkeit, beginne ich ihn zu hassen. Und mich. Dafür, dass ich ihm vertraut habe. Diesem lächerlichen, pummeligen Italiener, der nichts weiter konnte, als auf unserem Sofa zu sitzen und zu reden.

Zu Weihnachten hat Mutter mir ein Poster von Nadia Comăneci geschenkt. Ich habe es in mein Zimmer gehängt, direkt neben mein Bett. Es ist das Letzte, was ich sehe, bevor ich einschlafe, und das Erste, wenn ich morgens aufwache.

Der Bankangestellte sah mich misstrauisch an, als ich ihm einen Packen Geld durch den Schlitz in der Glasscheibe schob. Ich habe es verdient, hätte ich ihm am liebsten erklärt. Ich habe für dieses Geld gearbeitet, jeden Tag ein Mädchen trainiert, das nicht mit mir spricht. Mir von ihrem Vater Dinge diktieren lassen, die ich hasse. Ich mache das, was ich nie mehr tun wollte, da habe ich die paar Kröten doch wohl verdient, ohne dass Sie mich hier anstarren, als ginge die Nation an mir Pleite. Ich habe nämlich meine ganz persönliche Finanzkrise.

Er zog die Scheine an sich heran, zählte sie durch, schob mir eine Quittung zum Unterschreiben hin und wünschte mir einen schönen Tag. Am Automaten zog ich noch einen Kontoauszug. In der Halle ging ich ins Kabuff und legte den Auszug in die Schublade zu den anderen. Ich würde sie sortieren müssen, durfte nicht den Überblick verlieren.

Kurz vor halb drei nahm ich den Drehstuhl und stellte ihn für Herrn Xu an seine Stelle neben der Bank. Weil es nichts mehr zu erledigen gab, bis die beiden kamen, setzte ich mich und nahm das „Aufgabenbuch Geräteturnen weiblich" zur Hand. Bis zu den Hessischen waren es nur noch zehn Wochen. Wenn ich Lian erfolgreich auf den Wettkampf vorbereiten wollte, musste ich genau wissen, was heute gefordert war, was sich seit damals, seit meiner aktiven Zeit, geändert hatte, welche neuen Regularien es gab. Ich schlug das Buch auf.

Die Turnerin hat sportlich-korrekte, undurchsichtige Wettkampfkleidung zu tragen.

‚Sportlich-korrekt.' Wie eine Prinzessin war ich mir in manchen Anzügen vorgekommen in den ersten Jahren! Später hatte sich das Gefühl verloren. Die Anzüge waren zur Arbeitskleidung geworden, versetzten mich in den Wettkampfmodus, sobald ich sie überstreifte. Und immer hatte ich mich nackt in ihnen gefühlt.

Der Halsausschnitt an der Vorder- und Rückseite des Anzugs muss korrekt sein, d. h. er darf nicht über die Mitte des Brustbeines und die untere Linie der Schulterblätter hinausgehen.

Ich blätterte weiter. Um den Anzug würde Margot sich schon kümmern, wenn Lian für Großenritte antreten würde. Wenn ...

Margot hatte sich noch nicht gemeldet. Was wollte sie? Sollte ich sie anrufen? Betteln, bitte, bitte sagen? Und was sollte ich tun, wenn sie Nein sagte?

Die Hauptaufgabe des A-Kampfgerichtes besteht darin, den maximalen inhaltlichen Wert der Übung zu ermitteln.

Ich ließ das Buch auf meinen Schoß sinken. Wieso war eigentlich immer von Kämpfen die Rede? Und Gericht? Die einen kämpfen, die anderen richten? Warum, verdammt, musste überhaupt immer alles ein Kampf sein, ein Wettbewerb? So wie neuerdings im Fernsehen jeden Abend eine dieser Castingshows lief, bei denen es nur darum ging, die anderen auszustechen. Da konnten die Moderatoren noch so sülzig daherreden: Mir machten sie nichts vor.

Die Hauptaufgabe des B-Kampfgerichtes besteht darin, Fehlerabzüge für Ausführung und künstlerischen Wert vorzunehmen.

Konnte das überhaupt zusammenpassen: künstlerischer Wert und Fehlerabzüge? Verdammt, ich musste aufhören, mir Gedanken zu machen! Musste mir einfach die Fehlerabzugstabellen ansehen und dann versuchen, Lian das System zu erklären. Aber wie sollte das gehen, ohne Worte? Wie sollte ich ihr klarmachen, dass es für verschiedene Übungen verschiedene Anfangswertungen gab? Nur mit einer hohen Anfangswertung hast du überhaupt Chancen auf einen vorderen Platz, Lian. Kein Risiko, keine Chance. So einfach ist das. Das Problem ist nur: Bei schweren Übungen machst du leichter Fehler. Und jeder Fehler bringt Abzüge. Vielleicht hältst du bei der Riesenfelge am Stufenbarren deine Füße nicht hundertprozentig parallel, weil du damit beschäftigt bist, den Halt nicht zu verlieren: Abzug. Vielleicht gehst du tief in die Knie, wenn du auf der Matte wieder aufkommst: Abzug. Oder du musst nach dem doppelten Salto-Abgang deinen Fuß einen Schritt vorsetzen, um nicht hinzufallen: Abzug. Wenn du stürzt, sind 0,8 Punkte weg, aber nur, falls es dir gelingt, auf den Füßen zu landen, denn andernfalls wird das Element überhaupt nicht gewertet. Egal, wie gut du deine ganze Übung geturnt hast, egal, wie riskant dein Sprung war: Wenn du am Ende nicht sicher auf beiden Beinen stehst, zücken die Kampfrichter ihre Stifte und ziehen dir die Punkte ab, von deiner Wertung, deiner Hoffnung auf einen Platz auf dem Treppchen.

Vermutlich war Lian das System ohnehin vertraut. Ich hatte keine Ahnung, wo sie bislang trainiert hatte, aber dass sie schon lange turnte, war offensichtlich. Nichts wusste ich über das Mädchen, mit dem ich so viele Stunden verbrachte. Nicht, wo sie wohnte, was sie gern aß, was sie über mich dachte. Lian hatte keine Freundinnen, mit denen sie kichernd die Köpfe zusammenstecken und sich über die Trainerin lustig machen konnte, wie meine Akrobatikmädchen es immer getan hatten. Einen Großvater hatte Lian, der immer müde war. Einen Vater, irgendwo, der Briefe mit Geld verteilte und dachte, so für sein Kind zu sorgen.

Und die Mutter? Wo war Lians Mutter? Gab es sie nicht, so wie es mir selbst mit meinem Vater ging? Klaffte in Lians Welt so eine große Lücke wie in meiner? Nie hatte ich versucht, etwas über meinen Vater herauszufinden. Das Risiko war zu groß. Zu wahrscheinlich war es, dass es einer wie Ulf oder Roberto war, einer aus der unordentlichen Reihe der Kerle, mit denen meine Mutter sich eingelassen hatte. Und ich? Ein Unfall?

Was war mit Lians Mutter? Warum kam sie nicht vor?

Das Scheppern der Tür riss mich aus meinen überflüssigen Gedanken. Lian kam in die Halle, legte ihre Tasche auf die Bank und zog die Jacke aus. Wenn sie mich doch einmal richtig ansehen würde! Ein kleines Lächeln zeigen, damit ich davon ausgehen könnte, dass sie mich mochte, zumindest ein bisschen. Oder meinetwegen auch schmollen oder eine Schwäche zeigen würde, damit ich sie trösten und sagen könnte: Macht doch nichts, ist nicht schlimm, jeder hat mal einen schlechten Tag.

Ich wartete, aber Lian und ich blieben allein in der Halle. „Wo ist Herr Xu?", fragte ich schließlich, und da zog sie einen Brief aus der Tasche, reichte ihn mir mit langem Arm, ohne mich anzusehen, aber mir schien, dass ihre Augen geschwollen waren. Kaum hielt ich ihn in der Hand, begann sie ihre Runden zu laufen.

Sehr geehrte Angelika Winter,

So hatte bisher jeder Brief angefangen, mit meinem Mädchennamen, ungeachtet meiner Einwände, ungeachtet der Tatsachen, und jedes Mal, wenn ich es las, packte mich die Wut.

Lian ist nun groß genug, um allein zu kommen. Xu Yuwan, ihr Großvater, ist gestern nach China zurückgekehrt.

Ich setzte mich wieder und starrte zum anderen Ende der Halle, wo Lian auf Zehenspitzen ging und sich streckte, als wollte sie beweisen, was ihr Vater geschrieben hatte.

Lian groß genug? Herr Xu würde nicht mehr kommen? War aus meinem Leben verschwunden, wortlos sowieso, aber ganz ohne Abschied, ohne die Möglichkeit, ihm ins Gesicht zu sehen und ihn mir noch einmal einzuprägen? Diesen alten Mann, den ich mochte, weil er so etwas wie Familie in meine Halle gebracht hatte. Jemand, der aufpasste. Der Lian beschützte. Wer sollte das jetzt tun?

Haben Sie Lian zu den Hessischen Meisterschaften angemeldet? Wenn Sie gute Arbeit geleistet haben, werde ich das folgendermaßen honorieren:
Siegt Lian an einem Gerät, erhalten Sie eine Prämie von 1.000 Euro. Gewinnt sie die Gesamtwertung, erhöht sich das Honorar nochmals um 2.000 Euro.
Sie hatten mir geschrieben, dass Sie einige Daten benötigen, um Lian zum Wettkampf anzumelden. Hier sind sie:
Name: Xu Lian
Geburtsdatum: 1998-08-13
Geburtsort: Xiantao, China
Adresse: Gartenstraße 36, Kassel

Dreitausend Euro auf einen Schlag könnte ich bekommen. Wenn Lian gewann. Ich stand auf. Ich musste Margot anrufen. Und dieses Mal durfte ich nicht auflegen, musste beharrlich sein. Es war meine einzige Chance. Ich brauchte Margots Zustimmung, ich brauchte ihren Verein. Nur dieses eine Mal, nur bis zum September.

Lian lief weiter ihre einsamen Runden wie jeden Tag. Schmal war das Mädchen. Und klein. Zerbrechlich wirkte sie, obwohl ich wusste, dass sie es nicht war, denn sie war eine Turnerin.

Noch waren die Muskeln kaum sichtbar, mit ihren zehn Jahren war das Verhältnis von Körpergewicht und -länge optimal, ebenso die Beweglichkeit. Erst in zwei oder drei Jahren würde der Kampf beginnen: Du darfst nicht wachsen. Du darfst nicht fett sein. Du darfst keine Frau werden.

Schon wieder gingen meine Gedanken in eine Richtung, die ich mir nicht erlauben durfte. An mein Ziel musste ich denken und an die dreitausend Euro, die mich ihm so viel näherbringen würden. Zusammen mit dem Geld, das ich inzwischen gespart hatte, würde es für das Dach reichen. Ich konnte es tatsächlich schaffen, bevor der Winter kam: den letzten Haken auf der Liste machen und mich dann wieder um neue Schülerinnen kümmern, die Halle mit neuem Leben füllen – wenn Lian gewann. Dafür musste ich sorgen. Ich musste das Training anziehen. Beim Rückschwung am Barren war der Hüftwinkel zu groß, beim Bogengang drückte sie sich nicht genug ab und der Anlauf beim Sprung musste koordinierter werden.

Wie läuft's eigentlich mit deiner Halle?", fragte Johannes mich über das Autodach hinweg, als wir aus dem Volvo stiegen.

„Ganz gut", gab ich knapp zur Antwort.

„Sind denn jetzt wieder mehr Kinder da, die du trainieren kannst? Und die ein bisschen Geld einbringen?"

Musste er jetzt das Thema anschneiden? „Nein. Nur Lian. Aber das wird sich bald wieder ändern. Wenn die Halle halbwegs saniert ist."

„Sag mal, und mit nur einer Schülerin kannst du dich finanzieren?" Er öffnete den Kofferraum und zog die Gurte und das

Seil hervor. „Hätte ich nie gedacht, dass man damit so viel Geld verdienen kann."

Er schulterte das Seil.

„Und bei dir?", fragte ich, um über etwas anderes zu reden. „Wie läuft dein Job?"

„Mein Job. Naja. Wir arbeiten gerade auf einen Wettbewerb hin. Manchmal habe ich das Gefühl, das ganze Leben ist ein einziger Wettbewerb. Egal ob man Fotos macht oder Häuser baut."

„Immerhin bekommst du ein festes Gehalt", sagte ich so patzig, dass er den gesamten Weg bis zu den Felsen schwieg. Schon dreimal waren wir inzwischen am Scharfenstein klettern gewesen. Die ersten beiden Male waren wir allein gewesen, aber beim letzten Mal schien sich die gesamte Kasseler Kletterszene dort versammelt zu haben. Johannes kannte offenbar fast jeden, hatte sich ewig mit ihnen unterhalten und ich hatte daneben gestanden und gedacht, dass ich auf diese Weise nie weiterkommen würde im Klettern. Bisher hatte ich lediglich am „Wändchen" geübt. Der Name täuschte: Der Felsen ragte fast zwanzig Meter senkrecht in die Höhe, aber durch die vielen Vorsprünge, an denen man sich festhalten und die Füße aufstellen konnte, war der Schwierigkeitsgrad gering, auf einer Skala bis 11 lag er nur bei 3+.

Jetzt waren wir an der Stelle angelangt, durch die wir in den Kessel einsteigen konnten, in diese andere, archaische, vom schwarzen Basalt dominierte Welt. Auf den Felsen, die sich vor uns auftürmten, hafteten Flechten, an manchen Stellen hatten Farne eine Ritze erobert, an anderen wuchsen ganze Bäume aus dem Fels heraus.

„Sogar Beziehungen sind inzwischen zum Markt geworden", riss mich Johannes aus meinen Gedanken. Sein Tonfall war bitter, und er schmiss das Seil und die anderen Sachen regelrecht auf den Boden. Er hockte sich hin, um einen Knoten am Gurt zu lösen.

„Wieso?“ Seine plötzliche Wut irritierte mich.

„Silvia hat…“, er hantierte weiter mit dem Zeug herum, obwohl er den Knoten schon entwirrt hatte, „ach, scheiße!“

…einen anderen, ergänzte ich im Kopf seinen Satz. Ich sah auf Johannes hinunter, auf die glatten Haare, das Lederband, mit dem er sie zusammengebunden hatte, sah seine Unterarme, die Sehnen, die sich bei jeder seiner ruckartigen Bewegungen abzeichneten. Und konnte nicht verhindern, dass Martin wieder vor meinem inneren Auge auftauchte, Martin an unserem ersten Morgen, wie er aus dem Bett gestiegen war und sich nackt in die Küche gestellt und Eier aufgeschlagen hatte, um uns Rührei zu braten, von dem ich dann keinen Bissen herunterbekam. Martins Gesicht, Jahre später, als ich wusste, dass er mir sagen würde, dass es aus sei, noch bevor er ein Wort von sich gegeben hatte. „Es ist besser, nicht zu viel nachzudenken“, sagte ich.

Johannes sah mich nicht an, als er aufstand. „Danke für dein Mitgefühl“, sagte er kühl, und während er sein Kletterzeug anlegte, wanderte sein Blick über die Felsen vor uns. Auf der „Schiefen Anna“ blieb er hängen. Spitz ragte sie vor uns auf. Die Wand wirkte glatt, auf den ersten Metern war kaum ein Vorsprung zu sehen, schon bis zum ersten Haken würde es schwierig sein.

„Ich meine“, ich ertrug Johannes’ Schweigen nicht und schon gar nicht den finsteren Blick, mit dem er den Felsen betrachtete und in Wahrheit wohl mich meinte. „Ich meine, es ist wirklich besser, nicht immer an sie zu denken.“

„Hast du denn so viel Erfahrung? Hast du denn überhaupt irgendeine Ahnung, wovon du redest?“ Jetzt sah er mich doch an. Ich antwortete nicht, weil ich dann über Martin hätte sprechen müssen, aber ich versuchte zu lächeln, immerhin, und tatsächlich veränderte sich Johannes' Blick. Aber nicht, wie ich es mir gewünscht hatte: nicht weich und einlenkend, sondern überrascht. Als hätte er gerade etwas in meinem Gesicht entdeckt, das ihm vorher noch nicht aufgefallen war. Als suchte er nach einer Erinnerung. Mir wurde heiß und schnell wandte ich mich ab. „Die Anna", sagte ich, „die will ich unbedingt auch mal klettern."

Johannes Blick verharrte noch einen Moment auf mir. „Vergiss es", sagte er, aber sein Ton war nicht mehr bitter, sondern eher nachdenklich, als grübelte er darüber, was er gerade in meinem Gesicht gesehen hatte, „die ist viel zu schwer für dich".

Ich atmete auf, als er sich endlich den Klettergurt anlegte und an den Fels herantrat. Er setzte den Fuß auf einen winzigen Vorsprung, zog sich hoch und klebte kurz danach an der Wand. Während ich unten stand und darauf achtete, das Seil straff zu halten und gleichzeitig genügend Spiel zu lassen, verfolgte ich jede von Johannes' Bewegungen, jeden Tritt, jede der Ritzen, in die er die Fingerspitzen krallte, als könnte er so seine Silvia zurückerobern, und einen winzigen, bösen Moment lang dachte ich, dass ich gerade sein Leben in der Hand hielt.

Die „Schiefe Anna" zu schwer für mich! Das würden wir ja sehen. Ich merkte mir jede einzelne seiner Bewegungen.

Kassel, 1977, Bergpark Wilhelmshöhe

Die Wasserspiele sind seit zwei Stunden vorbei. Ich hätte sie gern angesehen, eine Schulkameradin war mit ihrer Familie schon einmal dort gewesen und hatte geschwärmt: von den Hörnern, den Wasserfällen und der riesigen Fontäne, die sich bildete, wenn das Wasser unten im Schlossteich ankam. Wegen des Wettkampfs konnten wir nicht früher kommen, aber mir gefällt es trotzdem, dass Margot mich mitgenommen hat, zur Belohnung, weil ich Zweite bei den Gaumeisterschaften geworden bin. Ihre Mutter aus Hannover ist zu Besuch gekommen, eine kleine, stämmige Frau mit kurzen grauen Haaren und Raubvogelaugen. Jeder Schritt, den sie tut, ist wie ein Ausrufezeichen, und sie stapft die Stufen zum Herkules hoch, ohne einmal verschnaufen zu müssen. 885 seien es, erklärt sie und schwenkt ihren Stadtführer. Ich finde es seltsam, dass Margot eine Mutter hat.

Ich balanciere auf dem Rand der Kaskaden und renne die Stufen hoch und runter. Oben besteigen wir die riesige achteckige Plattform des Podests, auf dem der Herkules steht. „Luftschloss" wird sie genannt, sagt Margots Mutter. Ich stelle mich so nah wie möglich am Sockel des Herkules auf und gucke hoch.

„Siebzigkommafünf Meter", liest Margots Mutter vor, „insgesamt. Der Herkules selbst ist nur neun Meter zwanzig hoch. Der Kopf einen Meter fünfundfünfzig, einschließlich Bart." Sie hat eine Stimme wie Margot, kristallklar und scharf. Die Sonne, die sich in diesem Jahr viel Zeit gelassen hatte, scheint heute zum ersten Mal mit voller Kraft. Graugrün hebt sich der Herkules gegen den blauen Himmel ab. „Die Statue zeigt den nach seinen Heldentaten ruhenden Herakles, in seiner linken Achsel auf seine Keule gestützt, die auf einem Felsen aufgestellt ist, darüber das Fell des nemeischen Löwen." „Was für ein Löwe?", frage ich. „Moment", ich höre, wie sie die Seiten des Reiseführers vehement umblättert, „hier steht was darüber. Herakles – das ist anscheinend ein anderer Name für Herkules – war bei der Göttin Hera in Ungnade gefallen und sie schickte ihn in den Wahnsinn. Vom Wahnsinn getrieben, warf er seine zwölf Kinder ins Feuer." Ich drücke mein Gesicht an den kühlen Stein. „Um sich von seiner Schuld zu befreien, wurde er dazu verdammt, zwölf Jahre dem König Eurystheus zu dienen, der ihm zwölf Aufgaben auferlegte." Eine Aufgabe für jedes Kind, denke ich. „Die erste Aufgabe bestand darin, ihm das Fell des Löwen zu bringen. Der Löwe war eigentlich unverwundbar, aber Herakles überlistete ihn, packte und würgte ihn zu Tode."

„Der Löwe konnte doch nichts dazu", wende ich ein, doch schon geht es weiter: „Er balgte den Löwen mit dessen eigenen Krallen ab, denn nur diese waren in der Lage, die Haut des Tieres zu zerschneiden. Aus dem Fell kürschnerte er einen Umhang, der ihn fast unverwundbar machte."

Ich stehe immer noch mit der Wange an den Sockel gelehnt.

„Guck dir die Statur an", sagt Margots Mutter und blättert in ihrem Buch wieder eine Seite zurück. „Brustumfang vier Meter neunzig, Wadenumfang zwei Meter fünfzehn, Oberarmumfang zwei Meter zwanzig, am Muskel."

„Das war bestimmt auch mal ein Turner", sagt Margot.

Ich blicke wieder nach oben. Tatsächlich sind die Oberschenkel und Brustmuskeln des Herkules mächtig, aber an den Seiten der Beine und über die Brust ziehen sich Punkte wie Stiche einer Naht und mitten in sein Gesicht frisst sich eine dunkle Stelle. Verletzt sieht er aus, gar nicht unverwundbar. Und einsam, so ganz allein da oben auf der Spitze der Pyramide, wo kein Platz ist für irgendjemanden außer ihm. Dann bemerke ich das Geschlechtsteil, das zwischen seinen Beinen hervorragt, und drehe mich schnell weg.

„Er muss ständig restauriert werden“, sagt Margot, „das Material ist ungeeignet. Kostet ein Heidengeld.“

Wir steigen wieder von der Plattform herunter. Margot und ihre Mutter setzen sich auf eine der Bänke. Vor uns liegt eine ebene, sandige Fläche, dahinter senkt sich der Park. Ich stelle mir vor, ich könnte Anlauf nehmen wie beim Sprungpferd, kurz vor der Kante abspringen und fliegen – mit ausgebreiteten Flügeln über die Bäume, Wiesen, Bäche und Brücken des Parks gleiten, über das mächtige Schloss, über die Häuser von Kassel, bis zur Weserstraße, und Mutter würde auf die Straße kommen und nach oben schauen und mir zuwinken.

Ich schlage ein Rad im Sand, dann lasse ich mich auf den Boden sinken. Der Sand ist warm von der Sonne. Ich nehme eine Handvoll und will ihn durch meine Finger rieseln lassen, als ich Margots Glasstimme höre: „Das kannst du besser. Auf, noch mal!“ Ich klopfe den Sand ab, stehe auf und schlage ein Rad wie in der Turnhalle: denke eine Linie auf dem Boden, auf die ich nacheinander die Beine aufsetze, beschreibe mit den Füßen einen großen Bogen in der Luft, und beim Aufkommen achte ich darauf, dass mein Gesicht in die Richtung zeigt, aus der ich komme, und strecke die Arme kurz hoch.

„Zeig mal, wie gut du Handstand kannst!“, sagt Margot jetzt. Ich mache einen Handstand. Meine Arme und Beine sind müde vom Wettkampf am Morgen und der Sand drückt sich in die empfindlichen Stellen an meinen Händen. Ein kleines Mädchen bleibt stehen und versucht auch ein Rad zu schlagen. „Sie kann es nicht halb so gut wie du“, sagte die Mutter des Mädchens schmunzelnd, „ist ja toll, was du alles kannst.“ Ich zeige dem Mädchen, auf was es achten muss, aber wieder wird es nur eine ungelenke Bewegung auf dem Boden. Die Mutter lacht und geht weiter, das Mädchen hüpft hinter ihr her.

„Schade“, höre ich Margots Mutter sagen, „dass du keine eigenen Kinder hast.“ Auf einmal steht Margot neben mir. Sie hat die Schultern nach vorn gezogen und die Arme vor der Brust verschränkt. „Mach noch mal den Handstand“, zischt sie, „und dieses Mal anständig.“ Ich stelle mich wieder auf die Hände. Sie korrigiert meine Fußstellung. „Zehen strecken, das habe ich dir schon weiß Gott wie oft gesagt.“ Ich strecke die Zehen. Sie gibt meinen Beinen einen Klaps und ich gehe zurück auf die Füße. Sie sieht mich nicht an. Es ist, als ob sie überhaupt nichts ansehen würde, ihre Augen irren herum, ohne etwas zu fixieren.

„Wie du früher“, wieder die Stimme der Mutter. „Ach Gott, so gut warst du.“

Ich klaube vorsichtig die Sandkörner aus meinen Händen.

Margot steckt die Hände in die Taschen. Ihre Jeans ist eng, aber sie schiebt die Hände immer tiefer hinein, scharf zeichnen sie sich unter dem Stoff ab, und ich sehe, wie sie sie in den Taschen zusammenballt und denke, dass es ihr weh tun muss, und damit sie damit aufhört, frage ich: „Wo wohnen wir?“ und zeige auf die Stadt, die weit unten vor uns liegt.

Erst reagiert sie nicht. Dann zieht sie die Hände wieder aus den Taschen und geht ein wenig in die Knie, um auf meiner Höhe zu sein, so dass sich unsere Wangen fast berühren. Vor mir streckt sich ihr Arm aus. Über den Handrücken zieht sich als roter Bogen die Druckstelle von der Naht der Hosentasche. „Wenn du hier immer geradeaus guckst, bis zum Schloss da unten und dann noch weiter: Siehst du die lange Straße da?“ Ich folge der verlängerten Linie ihres Zeigefingers, die sich schnurgerade durch die Stadt schneidet, bis sie abrupt endet. „Das ist die Wilhelmshöher Allee. Und dahinter, ein Stück links, da wohnst du."

Irgendwo dort ist Mutter jetzt, ein winziger Punkt in dieser Ansammlung aus Häusern und Straßen, die sich im Dunst verliert, weit hinter der breiten, geraden Allee, die alles so wunderbar ordnet. Was sie jetzt macht? Sitzt sie in der Küche und sieht aus dem Fenster? Oder ist sie wieder auf der Suche nach Arbeit, klappert Kneipen und Cafés ab, um nach einem Job zu fragen?

Ich spüre Margots Hand auf meinem Schulterblatt. „Du musst wissen, ich war auch mal eine richtig gute Turnerin", sagt sie. „Ich habe wirklich hart dafür gearbeitet, es bis an die Spitze zu schaffen. Und dann – erst verletzt, dann krank – pfffft!" Sie steckt die Hände wieder in die Hosentaschen.

Hart gearbeitet. Wenn auch ich weiterhin so viel arbeitete, wenn ich mich nicht verletzte und nicht krank würde – vielleicht könnte Mutter dann endlich aufhören zu suchen und glücklich werden?

Seit es wärmer geworden war, drang der Fäkalgestank aus der Umkleide bis in die Halle, und ich nahm mir vor, das Wochenende dafür zu nutzen, den Boden in der Toilette aufzustemmen und neu zu fliesen. Im Baumarkt kaufte ich Fliesen und Fliesenkleber, lieh einen Abbruchhammer und fuhr mit der schweren Last nach Bettenhausen. In der Halle drehte ich das Wasser ab und schraubte die Toilettenschüssel vom Boden. Ich band mir ein Tuch vor die Nase und setzte den Hammer an. Als die ersten Fliesen absprangen und der Estrich brach, erschrak ich darüber, wie gut es mir tat, etwas kaputt zu machen.

Den ganzen Nachmittag arbeitete ich, in Lärm und stinkenden Staub gehüllt. Ich stemmte, hämmerte, zerbrach, zerstörte und schleppte Eimer für Eimer den Schutt nach draußen, bis zu dem Moment, in dem ich den Hammer ansetzte und er mir aus den Händen fiel, weil meine Arme nicht mehr mitmachten. Die Maschine krachte auf den Boden und stieß noch ein paar Mal wütend und sinnlos den Meißel in die Luft, bevor sie ausging. Ich starrte sie an, eine ganze Weile, ohne mich zu regen, aber schließlich schaffte ich es, den Stecker zu ziehen und rauszugehen, mich auf die Mauer zu setzen, mit zitternden Muskeln und dem Lärm der Maschine im Ohr, obwohl sie doch jetzt ruhig war.

Ich würde es nie schaffen. Es würde kein Ende nehmen, nie. Schutt, Dreck, Gestank, drinnen, draußen, überall. Ich hätte gern eine geraucht, obwohl ich nicht rauchte. Ich hätte gern ein Bier getrunken, doch dazu hätte ich mich aufraffen und eins kaufen müssen. Irgendetwas Schönes machen! Irgendwohin gehen, wo es sauber war und aufgeräumt, ohne dass ich etwas dazu tun musste. In einen Raum, der mit Liebe gestaltet war, einfach so, einfach weil es schön war.

Ich schloss die Halle ab, brachte den Abbruchhammer zurück und fuhr nach Hause. Unter der Dusche stand ich da und beobachtete, wie sich der Staub mit dem Wasser mischte und die grauen Schlieren sich in den Abfluss zogen.

Ich holte frische Sachen aus dem Schrank: ein T-Shirt, eine Jogginghose. Als ich noch einmal ins Bad ging, fiel mein Blick auf den Spiegel. Alt sah ich aus. Das Gesicht hager. Die Haare hingen strähnig und feucht an den Seiten herunter und auf dem ausgeblichenen T-Shirt hatten sich dunkle Flecken gebildet. Das war ich?

Ich zog das T-Shirt wieder aus und nahm den Föhn aus der Schublade. Lange hatte ich ihn nicht benutzt. Ich rollte meine Haare über eine Bürste auf, bis sie sich auf den nackten Schultern anfühlten wie Federn, die mich streichelten. Danach ging ich zum Kleiderschrank. Etwas Schönes, das wollte ich. Ein Kleid. Es gab nur ein einziges in meinem Schrank. Ganz unten, im hinteren Fach lag es, unter einem Winterpullover. Ich zog es hervor. Dunkelrot, viel zu tief ausgeschnitten für ein Hochzeitskleid. Der Standesbeamte hatte die Brauen hochgezogen, als wir vor ihm standen. Martin mit den Tätowierungen, die aus den Ärmeln seines Hemdes lugten, und ich in diesem Fummel. Billig war das Kleid gewesen, aber ich hatte mich groß darin gefühlt, verführerisch und allmächtig. Sogar bereit für eine Zukunft.

Ich baute das Bügelbrett auf, holte das Bügeleisen hervor und schob es über den Nylonstoff, aber er hatte zu lange im Schrank unter anderen Sachen gelegen, so dass sich dort, wo Falten waren, jetzt helle Streifen bildeten. Ich streifte das Kleid trotzdem über und legte meine Hände auf den Bauch, ließ sie über den glatten glänzenden Stoff gleiten, über meine Brust, die Rippen, die Hüften.

Aus dem Treppenhaus hörte ich Johannes Schritte. Ich kannte sie inzwischen, sie waren zu schwer für ihn, passten nicht zu der Leichtigkeit, mit der er den Elefantenbuckel hochkletterte. Als Nächstes würde ich den Schlüssel hören, das Rasseln, wenn er ihn aus der Tasche zog, das Geräusch, wenn er ihn im Schloss umdrehte, dann die Tür, die schmatzte, wenn sie aufsprang. Aber es blieb still. Als verharrte Johannes vor seiner Tür, bliebe einfach stehen. Hielte die Luft an, so wie ich. Er draußen, ich drinnen.

Dann, endlich: der Schlüssel, das Schloss, die Tür.

Und wenn ich jetzt hinüberginge? Bei ihm klingelte? Sein Staunen mit einem Lachen erwiderte und an ihm vorbei in die Wohnung träte? Mich auf den Tisch in seiner Küche setzte, auf die Platte aus grobem Holz, in meinem roten Kleid, wieder lachte, ihn auslachte, bis er auf mich zuginge, wütend? Aber ich würde weiter lachen, ihn dazu bringen, sich zu holen, was er wollte, und ich würde mein Gesicht zur Decke heben und seinen Mund auf meinem Hals spüren und auf meinem Schlüsselbein, das sich scharf unter der Haut abzeichnete. Seinen Körper an meinem, schwarzer Pulli an rotem Kleid, ich würde meine Beine um seinen Rücken schließen und meine Finger in sein Haar legen.

Und darunter würde ich die Kopfhaut spüren, so verletzlich.

Sensenstein bei Kassel, 1980

„Ich heiße Thomas Baron." Breitschultrig sitzt der Mann hinter dem Schreibtisch, der irgendwie nicht zu ihm passt. Mit blassgrauen Augen, denen ich mich gern entzogen hätte, sieht er mich an.

„Thomas ist der Landestrainer", sagt Margot.

„Normalerweise macht das hier jemand anderes", er weist auf das Formular, das vor ihm liegt, „aber heute ist sie nicht da, also muss ich das übernehmen." Er greift zu einem Stift. „Angelika Winter, ist das der vollständige Name?"

Ich nicke.

„TV Großenritte. Geboren am 14. September 1968." Er überträgt die Informationen von einem Zettel in die vorgesehenen Kästchen. „Wie heißt deine Mutter?"

„Regina."

„Dein Vater?" Die Spitze seines Kugelschreibers verharrt über dem Papier. Mein Mund zieht sich zusammen.

Margot räuspert sich. „Der ist wohl nicht bekannt."

Thomas Baron sieht auf. „Tja, ich weiß nicht, was ich in dem Fall hier eintragen soll. Am besten machen wir das einfach so." Er zieht einen Strich in dem Kästchen, das für den Vater vorgesehen ist, säuberlich von links unten nach rechts oben. „Krankenkasse?"

Als das Formular voll ist, legt er es in eine Mappe und steht auf. Er ist nicht besonders groß, einen Meter fünfundsechzig vielleicht. Das weiße T-Shirt spannt an den Oberarmen, über die Unterarme ziehen sich breite Adern.

„So, Angelika", sagt er, „jetzt gehörst du zum Landeskader." Er legt mir den Arm um die Schulter, und wir gehen aus dem kleinen Büroraum in Richtung Halle. „Du wirst bald merken, dass das Training hier anders ist. Hier trainieren nur wirklich Talentierte. Wir haben klare Ziele und versuchen sie zu erreichen. Das bedeutet Konzentration, Arbeit, wenig Ablenkung. Bist du dazu bereit?“

Wieder nicke ich.

„Schön. Ab morgen sehen wir uns dann jeden Tag um siebzehn Uhr.“ Er nimmt die Hand von meiner Schulter und hält die Tür zur Halle auf. Die Geräuschkulisse verändert sich abrupt und der Moment kommt mir in den Sinn, als ich als kleines Kind die Tür zu den Schweißern geöffnet habe. Aber im Gegensatz zu ihnen nehmen die Mädchen in der Halle keine Notiz von mir. An einem Schwebebalken macht eine Turnerin eine Riesenfelge nach der anderen, unterstützt von einer Trainerin. Daneben läuft ein kräftiges, dunkelhaariges Mädchen zum Sprung an. Auf dem Schwingboden in der Mitte der Halle übt ein anderes Schersprünge. Die ganze Halle atmet Konzentration, ich sauge sie tief in meine Lungen, und als sich Thomas Barons und mein Blick treffen, lächeln wir beide wie in gegenseitigem Verständnis. „Wir sehen uns“, sagt er, geht ein paar Schritte und beobachtet ein Mädchen, das auf dem Boden Übungen für den Schwebebalken trainiert. Er fasst sie an der Hüfte an und korrigiert ihre Haltung.

„Schätzchen?“ Margot habe ich ganz vergessen. „Dein Vater“, sagt sie, „weißt du gar nichts über ihn?“

Ich schüttele den Kopf.

Sie lächelt. „Er war bestimmt ein Turner.“

Und auf einmal spüre ich warm die Stelle auf meiner Schulter, auf der Thomas Barons Hand gelegen hatte.

Am Tag darauf ziehe ich mich in der Umkleide um und betrete die Halle. Margot sitzt schon auf der Zuschauertribüne, einige

Mädchen sind dabei, sich warm zu machen und ich schließe mich ihnen an.

„Kommt mal her", ruft Thomas Baron und pfeift durch die Zähne. Wir laufen zu ihm, setzen uns auf die Bank, sehen zu ihm auf. Er mustert uns, eine nach der anderen.

„Ihr seid alle neu hier", sagte er. „Und ihr seid hier, weil ihr die Besten aus Hessen seid. Ihr habt viel geleistet, um bis hierher zu kommen. Ihr habt Kraft- und Dehnübungen gemacht, bis es schmerzte. Ihr seid gestürzt, habt euch wehgetan, seid wieder aufgestanden und habt weitergemacht. Ihr seid Turnerinnen, hart im Nehmen. Aber alles, was ihr bisher erlebt habt, ist nichts gegen das, was ihr hier erfahren werdet. Alles, was bisher war, war Spiel. Kinderkram. Wir hier spielen nicht herum. Dafür haben wir keine Zeit. Wir haben Ziele. Wir wollen, dass ihr besser werdet, dass ihr an euch arbeitet, Tag für Tag, bis ihr so gut seid, dass ihr es mit den Besten aus den anderen Bundesländern aufnehmen könnt." Er schreitet vor uns auf und ab. Dann bleibt er stehen, genau vor mir, ich muss den Kopf weit in den Nacken legen, um in sein Gesicht zu sehen. „Und es vielleicht mal in die internationalen Wettkämpfe schafft. Ihr seid jetzt zwölf, dreizehn, vierzehn Jahre. Vielleicht fühlt ihr euch noch jung, wie Kinder. Aber …", er bleibt stehen, mustert uns, eine nach der anderen, „schaut euch an, was in Russland passiert, in Rumänien, Bulgarien, der Tschechoslowakei! Olga Korbut war siebzehn, als sie fünf Goldmedaillen bei den Olympischen Spielen holte. Du, Helga", er sieht das Mädchen neben mir an und sie schiebt ihre Knie zusammen, „bist vierzehn, oder? In drei Jahren bist du siebzehn. Das ist nicht viel Zeit." Er hebt wieder den Kopf. „Nadia Comăneci war vierzehn, als sie bei den Olympischen in Montreal antrat. Und sie ist nicht nur angetreten. Sie hat als erste Turnerin überhaupt zehn Punkte bekommen. Das hatte bis dahin keine geschafft." Seine Augen richten sich jetzt auf mich. „Angelika. Wie alt bist du?"

„Zwölf", flüstere ich, „fast dreizehn", und mir wird klar, dass ich schon fast so alt bin wie Nadia, als sie die zehn geholt hat und Mutters Augen zum Leuchten brachte.

Baron setzt sich wieder in Bewegung, und seine Stimme bohrt sich weiter in mich hinein, durchdringt mich bis in die kleinste Ader, die winzigste Pore und bringt sie zum Vibrieren. „Jede von euch", fährt er fort, „hat das Zeug, es in den Bundeskader zu schaffen. Einige kommen vielleicht in die Nationalmannschaft. Diejenigen werden gegen die Besten der Welt antreten. Russinnen, Rumäninnen, Amerikanerinnen und natürlich die Damen aus der DDR. Harte Konkurrenz, glaubt mir. Die trainieren doppelt so viel wie ihr. Wenn ihr einen Tsukahara viermal am Tag macht, machen die das zehnmal. Es ist eure Entscheidung. Ihr könnt weiter herumalbern. Ein bisschen rumturnen, Spaß haben, in die Disko gehen. Das ist in Ordnung. Wenn ihr das tun wollt: Da ist die Tür."

Ich wage nicht, aufzusehen. Ich will die Tür nicht ansehen, will nicht einmal wissen, dass sie da ist.

„Aber", Thomas Baron spricht jetzt leiser, so dass wir uns anstrengen müssen, um ihn zu verstehen, „wenn ihr bereit seid, zu arbeiten, hart zu arbeiten, Tag für Tag, Woche für Woche, Monat für Monat, dann habt ihr alle, jede Einzelne von euch, die ihr hier sitzt, die Chance, etwas Großes zu werden", er lässt den Blick schweifen, langsam, es kommt mir vor, als verharre er bei mir besonders lange. „Seid ihr bereit dazu?" Ich nicke heftig. Ein paar von uns murmeln: „Ja." „Dann an die Arbeit."

Noch nie war ich so schnell beim Warmlaufen, noch nie bin ich beim Spagat zwischen zwei Kästen so weit über die Horizontalebene gekommen, noch nie habe ich so viele Umschwünge hintereinander geschafft. Allein die Möglichkeit von Barons Blick auf mir treibt mich zu Leistungen, die ich selbst nicht für möglich gehalten habe. Und ich riskiere alles, ohne Angst, denn ich weiß, dass er mich auffangen wird, wenn ich den Tsukahara übe oder den Salto auf dem Balken. Seine Arme sind stark, seine Hände umfangen mich sicher. Ist er da, kann mir nichts passieren.

Lian übte den Abgang vom Schwebebalken, Radwende mit abschließendem Salto auf den Boden. Rondat, korrigierte ich mich. Man nennt es jetzt Rondat.

Ich erklärte ihr, was sie verbessern konnte, während ich sie sicherte und korrigierte. Sprach zu mir selbst, das hatte ich mir angewöhnt, um es nicht zu still werden zu lassen in der Halle. Denn Lian verstand mich ohne Worte: streckte den Fuß, wenn ich ihren Fußrücken berührte, hob den Kopf, wenn ich meinen hob. Es waren konzentrierte Stunden, und wenn ich schwieg, wurde die Stille nur unterbrochen durch das Knarren der Holme und das Geräusch beim Aufkommen nach den Sprüngen. Zwei Wochen zuvor war noch ein weiteres Geräusch dazugekommen. Ein leichtes Schnarchen von Herrn Xu, und als ich Lian angesehen hatte, war ein kurzes Lächeln über ihr sonst unbewegtes Gesicht gehuscht.

Nun war Herr Xu nicht mehr da.

Ich zwang Lian nicht, zu lächeln. Zu sehr hallten mir noch Gutas Worte im Ohr: „Lächeln, merk dir das doch endlich mal!“ Guta. Der Bundestrainer, damals. „Lächeln, leicht muss es aussehen, keiner will verbissene kleine Schreckschrauben sehen!“ Wie lange das her war. Und wie oft ich ihn noch im Ohr hatte!

Ich hätte Lian zum Lächeln bringen sollen, sicher. Aber ich konnte es nicht. Ich war nicht die Richtige für diesen Job. Ich war keine gute Trainerin, ich hatte keine gute Ausstattung, und nur jemand, der noch nie hier in meiner Halle war, konnte davon ausgehen, dass ich schon alles richtig machte, warum auch immer. Alles, was wir bis jetzt erreicht hatten, lag an Lians Talent. Und ihrem Gehorsam, der so groß war, dass es mich aggressiv machte. Sie tat, was ich sagte, egal wie anstrengend oder gar schmerzhaft es war. Ich konnte manchmal nur schwer ansehen, wie sie sich bemühte, keine Regung zu zeigen, auch wenn etwas über ihre Kräfte ging.

Lian setzte gerade zum Bogengang auf dem Schwebebalken an – nein, es hieß nicht mehr Bogengang, sondern „langsamer Handstütz-Überschlag vorwärts mit gespreizten Beinen" –, als die Eingangstür schepperte. Lian stoppte die Bewegung, sah zum Ausgang, dann mich an. Noch nie war jemand während unseres Trainings gekommen. Ich wusste nicht, wie ich reagieren sollte, ging auf die Tür zum Flur zu, aber bevor ich sie erreichte, öffnete sie sich schon und Margot kam herein, ging ohne Gruß an mir vorbei. Sie trug blaue Jeans, einen hellen Blazer über der rosafarbenen Bluse und strahlend weiße Turnschuhe. Ihr Blick durchmaß die Halle, von links nach rechts, von oben nach unten, wie der Sucher einer Kamera, bevor er Lian in den Fokus nahm.

„Du hättest dich anmelden können", rief ich in ihren Rücken, „warum hast du nicht angerufen?"

„Das ist also deine grandiose Schule", sagte Margot, und als würde ein Filter weggezogen, sah ich alles plötzlich mit ihren Augen: nicht den warmen Holzton des Parketts, sondern die Kratzer. Den schwarzen Fleck an der Decke. Ich dachte an den Schutthaufen draußen, die Baustelle in der Umkleide und Toilette. Und der Stufenbarren! Am liebsten hätte ich mich vor ihn gestellt, um ihn zu verdecken, so peinlich war er mir mit einem Mal.

Margot sagte nichts. Sie ging auf Lian zu, ein pink geschminktes Lächeln im Gesicht, und streckte ihr die Hand hin. „Du bist also die kleine Lian?"

Ich dachte an das erste Mal, als Lian hier in der Halle gestanden hatte, das Kinn vorgestreckt, nur so wenig, dass ich nicht sicher sein konnte, ob es als Trotz zu deuten war. Mir hatte sie die Hand verweigert, damals. Jetzt sah ich, dass ihr Arm zuckte, und wusste nicht, was ich mir wünschen sollte. Dann sah Lian mich an, und jetzt war es nicht der Stufenbarren, vor den ich mich schützend stellen wollte, sondern das Mädchen. Doch ich nickte ihr zu, und sie legte zögernd ihre Hand in Margots.

„Ich habe Angelika früher trainiert“, Margots Glasstimme, hier in meiner Halle, „sie hat sicher von mir erzählt?“ Lian senkte den Kopf.

„Sie versteht dich nicht.“ Ich ging schnell auf die beiden zu, musste handeln, die Kontrolle wiedergewinnen.

„Jedenfalls hat Angelika mir von dir erzählt“, sagte Margot, ohne die Augen von Lian zu lassen, „wie gut du turnen kannst. Da wollte ich gern mal zuschauen.“ Sie wandte sich kaum merklich in meine Richtung. „Ihr seid doch einverstanden?“

Ich kann nichts machen, dachte ich. Ich bin von ihr abhängig. Nach verdammten vierundzwanzig Jahren, in denen ich sie nicht ein einziges Mal gesehen oder mit ihr gesprochen habe. Was war geschehen in dieser Zeit? Hatte sich nichts geändert? Würde es sich nie ändern? War mit unserer ersten Begegnung damals in der Grundschule festgelegt worden, dass Margot von da an mein Leben bestimmen würde? Nur weil ich ein Talent hatte? Stimmte es, dass Talent verpflichtet, wie sie mir immer wieder gesagt hatte, wenn ich zweifelte? Verzweifelte? Würde sie das auch zu Lian sagen, wenn ich nicht mehr da war?

Ich sah den Fleck an der Decke an, dachte an das Dach und das Geld, das ich dafür brauchte, an all das, was ich tun würde, wenn dieser ganze Spuk vorbei war. „Lian? Fang noch einmal von vorn an.“ Ich trat an den Schwebebalken und legte die Hand darauf, blickte Margot von der Seite her an, bis sie einen Schritt zurückmachte. Aber Lian anzusehen schaffte ich nicht.

Lian zögerte einen Moment, dann hob sie den Kopf, setzte die Hände auf den Balken und hockte auf, streckte sich, machte eine halbe, dann eine ganze Drehung, einen Grätschsprung, Spagatsprung, Bogengang. Als hätten wir es abgesprochen, absolvierte sie die gesamte Kür, ohne eine Miene zu verziehen, nur vor dem Menichelli zögert sie, zwinkerte sie kurz heftig mit den Augen, ein Tick, der sich festzusetzen schien. Menichelli, Stand, Radwende, Salto, Stand, kurz die Hände nach oben gestreckt. Margots Klatschen verlor sich in der Halle.

Als das Training eine Stunde später vorüber war und Lian durch die Tür verschwand, kam es mir vor, als sei das Mädchen gewachsen. Vielleicht lag es auch daran, dass sie nun allein ging, nicht an der Hand von Herrn Xu. Wobei es in der letzten Zeit manchmal den Eindruck gemacht hatte, als sei eher er an ihrer Hand gegangen als sie an seiner.

Nun war ich allein mit Margot. Ich schob den Wagen mit dem Magnesia in den Geräteraum, nur um etwas zu tun zu haben. Als ich zurückkam, stand sie vor dem Stufenbarren wie vor einem Tier, vor dem sie sich ekelte, die Schultern hochgezogen, die Arme vor der Brust gekreuzt. „Das ist nicht dein Ernst!"

„Was?" Ich zog die Matte unter dem Barren hervor, konnte Margot jetzt nicht begegnen, ohne geschäftig zu sein.

„Dieser Stufenbarren. Dieser Boden. Diese ganze Halle!" Die Matte schleifte über den Boden. „Bring sie zu mir!"

Ich atmete durch und richtete mich auf. „Sie ist meine Schülerin, nicht deine."

„Sie ist unglaublich talentiert!"

„Ich weiß."

„Und bestimmt turnt sie schon lange."

„Bestimmt."

„Und du hast hier noch nicht mal einen Spannbarren. Oder einen Sprungtisch!“

„Ich weiß.“

„Du kannst sie hier nicht vernünftig trainieren, Angelika, das ist dir doch klar!“

„Sie macht große Fortschritte!“

„Und wie soll sie bei einem Wettkampf mitmachen, wenn sie da ganz andere Bedingungen vorfindet als beim Training?“

„Wenn ich Geld habe, kaufe ich einen Sprungtisch!“

„Angelika, bitte, das ist doch lächerlich! Mein Gott, du hast dich überhaupt nicht verändert! Denkst du immer noch nur an dich? Was hast du denn weiter vor? Wie lange willst du dieses eine Mädchen trainieren, ihr alle Chancen verderben und …“

„Ich verderbe ihr keine Chancen!“

„Natürlich tust du das! Du weißt, dass man als Turnerin nicht ewig Zeit für seine Karriere hat.“

„Sie lernt gut bei mir.“

„Und du denkst allen Ernstes, dass ich dich noch dabei unterstütze?“

Ich biss mir auf die Lippen. Ich musste ruhig bleiben. „Nur eine Weile. Bis ich aus dem Gröbsten raus bin. Dann sehen wir weiter.“

„Ist das Kind denn überhaupt versichert?“

Ich legte die Hand an den Stahl des Stufenbarrens. Er war kühl. Der blaue Lack abgeblättert. „Lians Vater will nur mich als Trainerin. Das hat er klar so gesagt. Wenn ich Lian jetzt aufgebe, hat niemand etwas davon. Das ist dir doch klar, oder?“ Ich klaubte meinen Mut zusammen, drehte mich zu Margot um, sah ihr ins Gesicht. „Entweder meldest du sie für die Landesmeisterschaften an. Das wirst du mit deinen Beziehungen sicher hinbekommen. Oder ich suche mir einen anderen Verein.“

„Du bist alt geworden“, sagte Margot. In dem Moment wusste ich, dass ich gewonnen hatte. Doch ich würde meinen Preis dafür bezahlen müssen.

Ich wartete, bis Margot sich bewegte, ging hinter ihr her, um darüber zu wachen, dass sie nicht hierblieb, dass sie mir nicht noch mehr von meiner Halle nehmen konnte als sie es ohnehin schon getan hatte. Am liebsten hätte ich meine Hände auf den hellblauen Rücken vor mir gedrückt, um dieses perfekt gebügelte Etwas hinauszuschieben aus meiner Halle, so schnell wie möglich.

Kurz vor dem Ausgang drehte Margot sich um. Ihr Gesicht war verzerrt. Wie damals, 1984. Es war, als knüpften wir nahtlos daran an, als sei bis dahin alles nur Zwischengeplänkel gewesen, mein Besuch in ihrem Haus, Margots Auftritt in der Halle. Mir wurde schwindlig, und ich wünschte, ich hätte etwas in der Nähe, an dem ich mich festhalten könnte.

„Wie konntest du das tun“, zischte Margot durch ihre zusammengekniffenen pinken Lippen.

„Hör auf!“ Ich ging zur Bank und setzte mich, auch wenn ich dadurch Höhe verlor.

„Wie konntest du uns so im Stich lassen!“

Meine Lippen begannen zu zittern, meine Nasenflügel, die Augenlider. Ich durfte jetzt nicht die Fassung verlieren, nicht hier, nicht vor Margot.

„Mich. Guta. Die Mannschaft. Die ganze Familie!“ Margot bellte mir die Worte entgegen. „Ein Mal! Ein einziges Mal, und wir wären alle am Ziel gewesen. Es war nicht nur dein Ziel. Es war auch unseres. Es ging nicht nur um dich. Es ging um uns alle. Um Deutschland. Um mich.“ Margot war bleich geworden, gespenstisch sah sie aus, alle Farbe war weg bis auf die künstliche, der Lippenstift, der Lidschatten, die sich nun grell absetzten in dem alten Gesicht.

„Ich…“, begann ich, aber meine Stimme brach.

Sie drehte sich von mir weg, in dieser Art, die nur sie hatte: als wollte sie dich mit sich ziehen und würde gleichzeitig den Weg mit Stacheldraht auslegen. „Du kannst das Mädchen bei uns anmelden“, sagt sie im Weggehen, „bis zu den Hessischen. Danach kommt sie zu mir. Oder ich melde sie wieder ab.“

Ich hörte das Scheppern der Eingangstür und rannte in den Flur. „Okay!“, rief ich ihr hinterher, kurz bevor die Tür ins Schloss fiel, „okay, ich bin einverstanden!“ Ich ging in die Halle zurück, blieb am Rand stehen, lehnte mich gegen die Wand, betrachtete das geflickte Parkett, die zerbeulten Heizelemente, das abgeschabte Holz der Sprossenwand. Margot hatte es geschafft, meinen Blick zu verändern. Ich wusste, ich würde nun jeden Tag wieder die Mängel sehen, den untauglichen Stufenbarren ganz vornan. Ich durfte das nicht zulassen! Ich musste weiter kämpfen, um jeden einzelnen Zentimeter dieser verdammten Halle, bis sie saniert war, und dann würde ich sie wieder mit Leben füllen. Mit Kindern, die sprangen und rannten und lachten.

Ich wusste, dass es mir guttun würde, jetzt auch zu rennen und zu springen, mich zu bewegen, Räder zu schlagen oder irgendwas anderes. Doch ich brachte die Kraft nicht auf. Ich fühlte mich alt. Wie Margot gesagt hatte. Der Stuhl von Herrn Xu stand noch am Rand auf der anderen Seite der Halle. Ich hatte ihn nicht weggestellt. Jetzt klammerte ich meine Hände um die wacklige Lehne und schob ihn langsam, Schritt für Schritt, zurück an seinen Platz ins Kabuff. Auf der Tischplatte lag der Brief von Lians Vater.

Keine acht Wochen mehr bis zum Wettkampf. Die Landung nach dem Salto saß noch nicht sicher. Beim Spagat war das hintere Bein manchmal zu stark eingedreht. Und die Zehen waren nicht immer gut gestreckt, das hatte ich Lian schon so oft gesagt.

Wetzlar, 1981

Ich will nach Olympia", sagt das Mädchen neben mir. Für eine Turnerin ist sie ziemlich groß, und die blonden Haare trägt sie zu einem Pferdeschwanz zusammengebunden.

Drei Wochen Trainingslager in einer Stadt namens Wetzlar, und am Ende, hat Margot mir am Abend zuvor gesagt, und ihre Stimme hat warm geklungen, am Ende der drei Wochen sei klar, wer von uns es in den Bundeskader schaffe. Das Beste ist, dass Thomas Baron das Trainingslager leitet. Drei Wochen lang werde ich ihn täglich sehen, seine Stimme hören, seine Hände spüren und turnen!

Eine Frau hebt ihren Koffer aus einem Bus. „Da vorn schlafen wir", sie weist mit ihrem Kopf auf das Gebäude vor uns, „verteilt euch schon mal auf die Zimmer." Ich greife meine Tasche und folge den anderen Mädchen. Sie rennen, aber ich gehe so langsam wie möglich, weil ich hoffe, Thomas Baron zu sehen. Tommy. So nenne ich ihn insgeheim. Denn in meinen Tagträumen sind wir zusammen, ein heimliches Paar, niemand darf wissen von unserer verbotenen Liebe. Doch egal, wo wir sind, in welcher Halle, welcher Umkleide: wir spüren einander und nutzen jede Gelegenheit. Wenn ich auf die Toilette gehe, stelle ich mir vor, dass er mir folgt und wir uns küssen, und ich drücke meinen Mund auf den Spiegel und manchmal schaffe ich es eine Weile, mir seinen Mund dabei vorzustellen, bis die Ernüchterung kommt, weil der Spiegel kalt und glatt ist, und ich wische die Spuren meiner Lippen mit Klopapier weg, bevor ich wieder in die Halle gehe.

Der Flur im Schlaftrakt ist wie der in unserer Schule mit graubraunem Linoleum belegt und es riecht nach Bohnerwachs und Putzmitteln. Im ersten Zimmer sind schon zwei Mädchen damit beschäftigt, ihre Sachen auszupacken. Im zweiten auch. Im dritten schließt sich gerade die Tür, als ich gucken will, ob noch ein Bett frei ist. Nur im letzten Zimmer, ganz hinten im Flur, steht die Tür weit offen. Das blonde Mädchen ist dabei, seine Sachen in den Schrank zu packen. „Hi!", sagt sie und strahlt mich an.

„Hi. Ist es okay, wenn ich ..."

Ihre Zähne sind weiß und gleichmäßig. Ihr Haar, jetzt offen, fließt blond über die Schultern. „Logo, komm rein!"

Ich betrete das Zimmer. „Ich heiße Angelika."

„Mona."

„Ich habe dich noch nie gesehen bei irgendwelchen Wettkämpfen."

„Wir sind gerade erst wieder nach Deutschland gezogen. Mein Vater ist Diplomat, da müssen wir ständig umziehen."

Diplomat. Keine Ahnung, was das ist, aber es hört sich wichtig an.

„Wir waren vorher in der Schweiz", sagt Mona, „da konnte ich zum Glück auch gut trainieren. Nicht gerade das schönste Zimmer hier, oder?"

Ich sehe mich um. Der Raum ist klein, an den Seiten stehen die Betten, weiß bezogen, mit jeweils einem kleinen Nachttisch. Mona hat einen Kassettenrekorder auf ihrem platziert. Sie drückt auf den Knopf. „Hör mal, kennst du das? Habe ich gerade gekauft, die Kassette. Die neue von ABBA." Klaviermusik ertönt. Ich stelle meine Tasche auf das Bett und fange an auszuräumen. Zum Klavier gesellt sich eine Stimme.

I don't wanna talk

Mona singt mit.

About things we've gone through ...

Sie kramt in ihrer Tasche und zieht eine Haarbürste hervor, hält sie sich vor den Mund wie ein Mikrofon:

The winner takes it all
The loser's standing small
Beside the victory
That's her destiny...

„Das ist mein Song", sagt sie und dreht eine Pirouette, „der wurde für mich geschrieben."

Sie ist ganz schön verrückt, denke ich. „Wieso?"

„Kannst du kein Englisch? Sie singen, dass die Siegerin alles kriegt und die Verliererin klein und unbedeutend daneben steht. Und fallen muss."

„Fallen muss?"

Mona kichert. „Fallen, ja. Ist doch echt unser Lied, oder? Fällst du vom Balken, hast du verloren. Und nur für die Siegerin interessiert sich überhaupt irgendein Schwein. Deshalb ...", wieder eine Pirouette, „... will ich auch die Siegerin sein." Sie sieht mich an. „Du doch auch, oder? Das wollen wir doch alle hier."

Ich packe schweigend meine Sachen in den Schrank. Er riecht muffig und das Furnier an einem Regalbrett ist abgesplittert.

ABBA und Mona singen: „Hasta mañana, will we meet again ..." Ein paar von den anderen stecken ihre Köpfe zur Tür herein. „Ey, ist das die neue von ABBA? Astrein!" Sie schlüpfen ins Zimmer und verteilen sich auf unsere Betten. Auch ich setze mich, vor mir läuft Mona zu Höchstform auf, hält die Bürste mit zwei Fingern wie eine echte Sängerin und wiegt sich in den Hüften. „Hasta mañana, hasta mañana, until thäään." Sie zieht die Bürste in einer langen Bewegung von sich weg. Wir klatschen. Mona setzt sich im Schneidersitz neben mich. Vera, die ich von vielen Wettkämpfen her kenne, die aber immer Pech hat, zieht eine Kassette aus ihrer Tasche. „Guckt mal, ich habe auch eine dabei, gerade letzte Woche aufgenommen."

„Klasse, was ist drauf?" Mona nimmt die Kassette in die Hand.

„Die Hitparade mit Werner Reinke."

Frau Buse, die Co-Trainerin, kommt in unser Zimmer und klatscht in die Hände. „Auf Mädels, wir sind nicht zum Spaß hier. Umziehen und alle in die Halle!"

Die Mädchen drängeln aus dem Zimmer, und auf einmal ist es so still, dass Mona flüstert, als sie sich vor der Tür zu mir umdreht: „Auf nach Olympia!"

„Erstmal müssen wir es in den Bundeskader schaffen", flüstere ich zurück.

Sie hält die Faust vor ihren Mund, als sei immer noch die Bürste darin und fängt wieder an zu singen, dieses Mal leise und gedämpft: „I have a dream ..."

„Du spinnst", sage ich.

„Wir sind nicht zum Spaß hier", imitiert sie Frau Buses Feldwebelstimme und ich muss lachen.

Sieben Uhr wecken, Dauerlauf, Frühstück, eine Stunde Ballett, drei Stunden Training, Mittagessen, Ausruhen, Training, Abendessen. Manchmal kommen ein paar der anderen Mädchen in unser Zimmer, zum Musikhören.

Mona ist die einzige von uns, die einen BH trägt.

„Brauchst du den?", frage ich sie, als sie ihn abends auszieht. Sie hat zwar von uns allen am meisten Busen, einen Büstenhalter füllt er trotzdem noch nicht aus.

„Willst du ihn mal anprobieren?" Sie hält ihn mir entgegen.

Zögernd ziehe ich mein T-Shirt aus und lege das weiße Teil an meine Brust. Es ist noch warm von Monas Körper. Ich fingere hinter meinem Rücken die Häkchen in die Ösen und sehe an mir herunter. Die Körbchen wölben sich vor meiner Brust. Es fühlt sich gut an, aber als ich darüber streiche, bilden sich in beiden Körbchen Dellen. Mona lacht. Ich sehe sie an. Macht sie sich lustig? Sie steht auf, greift in ihren Schrank, holt ein paar Socken hervor und reicht sie mir. „Mach schon", sie nickt auffordernd. Zögernd stopfe ich die Körbchen damit aus. Ein bisschen verbeult sieht es jetzt aus, aber Mona drückt und zieht an den Socken herum, bis der BH gleichmäßig und rund gefüllt ist. Dann ziehe ich mein T-Shirt wieder über und sehe in den Spiegel, drehe mich ins Profil. „Gut sieht das aus", sagt Mona, „wie eine richtige Frau. Hier, probier das mal an." Sie zieht ein Kleid aus ihrer Tasche, ein buntes knappes Teil, verknittert, weil sie es nicht in den Schrank gehängt hat. Ich ziehe es an und streiche es glatt. Mein Spiegelbild sieht gar nicht schlecht aus. Um die Hüfte zu dick.

„Guck mal." Mona zieht ein Paar Sandaletten aus ihrer Tasche, mit feinen violetten Riemchen und mindestens zehn Zentimeter hohen Absätzen.

„Wo hast du die denn her?"

„Gekauft."

„Und wo willst du die tragen?"

„Vielleicht ergibt sich ja mal eine Gelegenheit." Sie hebt die Schultern und sieht sich um. „Na ja, hier wohl eher nicht." Sie reicht mir die Schuhe. „Zieh sie an!"

„Ich? Ich meine, passen die mir denn überhaupt?"

„Zieh sie schon an! Sie passen auf jeden Fall zum Kleid. Und das sieht spitze aus an dir."

Zögernd ziehe ich die Sandaletten über meine Füße.

„Du hast schöne schmale Hüften", sagte Mona, „die hätte ich auch gern."

Die Verwandlung ist enorm. Meine Beine wirken länger, die Waden schmaler.

„Wie Lady Di", sagte Mona, „bestimmt angelst du dir auch mal einen Prinzen."

Ich drehe mich vor dem Spiegel. Sie hat recht: Ich sehe aus wie eine richtige, erwachsene Frau. „Die Haare passen nicht ganz, oder?"

„Komm, ich mache sie dir." Mona holt ihre Bürste. Ich muss mich auf den Stuhl setzen. Es fühlt sich schön an: ihre Finger in meinen Haaren, auf der Kopfhaut. Einmal sehe ich aus den Augenwinkeln die wunden Stellen an ihren Händen und unwillkürlich fasse ich an meine eigenen – zwei Tage Barrentraining. Mona greift wieder in ihre Tasche und zieht einen Lockenstab hervor. Er muss erst aufheizen, deshalb macht sie Musik an und wir lauschen ein bisschen. Auch ich kenne die Songs der ABBA-Kassetten inzwischen auswendig. Dann dreht sie meine Haare ein. Es riecht verbrannt, aber als sie die erste Strähne loslässt, schlängelt sich eine sanft gedrehte Locke an meiner Wange entlang und kitzelt mich.

„Hast du sie schon?", frage ich und bin froh, dass ich Mona nicht ansehen muss.

„Wen?"

„Du weißt schon." Ich gucke auf das ABBA-Poster über Monas Bett. Wie schön sie sind, die beiden Frauen in ihren weißen, kurzen Satinkleidern! Von einem anderen Stern.

„Nee." Sie zieht an der Haarsträhne, die sie gerade in den Händen hält. „Du?"

Ich gucke meine Handflächen an, die rosafarbene neue Haut, die sich an den aufgerissenen Stellen bildet.

„Nee, auch nicht."

„Turnerinnen kriegen ihre Tage nicht. Erst später. Wenn sie nicht mehr turnen."

„Habe ich auch schon gehört."

„Fertig", sagt sie, und ich stehe auf und stelle mich vor den Spiegel. Das bin nicht ich, nicht die Turnerin, die mit aller Kraft auf das Pferd zu rennt, nicht die, die immer wieder auf die Matte knallt, weil sie den Abgang vom Stufenbarren nicht hinkriegt. Ich kann nicht aufhören, das Bild anzusehen, das mir der Spiegel zeigt. Nur der blaue Fleck am Schienbein passt nicht.

„Hier", Mona reicht mir einen Lipgloss-Stift und ich trage ihn auf, bis die Lippen rosa glänzen. Er riecht nach Erdbeeren.

„Wenn Thomas mich so sehen würde", sage ich.

„Thomas?" Mona richtet sich auf. „Hast du einen Freund?"

„Nee", jetzt ist es mir unangenehm. Ob ich mich ihr anvertrauen sollte? Ihr von mir und Tommy erzählen könnte? „Thomas Baron, meine ich."

Sie zieht die Brauen hoch, stellt sich auf die Zehenspitzen, als trüge sie auch hohe Schuhe, und besieht sich im Spiegel. „Ach der! Das ist nur ein kleiner, wichtigtuender Provinztrainer, der das als Nebenjob macht, sagt mein Vater."

„Margot sagt, er ist gut!"

Mona verdreht die Augen. „Deine Margot ist ja selbst eine Provinztrainerin. Mein Vater sagt, wir müssten ganz anders trainieren, wenn wir gegen den Ostblock eine Chance haben wollen. Er meint, es wäre ein Jammer, dass so gute Sportlerinnen wie ich nicht besser gefördert werden."

„Wir sind doch jetzt drei Wochen hier, im Ferienlager, nur zum Turnen!"

„Aber bei denen ist das das ganze Jahr so. Die werden ganz früh ausgesucht, schon im Kindergarten, und dann kommen sie auf Turninternate."

„Das wäre was", sage ich, „in so einem Internat zu wohnen." Dann könnte es immer so sein wie jetzt. Mit Mona auf einem

Zimmer. Musik hören, Kleider anprobieren. Und turnen, turnen, turnen.

„Mein Vater sagt, ich soll denen beweisen, dass wir aus dem Westen auch was draufhaben", sagte Mona. „Er glaubt, dass ich es bis zu den Olympischen schaffe. Und das will ich auch."

„Ich auch."

Mona stellte sich vor mich. „Wir schaffen es beide. In drei Jahren fliegen wir zusammen nach Los Angeles, abgemacht? Und dann zeigen wir es den Tussen aus Russland und Rumänien und denen aus der DDR erst recht."

„Abgemacht", ich ziehe die Schuhe aus und dehne meine Wadenmuskulatur.

„Ehrenwort?" Sie wirkt plötzlich verzagt. „Wir beide zu den Olympischen?"

Ich fühle mich feierlich, in dem Kleid, das mich zu einer Frau macht, und mit der Perspektive, dass ich, Angelika Winter, tatsächlich etwas Großes schaffen kann. „Ehrenwort." Gemeinsam mit Mona. Nach Los Angeles, nach Amerika. Zu den Olympischen Spielen, wo nur die Besten sind. Olga Korbut – Nadia Comăneci – Angelika Winter.

„Mein Vater sagt, er will sich dafür einsetzen, dass wir einen richtig guten Bundestrainer bekommen", sagt Mona.

„Kann er das denn?"

„Er ist Diplomat, habe ich dir doch gesagt." Mona nimmt die Schuhe, streift sie über ihre Füße und besieht sich wieder im Spiegel. „Was macht deiner eigentlich?"

Ich schaue aus dem Fenster. Der Parkplatz davor ist fast leer, nur ein VW-Käfer steht dort, Nieselregen tropft auf das Blechdach.

„Dein Vater, meine ich." Mona sieht mich von der Seite her an.

„Tot." Ich wünsche mir plötzlich, in dem Käfer zu sitzen und loszufahren. Regentropfen wären auf der Windschutzscheibe, viele. Die Scheibenwischer würden sie wegwischen, aber sofort wäre das Glas mit neuen Tropfen benetzt. Ich sähe die Welt durch diesen Wasservorhang und jeder einzelne Tropfen würde für einen winzigen Moment, einen Scheibenwischerschlag lang, die ganze Welt in sich bergen. „Er war Turner", höre ich mich sagen und weiß, ohne mich umzusehen, dass Mona ihren Kopf hebt.

„Echt? Das hast du ja noch gar nicht erzählt. Wo hat er denn geturnt? War er gut?"

Ich schließe den Vorhang, streife das Kleid von meinem Körper, dann den BH und ziehe schnell meinen Schlafanzug über. Jetzt, da die Sachen knubbelig auf dem Boden liegen, sind sie nur noch ein armseliger Haufen Klamotten.

Mona klaubt sie auf. „Du willst nicht darüber reden, oder?"

Ich schüttele den Kopf.

„Das verstehe ich." Sie stopft das Kleid achtlos wieder in ihre Tasche. Auf einmal sieht sie irgendwie verloren aus, wie sie da steht, vor ihrem Bett, neben sich die Tasche, halb offen, als wüsste sie nicht, ob sie gehen oder bleiben soll. „Ich bin die Einzige in unserer Klasse."

„Wie, die Einzige?"

„Die sie noch nicht hat."

Ich setze mich neben sie. „Ich habe sie ja auch noch nicht."

Sie kichert hilflos. „Ich habe sogar schon mal gefragt, ob jemand einen Tampon hat, damit die anderen denken, ich habe sie auch schon."

Mir fällt nichts anderes ein als auch zu kichern, und dann können wir eine ganze Weile nicht mehr aufhören.

„Einen Turner als Vater", sagt Mona schließlich, und ich höre in ihrer Stimme Bewunderung, die ich mir erlogen habe.

Am Wochenende dürfen alle nach Hause. Die meisten setzen sich in einen Bus und fahren zum Bahnhof, um von dort heimzufahren. Mich will Margot mit dem Auto abholen, deshalb warte ich vor der Halle, zusammen mit Mona, deren Eltern in Frankfurt wohnen und sie ebenfalls abholen wollen. Ein silberfarbener Mercedes fährt vor und Mona steht auf. Schon die Art, wie ihr Vater aus dem Auto steigt, zeigt, dass er gewohnt ist, zu bestimmen.

Sein erster Blick geht nicht zu uns, sondern zur Halle. Er runzelt die Stirn. Erst als er kurz vor uns steht, sieht er Mona an. „Hallo Kleines", er gibt ihr einen Kuss auf die Stirn.

Sie drückt sich an ihn. „Hallo Papa."

„Das ist also eure Wirkungsstätte?" Wieder guckt er auf das Gebäude in meinem Rücken. „Deine Mutter hat mir schon erzählt, dass hier alles ein bisschen heruntergekommen ist." Er löst sich von ihr. „Wie ist das Training?"

Mona hebt die Schultern. „Okay."

Jetzt sieht er mich an. Ich fühle mich unbehaglich, obwohl ich einen Trainingsanzug vom Verein trage und er nicht erkennen kann, dass wir nicht viel Geld haben.

„Das ist Angelika", sagt Mona, „sie ist mit mir auf dem Zimmer."

„Hallo", der Händedruck des Mannes ist sehr fest, „du bist also auch eine von Deutschlands Hoffnungsträgerinnen." Hinten in seinem Mund blitzt Gold auf, als er lacht.

Ich wische meine Hand an der Hose ab, doch dann fällt mir auf, dass das vielleicht unhöflich ist, und stecke sie schnell wieder in die Tasche.

„Angelika ist echt gut", sagt Mona.

Der Mann sieht mich an, dann sie, dann wieder mich. „Schön. Du fährst jetzt auch nach Hause?" Ich nicke und trete einen Schritt zurück, als das Auto losfährt. Mona wirkt klein, wie sie neben ihm in dem großen Auto sitzt. Sie dreht sich nach hinten und winkt, bis sie um die Ecke verschwindet.

Jetzt sitze nur noch ich da. Zum ersten Mal nach einer Woche voll mit anderen Mädchen, Trainern und einem Programm von morgens bis abends bin ich allein. Ob ich auch nach Hause führe, hat Monas Vater gefragt. Tue ich das? Nach Hause? Wo ist das?

Ist es die Weserstraße, wo ich, wenn ich nach Schule und Training den Schlüssel in der Tür herumdrehe und „Hallo“ in die Wohnung rufe, immer öfter keine Antwort bekomme? Ich stelle dann meine Tasche in den Flur, hole mir etwas zu essen aus dem Kühlschrank, wenn etwas Essbares da ist, und mache mich an meine Hausaufgaben. Ich weiß nie, wann Mutter kommt. Und nicht, wie ihre Stimmung sein wird. Manchmal steckt sie gleich den Kopf durch die Tür und fragt, wie mein Tag war. Aber noch bevor ich überhaupt darüber nachdenken kann, beginnt sie selbst zu reden: Dass sie am Königsplatz gewesen sei, dass alles so teuer geworden sei, dass sie einen alten Freund getroffen habe, na ja, was man so einen Freund nennen könne, der habe sich ja auch nie mehr gemeldet seit damals, dass ich so selten da sei, dass sie sich manchmal einsam fühle, ganz schön oft sogar, dass sie einen kennengelernt habe, ich würde ihn sicher mögen, er komme morgen mal vorbei oder übermorgen. Und ich sitze da und versuche, mich auf die Aufgaben zu konzentrieren, die ich fertig bekommen muss: Mathe, Erdkunde, Deutsch. Deutsch ist am schlimmsten. Selten weiß ich, was die Lehrer von mir wollen, ganz anders als beim Turnen, wo immer Klarheit herrscht. Manchmal, wenn ich nicht so viel aufhabe, versuche ich auch, Mutter von mir zu erzählen. Von der Riesenfelge, die ich zum ersten Mal geschafft habe. Von den anderen

Mädchen. Doch es hat keinen Sinn. Sie hört nicht zu. Das sind die normalen Tage.

An anderen höre ich schon an der Art, wie sie die Tür zuschlägt, dass sie getrunken hat. Manchmal kommt sie allein, andere Male, zum Glück immer seltener, bringt sie einen Mann mit. Dann guckt sie nur kurz rein, zieht ihn an der Hand in mein Zimmer, nur um ihn gleich darauf wieder herauszuschieben und mit ihm in ihr eigenes Zimmer zu verschwinden. Das sind die Männertage.

Die sind schlimm. Am schlimmsten aber sind die Tage, an denen sie reglos am Küchentisch sitzt und aus dem Fenster starrt, wo es nichts zu sehen gibt als den grauen Hinterhof mit den Müllcontainern, auf denen manchmal, wenn die Sonne den Stahl angewärmt hat, eine alte Katze mit stumpfem Fell sitzt.

An diesen Tagen kann ich nicht einfach in mein Zimmer gehen. Ich setze mich zu Mutter und schweige mit ihr gemeinsam, weil ich sie nicht allein lassen will in ihrer Traurigkeit. Dann muss ich die Hausaufgaben nachts erledigen, denn wenn ich sie nicht mache, werden sie mir nicht mehr freigeben für die Trainingslager.

Ist das zu Hause?

Oder ist es der Lahnweg, in Margots und Manfreds Bungalow, wo ich fast jeden Mittag und immer öfter auch die Nächte verbringe? Wo Margot mir Salat und Fleisch zubereitet und Kartoffeln und Nudeln nur für sich und Manfred kocht. „Keine Kohlenhydrate", ist ihre Devise, seit sie entdeckt hat, dass meine Brustwarzen zu schwellen begonnen haben, „die Pubertät hat schon so mancher Turnerin die Karriere kaputtgemacht." Ich müsse leicht bleiben, sagt sie, es gebe ein optimales Verhältnis von Größe und Gewicht. Jedes Gramm, das ich darüber hinaus ansetzen würde, bringe die Gefahr von Verletzungen. „Außerdem sieht es nicht schön aus“, sagt sie, „die Kampfrichter wollen grazile Mädchen sehen.“

Wenn ich die Tür zur Sensensteinhalle öffne und die Konzentration in der Luft einatme, wenn ich durch die Luft wirble und die Fliehkräfte spüre, wenn Thomas Baron mir zulächelt, wenn er ernst mit mir spricht wie mit einer erwachsenen Frau, mir einen anerkennenden Blick schenkt, weil ich auf die geforderten Sit-ups noch drei draufgebe, obwohl meine Muskeln längst zittern, wenn mir eine Übung gelingt, auf die ich Wochen hingearbeitet habe, dann fühle ich mich zu Hause.

Trommler tauchen aus dem Dunkel auf, Tausende müssen es sein. Sie schlagen ihre Trommeln in absolutem Gleichklang, auch ihre Bewegungen sind synchron, ihre Schreie vereinen sich zu einem einzigen, großen, martialischen.

Ein Quader über einem großen Teil des Stadions. Er bricht auf, in viele Quadrate, die sich auf und ab bewegen und ein gigantisches bewegliches Relief aus Hunderten von Boxen formen. Dann öffnen sich die Boxen und Köpfe tauchen auf. Jede Box ein Kopf und eine winkende Hand, Schuhkartons mit Menschen, viele, in exakter Ordnung.

Als nächstes Männer, weiß gekleidet, wieder an die Tausend. Sie bilden einen Kreis, der sich immer neu formiert. Sie rennen, kurz herrscht Chaos, aber im nächsten Moment stehen sie in Reihen wie mit einem gigantischen Lineal gezogen.

„Wahnsinn“, murmelte Johannes.

Meine Hände waren feucht geworden und ich wischte sie an meiner Hose ab. Johannes sah es. Es kam mir ohnehin vor, als beobachte er mich die ganze Zeit.

Weil er keinen Fernseher hatte, hatte er mich gefragt, ob wir gemeinsam bei mir die Eröffnungsfeier der Olympischen Spiele ansehen wollten. Mit gemischten Gefühlen hatte ich mich darauf eingelassen und mein altes Röhrengerät aus dem Schlafzimmer in die Küche geschleppt. Nun saß er neben mir, sehr nah, und ich musste daran denken, wie ich – wenn auch nur in meiner Fantasie – im roten Kleid auf seinem Tisch gesessen hatte, und schämte mich. Dabei hatte ich es am Anfang der Übertragung schön gefunden, neben ihm zu sitzen und fernzusehen, es hatte etwas von Normalität und Alltag. Doch jetzt hielt ich kaum aus, was ich auf dem Bildschirm sah, und auch Johannes' Nähe nicht, seine Blicke, die mich immer wieder trafen, auch wenn ich es nicht merken sollte. „Es ist wie eine Armee", sagte ich und stand auf, um etwas zu trinken zu holen.

Wieder sah er mich von der Seite her an. „Faszinierend ist es trotzdem, oder?"

„Es sind so viele, dass sie gar nicht mehr wie einzelne Menschen wirken." Ich goss Wasser in mein Glas und setzte mich wieder, wobei ich den Stuhl beiläufig ein Stück von ihm wegrückte.

„Sie formen Bilder mit Menschen. Das hat eine spezielle Schönheit, aber vielleicht können wir Deutschen uns das nicht unvoreingenommen ansehen", sagte Johannes.

„Und was soll das noch mit Sport zu tun haben?"

Er lachte auf. „Um Sport geht's hier nicht, eher um eine Machtdemonstration." Er lehnte sich zurück, sein Arm griff dabei hinter meine Lehne. „Sieh, sie können auch anders." Jetzt flogen Menschen durch die Luft, die Seile, an denen sie hingen, waren kaum zu sehen. Sie formierten sich um eine Weltkugel, liefen an ihr entlang. „Sehr künstlerisch, findest du nicht?"

Ich dachte an meine Eröffnungsfeier, damals in Los Angeles. Fehl am Platz war ich mir vorgekommen, als wir winkend ins Stadion einliefen, klein und unbedeutend dort unten inmitten all der Sportler und Musiker und Zuschauer und Offiziellen. Alle waren euphorisch, ich fühlte mich müde, und als zum Zeichen des Friedens viertausend Tauben in die Luft entlassen wurden, wäre ich am liebsten mit ihnen zusammen aus dem Stadion geflogen, hinaus in den Himmel.

„Hast du das mit den chinesischen Turnerinnen mitbekommen?", fragte Johannes.

„Was?"

„Es wird diskutiert, ob sie alt genug sind für die Spiele. Es heißt, dass da einfach ein paar Pässe gefälscht wurden, so dass nun alle mindestens sechzehn sind." In seiner Stimme war ein Unterton, den ich nicht einordnen konnte. Zu immer wieder neuen Formationen stellten sich die Menschen in dem gigantischen Pekinger Stadion auf.

„Nadia Comăneci war vierzehn", sagte ich gereizt, als müsste ich die Sportfunktionäre verteidigen. „Kerri Strug auch."

„Kerri wer?"

„Strug. Amerikanerin. Hat sich bei den Spielen in Atlanta den Fuß gebrochen und dann trotzdem noch den zweiten Sprung gemacht."

Johannes schüttelte den Kopf. „Verrückt!"

„Tja. Sie hat aber Gold geholt, für die Mannschaft. Sie ist eine Turnlegende."

Wieder sah Johannes mich abwartend an. „Ich habe neulich eine Dokumentation gesehen", sagte er dann langsam, „Chinas Kinderturnfabriken. Echt heftig. Da kommen schon ganz kleine Kinder ins Turninternat. Und die Eltern finden das auch noch gut so."

„Warum erzählst du mir das?" Ich hörte selbst, wie gereizt ich klang.

Aber Johannes machte weiter: „Die werden echt gedrillt in diesen Internaten. Da war ein Kind dabei, ein kleiner Junge, der immer nur geweint hat. Ich konnte das kaum mit ansehen."

Ich stand auf, weil ich es jetzt nicht mehr aushielt neben ihm.

„Ich dachte, es könnte dich interessieren", wieder schob er seinen Arm über die Lehne. „Deine Schülerin ist ja auch Chinesin, nicht? Oder ist das Thema zu nah an dir dran?"

„Was soll das, Johannes? Willst du hier den Psychologen spielen oder was?"

Er ließ seinen Blick nicht von mir ab. „Neulich, beim Scharfenstein, da kam mir dein Gesicht auf einmal so bekannt vor. Als hätte ich es schon mal gesehen."

Ich fühlte, wie mir Blut in den Kopf stieg.

„Und gestern Nacht fiel es mir ein. Das Foto. Ich kannte es. Ich fand es damals schon gut. Auf einmal hatte ich es ganz klar vor Augen."

„Johannes, ich..."

„Ich habe dann im Internet recherchiert. Angelika Winter. Als ich den Namen las, wurde mir alles klar und ich habe mich gefragt, wieso ich nicht früher drauf gekommen bin."

„Das ist ewig her! Ich war doch fast noch ein Kind!"

„Pressefoto des Jahres. Respekt! Warum hast du mir nichts davon erzählt? Ich meine, wir sitzen hier den ganzen Abend zusammen und schauen uns die Eröffnungszeremonie an. Da müssen doch Erinnerungen hochkommen ohne Ende. Warum teilst du die nicht mit mir?"

„Das ist Vergangenheit! Ich war siebzehn!"

„Wirklich? Oder haben sie auch bei dir ein bisschen gemogelt mit dem Alter?"

„Quatsch!"

„Weißt du", er stand auf, „ich habe das Gefühl, dass ich dir schon so viel von mir erzählt habe, von meinen Fotoprojekten, von Silvia..., und dann sehe ich dieses Bild und denke, dass ich nichts über dich weiß, nichts! Du warst auch eine Turnlegende. Du warst verheiratet. Oder bist es womöglich noch. Warum erzählst du mir nichts darüber? Ich komme mir verarscht vor, weißt du? Ich dachte, wir wären so etwas wie Freunde!"

„Hast du mich etwa deshalb gefragt, ob wir uns die Feier zusammen ansehen? Um in meiner Vergangenheit rumzuwühlen?"

„Ich wühle nicht rum!“, sagte er scharf und stellte sich vor mir auf. „Es ist übrigens ein ziemlich geniales Foto. Hast du es dir eigentlich mal richtig angesehen?“

„Unsinn!“

„Wenn es ernst wird, weichst du aus! Wie damals, nicht wahr?“

„Du gehst jetzt besser“, sagte ich heiser.

Sein Adamsapfel bewegte sich auf und ab. Ich sah die schwarzen Punkte der Bartstoppeln an seinem Kinn und Hals, so nah, dass ich nur die Hand ausstrecken müsste, um sie zu berühren. Ich wand mich weg und ging zum Fenster, klammerte mich an der Fensterbank fest.

„Was ist los mit dir, Angelika? Warum bist du so?“

„Hau ab, habe ich gesagt!“

Johannes ging zum Fernseher und stellte ihn aus. Schlagartig war es still. So still, dass ich sein Schlucken hörte. „Du schmeißt mich raus?“

Die Brandschutzmauer war dunkel, darüber drehte sich der Stern.

„Angelika, es tut mir leid, wenn ich deine Gefühle verletzt habe, aber ich …“, seine Stimme war heiser „… habe auch welche! Kannst du dir vorstellen, wie es für mich ist, wenn du mich rauswirfst? Nach dem, was ich gerade hinter mir habe?“

Ich verschränkte die Arme vor der Brust und legte alle Energie darein, meine Stimme fest klingen zu lassen, nicht so schwach und zittrig und lächerlich wie seine. „Vielleicht hatte deine Ex ja gute Gründe.“

Ich hörte Johannes Atem, der schneller wurde. Hörte seine Schritte, die sich entfernten, das Schlagen der Tür. Ich lehnte die Stirn an die Fensterscheibe. Als ich mich wieder aufrichtete, sah ich mein Gesicht in der Scheibe, so dunkel war es geworden. „Fette Sau“, sagte ich und hasste mich dafür.

Frankfurt, Bundesleistungszentrum, 1982

Aus dem Fenster blicke ich auf einen Parkplatz und in magere Bäume. Ich stelle meine Tasche auf dem Bett ab. Wieder zwei Betten, ein Schrank, ein Schreibtisch. Wie in Wetzlar. Doch das hier ist Frankfurt. Bundesleistungszentrum. Das hier ist ernst.

Margot hängt meinen Anzug an den Schrank und sieht sich um. „Ich hoffe, du nutzt die drei Monate", sie beginnt, meine Tasche auszupacken.

„Ja."

„Jetzt wird es ernst."

„Ja, klar."

„Ihr habt jeden Tag Unterricht. Du darfst in der Schule nicht noch schlechter werden, hörst du? Es ist wichtig, dass du auf dem Gymnasium bleibst. Wenn du eine Lehre machen musst, kannst du nicht mehr trainieren. Hast du deine Bücher dabei?"

„Ja."

Sie packt meine T-Shirts und Hosen aus. Den Rucksack halte ich in der Hand. Darin ist alles, was Margot nicht sehen soll: die Kassetten, der Kim-Wilde-Starschnitt, der Minirock, das Tagebuch.

Margot richtet sich auf: „Bogdan Guta hat Elisabeta Fraticiu trainiert. Vier olympische Goldmedaillen hat die gewonnen."

Ich zucke mit den Achseln. Fünfmal hatte sie es mir schon erzählt, mindestens. Sie fasst meine Oberarme, sieht mich an und atmet aus, als müsste sie Spannung abblasen. Ich denke, dass sie noch etwas sagen will, aber sie nickt nur stumm. Doch als ich mich schon aus ihren Fingern winde, verstärkt sie den Griff: „Ihr müsst euch qualifizieren bei der EM."

„Ja."

„Ich würde so gern bei dir bleiben, Schätzchen, aber du weißt, das geht nicht." Ich lehne mich gegen sie, und sie lässt meine Arme los und tätschelt mir den Rücken. „So", sagt sie.

Mona kommt zur Tür herein. Ich stürze ihr entgegen, sie schmeißt ihre Tasche aufs Bett und wir umarmen uns.

Hinter ihr steht ihre Mutter. Sie ist klein und schlank, eine von den Frauen, die selbst in Jeans elegant aussehen. Ihr Lächeln ist knapp. Sie stellt Monas Schultasche auf dem Boden ab.

Mona ist noch einmal gewachsen, und ihre Brüste treten unter dem weiten T-Shirt, das sie über ihren Leggings trägt, hervor wie ein Bug. Ihre Haare trägt sie als Löwenmähne wie die Frauen von „Drei Engel für Charlie". Die Mutter legt die Hand auf ihre Wange. Ihre Finger sind schmal, an einem steckt ein teuer aussehender Ring. „Du weißt, was wir besprochen haben." „Ja, Mama." „Gut." Wieder bedenkt Monas Mutter mich mit einem kurzen Hochziehen der Mundwinkel. Sie gibt Mona einen Kuss auf die Stirn, wirft Margot einen kurzen Blick zu, dann hallen ihre Absätze durch den Flur.

Ich schlafe schlecht in der Nacht, träume von Medaillen, die mir umgehängt werden. Sie sind so schwer, dass sich die Kordel tief in meinen Nacken schneidet und ich Angst bekomme, dass mein Kopf abgetrennt wird. Auch Mona dreht sich in ihrem Bett von einer Seite auf die andere.

Am Morgen waschen wir uns schweigend. Aber nachdem wir unsere neuen glänzenden Anzüge übergestreift haben, schnappt Mona ihre Bürste, zieht mich vor den Spiegel und hält die Bürste vor den Mund: „Sie sehen Angelika und Mona, die beiden talentierten Kunstturnerinnen, die bei den kommenden Europameisterschaften Gold für die Bundesrepublik Deutschland holen werden."

Ich muss lachen, und Mona macht weiter: „Angelika und Mona sind die große Hoffnung der BRD auch für die Olympischen Spiele 1984 in Los Angeles. Erstmalig besteht dank ihnen die Chance, gegen die starke Konkurrenz aus der Sowjetunion und der DDR ernsthaft anzutreten."

Schön sind die Anzüge. Mona ist schön. Sie streicht über ihren schlanken, rotglänzenden Arm. Wunderschön ist sie.

Nach dem Dauerlauf und dem Frühstück geht es endlich zum Training. Am Eingang zur Halle steht eine Frau. Ihr langes Gesicht wirkt wie ein Fremdkörper auf der schmalen Gestalt. Ihr braunes Haar hat sie zu einem straffen Zopf gebunden, der Haaransatz ist in der Mitte der Stirn tiefer als an den Seiten. „Sieht aus wie eine Ziege", flüstert Mona. Ich muss kichern, höre aber sofort wieder auf, weil die Ziegenfrau mir einen bösen Blick zuwirft. In der einen Hand hält sie ein Klemmbrett, in der anderen einen Kuli, mit dem sie in die Halle weist. „Da vorn aufstellen, bitte, an der Waage!"

„Irre", sagt Mona, als wir die Halle betreten. Vor uns reiht sich ein Stufenbarren an den nächsten, dahinter die Sprungpferde, an der anderen Seite die Schwebebalken. Für das Bodentraining gibt es sogar eine separate Halle.

Die Ziegenfrau kommt mit schnellen, geraden Schritten und zückt ihr Klemmbrett. „Ich heiße Bettina Müller. Ich bin die Co-Trainerin. Als Erstes prüfen wir euer Gewicht." Sie guckt auf ihren Zettel, dann hebt sie den Kopf. „Alina Wagner?" Ein Mädchen tritt vor, klein und mit Zöpfen wie Olga Korbut. Sie stellt sich auf die Waage und die Ziege schiebt die Gewichte hin und her. „Ein Meter fünfzig, 42 Kilo. In Ordnung. Mona Kraft?" Mona geht zur Waage, stellt erst einen Fuß darauf, dann vorsichtig, als könne sie damit Leichtigkeit gewinnen, den nächsten. Bettina runzelt die Stirn, als sie wieder an den Gewichten herumschiebt. „Eins achtundfünfzig, fünfzig Kilo." Sie sieht Mona an. „Du bist viel zu schwer. Ziel ist 46 Kilo."

„Aber ...", Mona bleibt auf der Waage stehen.

„Hier wird nicht diskutiert", sagt Bettina und macht Notizen auf ihrem Zettel. „Gisela Mohnscheidt."

Monas Gesicht ist rot, als sie sich neben Alina Wagner stellt, gegen die sie wirklich plump wirkt. Ich sehe an mir herunter. Als ich die Füße auf die Waage setze, spüre ich ein paar Krümel unter den Füßen und denke, dass sie das Gewicht verfälschen, nach oben treiben.

„Einsfünfundfünfzig, siebenundvierzig Kilo. Zwei müssen runter."

Kaum eine von uns bleibt verschont. Fast alle müssen abnehmen. Ein Mann geht an uns vorbei. Um die fünfzig, mit buschigen grauen Haaren und einem mächtigen Bauch, der über dem Gürtel hervorquillt.

„Das ist er", flüstert Mona, „ich habe schon ein Foto von ihm gesehen. Der könnte auch mal ein bisschen abnehmen, oder?"

„Pschscht", mache ich. Dass Mona nie den Mund halten kann! Wir setzen uns auf eine Holzbank am Rand der Halle.

„Guten Morgen!" Schon bei den beiden Worten ist der fremdländische Akzent des Mannes nicht zu überhören. Er sieht uns an, eine nach der anderen.

Margot hat mir viel über ihn erzählt, Bogdan Guta, den neuen Bundestrainer. Er sei gerade erst geholt worden, die ganze Turnfamilie sei froh, endlich einen ernsthaften Trainer zu bekommen, er habe das Training schon jetzt sehr professionalisiert und darauf bestanden, dass der gesamte Bundeskader in Frankfurt zusammenkommt. Deshalb sei das Trainingslager realisiert worden, wo wir uns ganz auf das Training konzentrieren könnten, freigestellt von der Schule. Der Unterricht müsse natürlich gewährleistet sein, dafür seien ein paar arbeitslose Lehrer engagiert worden, von denen gebe es ja genügend.

Bogdan Guta spricht immer noch nicht weiter, mustert uns stattdessen nach wie vor, eine nach der anderen. Als er bei mir ankommt, senke ich den Kopf. Meine Beine sehen dick und breit aus, und ich hebe sie ein wenig an, damit sich das Fett anders verteilt. Selbst Mona neben mir sitzt ganz still.

Dann breitet Guta die Hände aus. „Willkommen!", ruft er. Ich atme aus, wir alle, ein gemeinschaftliches, erleichtertes Aufatmen. Mona bewegt sich wieder, sie sieht mich an und lächelt angestrengt. „Willkommen!", ruft er wieder, und um seine Augen fächern sich Lachfalten auf. Im nächsten Moment wird er ernst. „Neun Mädchen. Neun Mädchen, die alle nach oben wollen. Das wollt ihr doch, oder?"

Keine wagt, ein Wort zu sagen.

„Ihr wisst, was das heißt, nach oben?" Wieder mustert er uns der Reihe nach.

„Olympia!" Natürlich ist es Mona, die ausspricht, was wir alle denken.

Guta bedenkt sie mit einem langen Blick. „Olympia. Mona will nach Los Angeles. Aber das dauert noch drei Jahre. Und du, Angelika?"

„Weltmeisterschaft?", meine Stimme klingt dünn.

Er klatscht in die Hände. „Mädchen, ich bin begeistert! Ihr wisst, wo ihr hinwollt. Weltmeisterschaft, die Olympischen Spiele! Richtig, richtig!" Seine Worte hüpfen wie zu stark aufgepumpte Bälle. „Leicht wird es allerdings nicht. Ihr seid die besten aus der BRD, aber noch lange nicht die besten der Welt. Die Ostdeutschen, Russinnen, Rumäninnen, Amerikanerinnen – sie arbeiten sehr, sehr hart, um es bis zur Spitze zu schaffen.

Und die Chinesinnen sind auch im Kommen. Sie trainieren jeden Tag sieben, acht Stunden. Sie achten darauf, dass sie schlank bleiben. Denn nur schlanke Mädchen beherrschen die Übungen, die man heute braucht, wenn man nach oben will. Habt ihr die Yurchenko gesehen letzte Woche?"

„Ich habe sie gesehen", sagt Mona neben mir, „im Fernsehen. Sie ist unglaublich!" Ich hätte es auch sagen können, habe es auch gewusst. Natürlich ist es wieder Mona, die sich getraut hat. Was noch lange nicht heißt, dass sie besser turnt als ich. Und vier Kilo muss sie erstmal runterkriegen. Doppelt so viel wie ich!

„Unglaublich, ja! Was glaubt ihr, warum sie so ist?"

Wieder lässt Guta seinen Augen über uns schweifen. Ich hoffe, dass er mich nicht wieder anspricht. „Ich werde es euch sagen: Sie hat hart gearbeitet, Tag für Tag, Jahr für Jahr. Hinter diesem einen Moment des ...", er sah zur Seite, als suche er nach den richtigen Worten, „... Triumphs, des großen Glücks, stehen harte Arbeit und absolute Konzentration auf das große Ziel. Deshalb seid ihr hier. Jede von euch kann es schaffen. Jede von euch hat das Zeug dazu. Aber nur die, die sich wirklich anstrengt, die wirklich bereit ist, sich zu konzentrieren, die Durchhaltevermögen zeigt, die sich nicht verletzt, wird es auch schaffen", er sieht mich an, „bis zur Weltmeisterschaft", sein Blick schweift zu Mona, „bis zu den Olympischen Spielen", ich wünschte, ich hätte auch Olympia gesagt statt nur Weltmeisterschaft, „bis aufs ganz große Treppchen." Er geht unsere Reihe auf und ab, dann bleibt er stehen. Ich halte wieder den Atem an, als er an mir vorbeigeht. „Wollt ihr das?", fragt er, und alles in mir schreit: Ja! Meine Nerven vibrieren. Ja, ich will es! „Werdet ihr jeden Morgen und jeden Abend zu euch sagen ...", macht Guta weiter, „... du schaffst es. Egal was passiert, du schaffst es?"

Nach oben. An die Spitze. Ich spüre es in meinem ganzen Körper, will sofort anfangen: rennen, Kraftübungen machen, doppelte, dreifache Schrauben. Ich bin bereit, jetzt kommt es nur noch darauf an, dass ich mich wirklich anstrenge. Du schaffst es, denke ich und sehe mich auf dem Siegertreppchen stehen, sehe Margot, stolz, Mutter, stolz, Thomas Baron, stolz, du schaffst es, und erst als Mona mich merkwürdig ansieht, merke ich, dass ich es laut ausgesprochen habe.

Du schaffst es! Das ist der Satz, der mir durchs Training hilft. Er lässt mich morgens aus dem Bett kommen, die Schnellste beim Dauerlauf sein, bei den Kraftübungen immer noch eins drauflegen. Er lässt mich die Schmerzen in den Sehnen ertragen, wenn Guta meine Arme nach hinten zieht, sein Knie in meinem Rücken. Er lässt mich auf das Mittagessen verzichten und macht aus dem Hunger einen Triumph.

Abends, wenn wir nach dem Nachmittagstraining einen kleinen Happen zu uns genommen haben, fallen wir auf unsere Betten und hören ABBA und Kim Wilde.

„So dünn wie die möchte ich auch sein", sagt Mona manchmal. Dann stellt sie sich vor den Spiegel und zieht den Bauch ein. „Bist du doch", lüge ich. Ich habe meine zwei Kilo fast geschafft, Mona hat auch zwei runter, aber das reicht noch nicht. „Du bist zu dick", sagt Guta jedes Mal zu ihr, wenn eine Übung nicht klappt. Manchmal lässt er sie eine Übung gar nicht erst turnen. „Zu gefährlich, du bist zu fett dafür."

Wir gehen täglich in die Sauna, die Taille und die Oberschenkel mit Frischhaltefolie umwickelt. Am Abend trinken wir nichts mehr, bis zum nächsten Morgen, wenn wir von der Waage kommen. Dann rennen wir auf die Toilette und hängen uns an den Wasserhahn.

Nach drei Wochen hat es auch Mona geschafft. „46 Kilo“, sagt Bettina, schenkt Mona einen Blick, als hätte sie ihr das nicht zugetraut, und sagt: „Sieh zu, dass du die hältst.“ An dem Morgen ist es, als hätte sich bei Mona ein Schalter umgelegt. Sie trainiert wie verrückt. Nach jeder Übung sieht sie Guta an. Und er lobt sie. Einmal legt er ihr sogar den Arm um die Schulter, ein anderes Mal gibt er ihr einen Klaps auf den Rücken. Nach dem Abendessen geht Mona auf die Toilette und kommt mit roten Augen zurück, und ich bin zu erschöpft, um darüber nachzudenken.

Nach zehn Tagen dürfen wir zum ersten Mal für ein verlängertes Wochenende nach Hause. „Ihr sollt ja den Kontakt zu euren Familien nicht verlieren“, hat Guta gesagt. Doch ich will nicht fahren. Ich will weiter trainieren, keine Zeit verlieren. Ich will nach ganz oben. Die Beste werden. Ich will zur Weltmeisterschaft. Ich will zu den Olympischen Spielen und auf dem Treppchen stehen. Danach kann ich wieder nach Hause gehen und ausruhen. Bis dahin darf ich keine Zeit verlieren. Mir wird schlecht, wenn ich daran denke, dass ich schon fünfzehn bin.

„Kann ich übers Wochenende bei dir bleiben?“, frage ich Margot, als ich zu ihr ins Auto steige.

Ein Lächeln zuckt um ihren Mund. „Was wird deine Mutter dazu sagen?“

Ich habe Mutter gar nicht gesagt, dass ich nach Kassel kommen würde. Einmal habe ich mit ihr telefoniert, ihr gesagt, dass alles super sei, und die Angelegenheit damit erledigt. „Ich muss trainieren“, sage ich. „Ich darf jetzt keine Pause machen. Ich muss dranbleiben.“

„Mir scheint, dieser Guta ist gut.“

„Wenn ich es schaffen will, muss ich hart arbeiten. In zwei Monaten ist EM. Und nächstes Jahr die WM. Und die Olympischen … schon übernächstes Jahr. Ich bin noch lange nicht so weit, ich schaffe die Schrauben noch nicht, mein Stand ist noch nicht sicher genug, und der Yurchenko … ich muss den Yurchenko schaffen."

Sie tätschelt meine Hand und lässt den Motor an. „Natürlich kannst du bei mir bleiben. Wir können am Wochenende in die Halle gehen."

„Und ich darf nicht zunehmen."

Der Wagen rollt an. „Das wirst du nicht. Ich passe schon auf dich auf."

Ich lege den Kopf an die Scheibe. Sie ist kühl. Ich schlafe sofort ein.

Über dem Schutthaufen vor der Halle kreisten Fliegen. Seit Tagen war es schwül, die Luft stand, die fetten, grün schimmernden Fliegen waren das einzige, das sich bewegte.

Auch meine Energie stand still. Es lag jenseits meiner Vorstellungskraft, mich weiter um den stinkenden Haufen zu kümmern: eine Plane in den Kofferraum zu legen, den Schutt hineinzuschaufeln und Fuhre um Fuhre abzutransportieren. Auch drinnen hatte ich noch nicht weitergemacht, wo die Hitze sich jetzt zunehmend staute und mir jedes Mal übel wurde, wenn ich durch die Umkleide ging, in der immer wieder alles von weißem Staub bedeckt war, egal, wie oft ich putzte. Den Blick in die verwüstete Toilette vermied ich gänzlich.

Am Abend zuvor hatte ich im Bett gelegen und die Übertragung der Turnwettkämpfe bei den Olympischen Spielen angesehen. Gold für China, Silber für die USA im Mannschafts-Mehrkampf. Die Kommentatoren nannten Größe und Gewicht der Turnerinnen, als seien es relevante Fakten: dreiunddreißig Kilo, vierunddreißig, fünfunddreißig – mehr war es bei den Chinesinnen meist nicht.

Und dann die Elemente! Abgang mit Doppelsalto und zweifacher Drehung beim Stufenbarren. Tsukahara mit zweieinhalb Drehungen beim Sprung. Auf dem Balken ein Auerbachsalto sogar mit drei Drehungen. Dagegen wirkte das, was wir früher gemacht hatten, wie Turnübungen für das Sportabzeichen. Ich hatte keine Vorstellung davon, wie die Turnerinnen das schaffen konnten. Wie war es möglich, dass alle vier Jahre die Ergebnisse der letzten Spiele getoppt wurden? Wie musste das Training aussehen, um solche Leistungen zu ermöglichen? Wo war die Grenze? Gab es überhaupt eine? Eine Grenze des Körpers? Oder war es der Kopf, der alles ermöglichte? Der alles steuerte, der die Macht über Gewinnen und Verlieren hatte. Und was, wenn dieser Kopf von anderen gesteuert wurde?

Lian kam um Punkt halb drei wie jeden Tag, stellte ihre Tasche auf die Bank und begann, ihre Runden zu drehen. Wie ein Automat, dachte ich. Auch sie beherrschte Übungen, die ich mit zehn mit Sicherheit noch nicht konnte. Was sie dabei fühlte, wie es ihr ging, ob es ihr Freude machte, wusste ich nicht. Seit Herr Xu nicht mehr da war, zeigte Lian überhaupt keine Gefühlsregung mehr. Sie lachte nicht, weinte nicht, biss nicht einmal die Zähne zusammen. Egal was ich sie machen ließ: Sie tat es, stoisch und ohne mir auch nur einen Hinweis darauf zu geben, ob sie mich, mit der sie so viele Stunden verbrachte, vielleicht doch ein wenig mochte.

Und wenn sie gewänne bei den Hessischen Meisterschaften? Dann würde sie nach Hause gehen und ihrem Vater die Medaille zeigen. Vielleicht würde er über ihr Haar streichen und die Medaille an die Wand hängen wie eine Trophäe. Vielleicht würde er sie auf den Schoß nehmen und sagen, dass er stolz auf sie sei. Und dann würde sie weiter trainieren, bei Margot.

Ich begann, mit Lian mitzulaufen, rannte hinter ihr her, so dass sie unwillkürlich schneller wurde. Nicht lange, und sie wäre Teil des Landeskaders. Noch mehr trainieren, noch mehr gewinnen, weitermachen. Ich spürte Wut und wusste nicht, woher sie kam und gegen wen sie sich richtete, versuchte, die Wut mit jedem Schritt in den Boden zu treten, aber es gelang mir nicht. Lians Gesicht bekam rote Flecken, sie war außer Atem, und sie streifte mich mit einem irritierten Blick, als ich, selbst atemlos, sagte: „Ausruhen ist nicht, Lian, du bist Turnerin."

Ich holte die Hanteln aus dem Schrank und drückte sie dem Mädchen in die Hände, eineinhalb Kilo das Stück. Jetzt machte ich die Übungen nicht mit, sondern stellte mich vor sie und zählte von oben herunter: Fünfzig, neunundvierzig ..." Du musst dich wehren, dachte ich, du musst lernen, dich zu wehren. Ich sah, wie Lians Arme unter der Anstrengung zitterten, „... zwanzig, neunzehn ...". Tränen stiegen in Lians Augen auf, „... drei, zwei, eins ...". Sie ließ die Arme sinken, doch ich schüttelte den Kopf. „Noch mal zehn. Los!" Lian hielt den Kopf gesenkt. Ihre Arme bewegte sie nicht. Endlich, dachte ich. Endlich gehorcht sie mir nicht. Aber wie fremdgesteuert schob ich meine Hand unter das Kinn des Mädchens und zog ihren Kopf nach oben. „Noch mal zehn." Ich hob meine Hände hoch und spreizte die Finger ab. Lian atmete schwer. Dann zog sie die Arme mit den Hanteln wieder nach oben, mit zusammengepressten Kiefern. Ich verschränkte die Arme. Wehr dich! Wehr dich doch! „Zehn." Lians Körper bebte. „Neun." Ich bin ein Schwein, dachte ich, merkst du das nicht? Warum lässt du dir das gefallen? Wehr dich! Wehr dich doch! „Acht!", Lian entfuhr ein Keuchen, aber sie hielt durch. „Sieben!" Als sie die Hanteln wieder sinken ließ, legte ich die Hände darauf, als zusätzliches Gewicht. „Sechs." Meine Stimme kam mir fremd vor. Lian stemmte die Arme hoch, ihr Rücken bog sich durch, ich hielt dagegen, so dass sie es gerade schaffte. „Komm schon! Keine Schwäche zeigen, das musst du lernen!" Lians Gesicht verkrampfte sich, ich spürte das Beben ihrer Muskeln, ich wusste, wie es sich anfühlte, wenn sie übersäuern, kannte den Schmerz, den das verursachte. „Wehr dich!" Jetzt sagte ich es laut, es spielte ja keine Rolle, Lian verstand es eh nicht. „Vier! Wehr dich doch!" Jetzt schrie ich fast. „Du darfst dir das nicht gefallen lassen, hörst du, was ist denn, wenn ich nicht mehr da bin! Drei! Du darfst dir nicht alles gefallen lassen!" Bei zwei sackte Lian zu Boden. Sie saß da im Schneidersitz, den Kopf auf den Boden gerichtet, die Hanteln, noch in ihren Händen, lagen auf dem Boden.

Ich sah hinunter auf den krummen Scheitel, auf das zitternde Häufchen Kind, und ging auf die Knie.

War ich verrückt geworden? Vollkommen übergeschnappt?

„Lian“, wisperte ich. Sie sah nicht auf. „Es tut mir leid, ich weiß nicht, was …“ Ich streckte die Hand aus, wollte ihr über das Haar streichen. „Zwei Wochen. Zwei Wochen müssen wir noch schaffen, gemeinsam. Das bekommen wir doch hin, oder?“ Aber dann zog ich die Hand zurück. Ich hatte kein Recht, sie zu berühren. „Oder?“, fragte ich trotzdem noch einmal. Sie stand auf. Jetzt sah sie auf mich herunter. Dann ging sie ein paar Schritte weg und begann ihr Dehnprogramm, als sei nichts geschehen.

Kein Wort sagte ich mehr an diesem Nachmittag, Lian absolvierte ihr Training fast allein, ich gab ihr nur winzige Anweisungen, für die wir längst eine gemeinsame, wortlose Sprache entwickelt hatten. Gesten und Blicke reichten, kurze Berührungen, um ihr verständlich zu machen, was ich ihr sagen wollte. Manchmal hatte ich diese Art der Kommunikation fast schön gefunden, es war etwas, das uns verband, nur uns beide. Aber heute hatte ich das Band zerschnitten. Auseinandergesprengt hatte ich es, wie der Frost den Scharfenstein auseinandergesprengt hatte vor hundertfünfzig Jahren, und aus einem großen Felsen viele kleine gemacht hatte, und als ich daran dachte, wusste ich, was ich tun musste, wenn das Training an diesem Tag endlich vorbei war.

Fast wäre ich in ein verdrecktes Kondom getreten, als ich am Scharfenstein-Parkplatz ausstieg. Doch ich ließ mich nicht irritieren, ging den Weg bis in den schwarzen Felsenkessel. Dunkel und schroff ragte die Schiefe Anna vor mir auf. Zu schwer für mich, hatte Johannes gesagt, aber er kannte mich nicht. Niemand kannte mich wirklich, niemand kannte die gemeine, widerliche Fratze, die in mir steckte und die ich zur Räson bringen musste. Und dafür brauchte ich Johannes nicht, brauchte überhaupt niemanden, ich wusste ja nicht einmal, ob ich selbst zu gebrauchen war.

Ich drückte mich dicht an den Felsen, hielt meine Wange an die steile Kante, die sich bis nach oben zog, und sah an ihr hoch, bis Waagerechte und Senkrechte sich verschoben. Ich dachte an Johannes, an unser erstes Mal, als wir hier waren, vor ein paar Monaten, an seine Hände an meiner Taille, seine Erläuterungen, als er mir die Sicherungstechniken erklärte. Sicherheit. Was für ein lächerlicher, trügerischer Begriff! Ich zog die Schuhe aus. Mit meinen Straßenschuhen hatte ich keine Chance, Kletterschuhe besaß ich nicht, denn ich hatte immer alles geliehen von Johannes, ohne Fragen zu stellen und ohne selbst zu investieren.

Der erste Griff, rauer Stein in meiner Hand. Ich setzte den Fuß auf einen Vorsprung auf und richtete die Augen fest auf die Route. Ich hatte sie im Blick, so wie ich früher den Anlauf schon im Blick gehabt hatte, wenn ich von der Bank zum Startpunkt ging. Nichts anderes zählte jetzt mehr. Ich würde sie bezwingen, diese Anna, dieses schroffe, abweisende, harte Gestein. Ich setzte den anderen Fuß auf einen Vorsprung und zog mich weiter hoch. Meine Muskeln begannen zu arbeiten, das Blut durch die Adern zu pumpen, vertraut fühlte es sich an. Feuchte drang an meine Haut, und ich wusste nicht, ob sie von innen oder außen kam, von Angelika oder Anna, von warmem Schweiß oder kaltem Stein. Ich sah nur nach oben. Was hinter mir lag, interessierte mich nicht, nur der Blick nach vorn zählte, alles andere war Verschwendung, brachte dich durcheinander, aus dem Fokus. Der Fokus zählte. Dreitausend Euro, ein heiles Dach, Kinder in meiner Halle. Niemals ans Fallen denken, nicht an Lian denken, nicht an das, was ich heute getan hatte, nicht an ihre bebenden Schultern, ihren verletzten Blick. Nicht nach unten sehen, nur nach vorn, nach oben. Meine Hände und Füße fanden winzige Vorsprünge, die Fingerkuppen begannen zu bluten, aber meine Muskeln arbeiteten weiter, das konnten sie, auf sie konnte ich mich verlassen, immer noch, sie ließen mich nicht im Stich: die Delta- und Kapuzenmuskeln, Bizeps und Trizeps, die Adduktoren und Schenkelanzieher. Sie wussten, was zu tun war, sie arbeiteten, und ich musste nicht mehr denken, durfte es nicht, denn jetzt galt nur eins: weiterklettern, mich konzentrieren, um nicht zu fallen, um am Leben zu bleiben, an diesem Leben, das ich jetzt schon fast vierzig Jahre lebte, immer weiter, nach oben, ich war schon fast bis zur Mitte gekommen, der Rückweg war nicht mehr möglich, meine Füße fanden die kleinsten Vorsprünge und klammerten sich daran fest. Ich verwuchs mit dem Felsen, den Flechten, diesen uralten Pflanzen, zog mich voran, Zentimeter für Zentimeter, die Anna, dieser Jahrmillionen alte Stein, verbündete sich mit mir und stieß mich im nächsten Moment wieder ab. Aber ich ließ mich nicht abstoßen. Ich war hier, und ich würde es bis nach oben schaffen dieses Mal, denn erst, wenn ich dort ankommen würde, ganz oben, gäbe es einen Weg zurück und ich könnte nach Hause fahren.

Frankfurt, Bundesleistungszentrum, 1983

Mona hängt ihre Poster auf und stellt ihren Kassettenrekorder auf den Tisch. Er ist neu und noch größer als der alte. Sie belegt drei Viertel des Platzes im Schrank. Allein fünf Paar Schuhe hat sie mitgebracht. Ich lasse also meine Sachen einfach in meiner Tasche und stelle sie mitten ins Zimmer, so dass Mona jedes Mal darüber steigen muss. Sie rächt sich, indem sie immer wieder in die Tasche tritt statt daneben und sich dann entschuldigt, als habe sie es nicht mit Absicht getan. Sie hat sich angewöhnt, bei jeder Gelegenheit mit den Augen zu rollen.

Wieder liegen drei Monate Training vor uns. WM-Qualifikation, ein Länderkampf gegen die USA und dann im Oktober die Weltmeisterschaft in Budapest. Mannschaftsmehrkampf, Einzelmehrkampf, Einzelgerätekampf.

Mona ist gewachsen, die Brüste wölben sich unter ihrem T-Shirt, das genauso eng ist wie ihre Leggings, sie hat sich eine Dauerwelle machen lassen, die Locken hängen ihr ins Gesicht, und als sie sich jetzt lässig auf ihr Bett fallen lässt, sieht sie aus wie ein amerikanischer Filmstar. Aber nicht wie eine Turnerin, sage ich mir und gehe ins Bad.

Der Spiegel zeigt, dass auch mein Busen gewachsen ist. Einen normalen BH füllt er immer noch nicht aus. Dafür erheben sich meine Schlüsselbeinknochen scharf unter der Haut, zwischen ihnen und dem Hals bilden sich tiefe Kuhlen, die sich verstärken, wenn ich die Luft einsauge und die Schultern nach vorn schiebe. Das Hungern hatte sich gelohnt. Mein Gewicht ist im Optimum, sogar ein wenig darunter, und ich freue mich auf die Waage am nächsten Morgen. Guta wird mich loben.

Auch auf der Ablage im Bad hat Mona sich breit gemacht mit ihrem Schminkzeug, der Clearasil-Lotion und einem Deo-Spray. Aus ihrem Kulturbeutel ragt rosafarben eine Packung Camelia. Ich ziehe sie heraus. Die Slip-Einlage, die auf der Schachtel abgebildet ist, sieht aus wie ein fliegender Teppich. Ich gucke zur Tür. Hat Mona etwa jetzt doch ihre Tage bekommen? Sie ist sechzehn, wie ich, aber wir wissen natürlich, dass bei vielen Turnerinnen nach dem Ende ihrer Karriere die Pubertät durch eine Spritze eingeleitet werden muss. Karriere, wie das klingt! So erwachsen.

Ich ziehe eine Einlage aus der Packung. Sie riecht nach Parfum und ich drücke sie an meine Nase. Weich ist sie. Ich lege sie an meine Wange. Dann öffne ich meinen Gürtel, lasse die Hose auf meine Füße fallen, ziehe den Klebestreifen von der Einlage ab und klebe sie vorsichtig in meinen Slip. Ich richte mich auf.

So fühlt sich das also an. Ein bisschen bleibe ich noch, bevor ich die Camelia-Schachtel wieder in den Kulturbeutel lege und zurück ins Zimmer gehe, wo Mona mit Kopfhörern auf den Ohren liegt und mich ignoriert.

Ich wischte mir mit dem Arm den Schweiß von der Stirn. Immer noch war Kassel ein Hitzekessel und die Halle wurde jeden Tag mehr zum Treibhaus. Das Salz des Schweißes brannte in den Schrammen und Kratzern, die ich von meiner wahnsinnigen Kletterpartie auf die Schiefe Anna davongetragen hatte. Viel schlimmer als die Kratzer aber war die bodenlose Traurigkeit, die schon auf dem Weg vom Scharfenstein zurück zum Auto das Hochgefühl des erreichten Gipfels ersetzt hatte.

Boden war heute der Schwerpunkt. Ich hatte, bevor Lian kam, alle Matten dafür zusammengeschoben und miteinander verklebt, um eine ausreichend große Fläche zu bekommen wie beim Wettkampf. Sie nahm die Halle in der Breite fast ein. Die Kür stand längst, nur noch einige der tänzerischen und zwei Verbindungselemente musste Lian einüben. Doch dafür müsste ich endlich die Musik festlegen. Längst hätte ich eine aussuchen müssen, aber nachdem ich Lian so angeschrien hatte, schien mir jedes Musikstück, das ich in Betracht zog, zynisch. Die Wahl war wichtig, das wusste ich. Für mich hatte die Choreografin damals Musik ausgewählt, die zum Mitklatschen anregte. „Dann ist klar, dass du der Star bist", hatte sie mir während eines Trainings ins Ohr geflüstert und ein Auge gekniffen.

Doch wenn ich mir Lian während des Wettkampfs vorstellte, schien es mir unwahrscheinlich, dass jemand mitklatschte. Zu ernst war sie dafür und zu zart. Es müsste eine Musik sein, die diese Zartheit betonte, die die Zuschauer berührte. Nichts Bombastisches, kein ganzes Orchester mit Unmengen an Streichern und Paukenschlägen, auch keine „Hallo-hier-bin-ich!-Popnummer" oder treibende Technobeats.

Vielleicht etwas mit wenigen Instrumenten, Klavier, ein Kontrabass, eine Klarinette. Doch das Musikstück musste auch schnelle, kraftvolle Passagen enthalten, für die Akrobatikelemente, die Salti, Flickflacks und Menichellis.

Ich wedelte mit der Hand eine Fliege von der Lippe und stellte mich bereit zur Sicherung. Lian nahm Anlauf für die Kombination Flickflack und Salto. Ohne dass ich sie berühren musste, landete sie sicher wieder auf beiden Beinen und innerhalb des Feldes. „Gut“, lobte ich sie und dachte, dass ich sie besser kennen müsste. Dann könnte ich auch eine passende Musik aussuchen. Ich müsste ihr Umfeld kennen, wissen, was sie mochte und was nicht, welche Musik sie selbst gern hörte.

Lian blieb mit dem Rücken zu mir am Rand des Mattenfelds stehen. Die Schultern bewegten sich im Takt des schnellen Atems nach den anstrengenden Übungen.

„Alles in Ordnung?“, fragte ich. Lian atmete noch einmal durch, bevor sie sich umdrehte. Ihr Gesicht war ein wenig gerötet, aber sonst war nichts daraus abzulesen.

„Dehn dich noch, dann ist Schluss für heute“, sagte ich und machte wie jeden Abend das Zeichen, dass das Training vorbei war. Ich ging ins Kabuff. Durch die Plexiglasscheibe beobachtete ich Lian: wie sie zur Bank ging, ihre Jacke und die Hose über den Turnanzug zog. Dann verharrte, in Richtung Fenster blickte, eine ganze Weile. Die Fenster waren zu weit oben, als dass sie dort etwas sehen konnte, außer einem Stück Himmel und den Strahlen der tiefstehenden Sonne, in denen Magnesiastaub schwebte. Plötzlich zuckte sie zusammen, wie ertappt, und begann auf der Stelle mit dem Dehnen. Um Punkt halb sieben verschwand sie. Wie jeden Tag.

Ich starrte in die menschenleere Halle, die inzwischen denen meiner eigenen Kindheit verdammt ähnlich geworden war: in der Mitte das blaue Quadrat für die Bodenübungen, an den Seiten die Geräte. Graue Magnesiaflecken überall: auf dem

Schwebebalken, den Holmen, dem Boden, dem Pferd. Langsam packte ich meine Sachen zusammen.

Draußen war es kaum kühler als in der Halle, doch endlich wehte eine kleine Brise. Sie trug Kindergetöse vom Spielplatz um die Ecke zu mir herüber, ein Potpourri heller Stimmen und Stimmungen, und plötzlich stiegen Tränen in mir hoch und ich wusste nicht, warum, unbegründete, lächerliche Tränen. Ich wischte mir schnell über die Augen und stieg ins Auto. Aber als ich die Hafenbrücke überquert hatte, nahm ich einen anderen Weg als sonst und bog in die Ysenburg- und dann die Gartenstraße ab. Irgendwo hier musste es sein. Irgendwo hier wohnte Lian. Mit wem? Ihrer Mutter? Ihrem Vater? Oder war der immer auf Geschäftsreisen? Im fernen China? In der ganzen Welt?

Die Häuser hier sahen nicht so aus, wie ich mir das Haus eines reichen Chinesen vorstellte: Dreistöckige Mehrfamilienhäuser mit kleinen Fenstern begrenzten die Straße zu beiden Seiten. Ich fuhr langsam, hielt Ausschau nach den Hausnummern, bis es hinter mir hupte. Erst zwei Ecken weiter fand ich bei einem Discounter einen Parkplatz. Zögernd stieg ich aus. In einem der Häuser gegenüber war ein Tor eingearbeitet, wie ein Tunnel durch das Erdgeschoss. Eine schmale Straße führte hindurch, an der Ecke hing ein Schild: zur Gartenstraße 36-42. Lians Adresse. Ich ging durch das Tor. Dahinter weitete sich die Straße zu einer Art Innenhof, an den sich zu beiden Seiten kleine Häuser drückten, bis sie am Ende wieder durch einen kleinen Tunnel hinausführte. Der Innenhof wirkte, als sei die Zeit stehen geblieben, und es hätte mich nicht gewundert, wenn eine Schar Hühner um die Ecke gekommen wäre. Hinter den Fensterscheiben hingen vergilbte Gardinen. Zu den Haustüren der Häuschen führte jeweils eine bröckelnde Steintreppe mit rostigen Geländern. Neben jeder Tür waren mehrere Klingelschilder angebracht, und ich fragte mich, wo so viele Menschen hier Platz finden sollten. Zu sehen war niemand. Bis auf einmal Lians Silhouette in dem Tor gegenüber erschien.

Schnell versteckte ich mich hinter einer der Treppen. Doch Lian sah mich ohnehin nicht, hatte den Blick auf den Boden gerichtet. Wegen der zu großen Sporttasche ging sie zu einer Seite geneigt, als hätte sie ein zu kurzes Bein. Sie kam näher und ich hielt den Atem an. Wie sollte ich ihr erklären, was ich hier wollte, wenn sie mich entdeckte? Aber schon stieg sie die Stufen einer der Treppen hoch, zog einen Schlüssel aus der Tasche und steckte ihn ins Schloss der alten Holztür. Kurz verklemmte sich die Tasche zwischen Tür und Wand, als sie hineinging. Ich sah noch, wie die Tasche mit einem Ruck nach innen gezogen wurde, dann schlug die Tür zu.

Ich lehnte mich an die Hauswand. Ich könnte an Lians Tür klingeln. Wer würde öffnen? Und was sollte ich sagen? „Ich möchte mit Ihnen über Ihre Tochter sprechen." Und dann? Wenn es die Mutter wäre, spräche sie womöglich kein Deutsch. Und wenn der Vater öffnen würde? Es war doch alles in Ordnung. Lians Leistungen ließen nichts zu wünschen übrig, ihr Benehmen nicht, erst recht nicht die Bezahlung. Und anscheinend hatte sie ihm nichts von meinem Ausfall erzählt, sonst hätte ich bestimmt schon einen neuen Brief bekommen. Ohnehin, fiel mir auf, war schon lange kein Schreiben mehr gekommen. Merkwürdig eigentlich, so kurz vor dem Wettkampf.

In der Richtung, aus der Lian gekommen war, schlich ich dicht an der Hauswand aus dem Hof hinaus. Hier war ich wieder mitten im normalen Stadtleben. Autos, Menschen, Hunde eilten an mir vorbei, ohne dass ich sie wirklich wahrnahm. Ich drehte mich um zu dem Tor, hinter dem eine andere Welt zu herrschen schien. Lians Welt. Und mir wurde klar, dass ich nicht einfach zurück zu meinem Auto gehen und nach Hause fahren konnte.

Einmal. Einmal musste ich Lians Vater sehen. Sein Gesicht kennen, so wie er meines wahrscheinlich kannte. Vielleicht war er ja da, und Lian erzählte ihm gerade von ihrem Tag, von den Fächern, die sie hatten, von ihren Freundinnen, und vielleicht auch von unseren Bodenübungen.

Ich sah mich um. Über einen Parkplatz auf dem Nachbargelände konnte ich hinter die Häuserzeile gelangen, in der Lian lebte. Vielleicht war es möglich, von dort einen Blick in ihre Wohnung zu erhaschen. Und auf den Mann mit den Geldscheinen, von denen ich seit Monaten lebte. Nur einmal. Wenn ich ihn sehen könnte, wenn die Briefe ein Gesicht bekämen, würde ich vielleicht auch wagen, an der Tür zu klingeln.

Über einen Zaun kletterte ich auf die stoppelige Rasenfläche. Zwischen drei verzinkten Eisengestellen waren Wäscheleinen gespannt, an denen schlaff ein paar Handtücher hingen, als habe sie jemand vergessen.

Gern hätte ich meine Hand an das Metall eines der Gestelle gelegt, die Unebenheiten im Lack gespürt, wie damals, im Vorgarten unserer Wohnung in der Nordstadt. Aber ich wollte nicht riskieren, dass Lian mich sah, deshalb ging ich zu den gegenüberliegenden Häusern, um von dort aus einen besseren Blick in die Wohnungen zu haben. Es war noch hell, trotzdem brannte in einigen Wohnungen schon Licht. Lians Umrisse erschienen in einem der Fenster, nur kurz, bis sie wieder ins Innere der Wohnung abtauchte.

Neben mir zog sich eine kleine Feuerleiter hoch. Ohne zu überlegen, kletterte ich hinauf. Jetzt hatte ich über die zwei Hinterhöfe hinweg freie Sicht in Lians Wohnung.

Sie saß aufrecht am Tisch, im hellen Licht einer Leuchtstoffröhre. Kein Vorhang, kein Rollladen. Sie schien allein zu sein. Ab und zu schob sie sich etwas in den Mund. Ich stellte mir vor, wie sie kaute, kleine Bissen, bedächtig und ohne ein Geräusch dabei zu machen. Dann nahm sie den Teller und verschwand wieder aus meinem Blickfeld. Vielleicht wusch sie ihn ab und stellte ihn in den Schrank zurück. Sie tauchte wieder auf, ging zum Fenster und blieb dort stehen, schaute genau in meine Richtung. Ich presste mich an die Hauswand und atmete auf, als sie sich endlich abwandte. Es war nicht in Ordnung, was ich tat, aber ich konnte nicht anders als weiter hinzusehen wie eine Voyeurin. Wieder verschwand Lian in einem Teil der Wohnung, den ich nicht einsehen konnte, kam nach einer Minute zurück, hielt etwas in der Hand. Eine Schultasche. Sie setzte sich erneut an den Küchentisch und packte ein paar Sachen aus.

Mit einem Mal sah ich mich selbst an einem Tisch sitzen, als Kind, in der Weserstraße, allein. Fast hatte ich vergessen, wie es dort gewesen war, wenn ich nach Hause kam und Mutter nicht da war. Wenn ich versuchte, meine Hausaufgaben zu machen und die Gedanken nicht länger als ein paar Sekunden bei der Bruchrechnung oder der Englisch-Grammatik halten konnte. Vor Erschöpfung und weil die Leere der Wohnung sich auf mich legte wie eine Decke aus Blei, schwer und dicht.

Allmählich wurde es dunkel. Ich sah auf die Uhr. Es war schon fast neun, und Lian schien allein zu sein. Wo waren ihr Vater? Ihre Mutter?

Und auf einmal wusste ich, welche Musik für die Bodenkür passen würde: Ein Soloinstrument ohne Begleitung müsste es sein. Eine einsame Melodie.

Doch wer wollte das hören? Wer wollte das sehen?

Frankfurt, Bundesleistungszentrum, 1983

Das Radio läuft während des Trainings permanent, denn wir sollen lernen, Nebengeräusche auszuschalten. Den ganzen Tag habe ich tatsächlich so gut wie nichts davon wahrgenommen. Aber jetzt, als ich untätig herumsitzen muss, höre ich alles umso lauter: Werbung für Kontaktlinsen, Jakobs Krönung, Waschmittel. Ich bin müde und fühle mich klebrig.

„Noch mal. Du machst das jetzt, bis es klappt." Wenn Guta wütend ist, spricht er langsam. Als müsse er jedes Wort erst im Mund zurückhalten, bevor er es hinauslässt, um nicht zu schreien. Die Mundwinkel versteifen sich dabei und sein Gesicht wird noch dunkler als sonst.

Jetzt dröhnen Nachrichten aus den Lautsprechern. Bürgerkrieg in El Salvador, Hitzewelle in Österreich. Auch bei uns ist es heiß, die Luft steht, gesättigt von Schweiß und Magnesia. Es ist schon sechs, und eigentlich sollten wir längst unter der Dusche stehen. Stattdessen hocken wir immer noch in der Halle, verteilt auf Mattenwagen und Bänke. Wir alle bis auf Mona. Die presst die Lippen zusammen, stellt sich vor den Stufenbarren, schwingt sich hoch.

In den letzten Tagen hat es Streit zwischen uns gegeben. Ich habe Kassetten mitgebracht, von Nena und Peter Schilling, habe sie extra gekauft, bevor wir hierherkamen. Aber Mona schiebt immer nur ihre eigenen in den Rekorder, sagt, dass es ihrer sei und dass ich ja auch einen eigenen mitbringen könnte. Ich sehne mich danach, allein in dem Zimmer zu sein und zuzuhören, wie Major Tom durch das All schwebt, völlig losgelöst. Seit ich es zum ersten Mal gehört habe, blitzt manchmal, am Stufenbarren oder beim Sprung, in den Sekundenbruchteilen der Schwerelosigkeit der Gedanke auf, wie es wäre, einfach weiterzufliegen, ungebremst, ohne den Ballast der Schwerkraft des eigenen Körpers. Jeden Tag bekomme ich einen Zipfel dieses Gefühls zu fassen. Mach weiter, streng dich an, werde besser, werde leichter, du musst leicht sein, leicht wie ein Vogel, du musst fliegen lernen. Du schaffst es!

„Auf, Mona", rufe ich, und ein anderes Mädchen: „Los, du kannst das!" Mona hat Schatten unter den Augen, und ich weiß, wie sie sich fühlt. Dass ihre Beine beben, die Haut an ihren Handflächen brennt, sie sich zusammenreißen muss, um sich zu konzentrieren, wieder neu anzufangen, die Kraft für den Aufschwung aufzubringen. Trotzdem hasse ich sie in diesem Moment. Ich hasse sie, weil sie es nicht schafft, wenigstens einmal diese Scheißübung zu machen und uns zu erlösen. „Du bist zu schwer", hat Guta gesagt. „Bin ich nicht", hat sie trotzig geantwortet. Jetzt hängt sie am Holm wie ein Walross, mit ihren siebenundvierzig Kilo! Ich weiß, dass sie Abführmittel nimmt und sich regelmäßig den Finger in den Hals steckt. Da ist sie nicht die Einzige, genügend andere hat sie damit schon angesteckt. Und warum ist sie dann immer noch zu fett, um diesen verdammten Salto zu schaffen?

Warum ist trotzdem sie die beste Westeuropäerin bei der Europameisterschaft geworden? Die Zeitungen sind überschwänglich gewesen. Eine Westdeutsche mit Chancen bei der WM! Eine Westdeutsche, die es womöglich mit den Russinnen und Rumäninnen aufnehmen kann! Und so hübsch! So grazil! Von den Titelblättern hat sie heruntergestrahlt, sogar die Bild-Zeitung hat ein Foto von ihr abgedruckt. Mona auf dem Schwebebalken, ein Bein seitlich in die Höhe gestreckt. Auf dem Bild sah man die Druckstellen vom Schwebebalken an den Innenseiten des Oberschenkels. Hässlich waren sie! Ich habe die Zeitung gekauft und die Druckstellen knallrot angemalt, was so obszön aussah, dass ich das Blatt tief im Mülleimer vergrub.

Wieder knallt Mona auf die Matte. Guta sieht sie mit unbewegtem Gesicht an, doch seine Kieferknochen treten hervor. Er muss nichts sagen. Mona erhebt sich schwerfällig. Sie sieht niemanden von uns an. Mir ist kalt. „Los Mona, auf jetzt!"

Mona fasst den unteren Holm, macht einen Unterschwung, dann zum oberen, nimmt Schwung für den Rückwärtssalto – und lässt los. Wieder nichts. Sie reibt ihre Hände mit Magnesia ein, langsam, um Zeit zu gewinnen. Die Muskeln an ihren Armen heben sich ab. Sie ist stark, aber wir haben schon sechs Stunden Training in den Knochen, drei am Morgen, drei am Nachmittag, und kaum etwas gegessen. Wir alle. Nur dass sie diese verdammte Übung nicht schafft.

Wieso hat Guta auch sie dafür auserkoren? Wieso muss immer sie der Star sein? Ich bin auch bereit für diese Übung. Hätte er mich gefragt, ich würde sie ohne Schulterzucken trainieren, immer wieder, immer wieder, bis ich sie könnte. Dann hätte ich auch Chancen auf eine bessere Startposition beim nächsten Wettkampf. Denn die angeblich besten Turnerinnen, die Favoritinnen, haben immer die hinteren Startplätze, und die Kampfrichter wissen schon, wo die Skala liegt, wie sie ihre Favoriten einordnen müssen, damit wieder sie mit Medaillen bedacht werden und nicht die fleißigen Bienen auf den niederen Plätzen. Doch mir gibt er die Chance nicht. Immer nur Mona, Mona, Mona.

„Los, du schaffst es!" Anjas Stimme ist immer noch hoch und kindlich wie vor zwei Jahren. Auch die Olga-Korbut-Zöpfe trägt sie noch. Mona setzt erneut an. Sprung mit einer halben Drehung auf den unteren Holm, Handstand, Unterschwung auf den oberen Holm. Jetzt wieder der Rückwärtssalto. Sie nimmt Schwung, lässt los, dreht sich in der Luft, einmal, noch eine halbe Drehung – greift den Holm, dieses Mal gleitet sie nicht ab, sie hat ihn, sie hat es geschafft, endlich! Wir atmen auf, strecken die Beine.

„Zwei Fehler“, sagt Guta, „das ist nichts, gar nichts.“ Mona geht, ohne seine Erlaubnis und ohne ihn anzusehen. Gutas Gesicht wird noch finsterer. Er macht eine Bewegung mit seinem Kopf, und auch wir anderen stehen auf und verlassen die Halle, versuchen, keine Geräusche dabei zu machen, nicht seine Aufmerksamkeit zu erregen.

Ganz hinten in der Schublade lag ein Fläschchen Make-up. Ich wischte über die Öffnung, an der hautfarbene, eingetrocknete Krümel klebten. Darunter war die Farbe noch flüssig, ich drückte sie heraus und verteilte sie mit langsamen Bewegungen auf meiner Haut, ließ mein echtes Gesicht Strich für Strich unter der Maske verschwinden. Dann holte ich die Mascara aus der Schublade und fuhr mit dem Bürstchen über meine Wimpern. Ungewohnte Handgriffe. Zum Schluss noch Lippenstift.

„Herzlichen Glückwunsch", sagte ich zu meinem Spiegelbild. Zu fremd sah es jetzt aus. Vielleicht würde es Lian verunsichern und das durfte nicht sein. Ich nahm ein Stück Klopapier und wischte die Farbe von den Lippen wieder ab. Dann zog ich mich an, bedächtig, Stück für Stück, wie ich es auch früher am Morgen vor einem Wettkampf getan hatte. Den Slip, das T-Shirt, die Hose. Um die Strümpfe anzuziehen, einen nach dem anderen, setzte ich mich aufs Bett, was ich sonst nie tat. Es war, als sei mein Körper eingeschränkt, sparte für die Momente, in denen er schnell sein musste. Dabei war es heute nicht ich, auf die es ankam.

Lian wartete schon vor der Halle. Es wäre schön, dachte ich, wenn sie mir jetzt ein Bild entgegenstrecken würde, ein zerknittertes Blatt, auf dem mit Buntstiften ein paar Luftballons gemalt wären oder eine Sonne mit Gesicht oder ein Pferd, und auf dem mit Kinderschrift „Herzlichen Glückwunsch zum Geburtstag" geschrieben wäre, jeder Buchstabe in einer anderen Farbe. Weil es so normal wäre. Aber nichts war normal in unserer Beziehung. Nichts war, wie es zwischen einer Trainerin und ihrer Schülerin sein sollte. Ich nahm Lian die Tasche ab und stellte sie in den Kofferraum. Der Griff fühlte sich speckig an, als sei er oft mit feuchten Händen angefasst worden.

Sonntags um halb sechs waren die Straßen so leer, als wären Lian und ich die einzigen Menschen auf der Welt. Ich stellte das Radio an.

Das Ziel für heute: einen Haken hinter „Dach" machen. Der größte Posten auf der Liste, dafür musste Lian siegen. Der Schwebebalken lag ihr am meisten. Sich auf schmalem Grat bewegen, das geht nur mit hundertprozentiger Konzentration. Der Balken zwingt dich, an nichts anderes zu denken als ans Turnen, die nächste Drehung, die richtige Stellung des Fußes, um oben zu bleiben. Vielleicht war das der Grund, warum Lian den Balken am meisten mochte? Oder war es nur mein eigenes Gefühl, das sich auf meine Schülerin übertrug? Ich warf einen Blick zur Seite. Lian füllte den Sitz nicht einmal zur Hälfte aus. Verloren wirkte sie, wie sie aus dem Fenster starrte, die Schultern nach vorn gezogen. Ich drehte die Heizung an. Für September war es viel zu kalt.

In den Nachrichten ging es schon wieder um die Lehman Brothers, von denen ich bis vor Kurzem nie etwas gehört hatte. Ich stellte das Radio wieder aus. Was Lian jetzt dachte? Hatte sie Angst vor dem Wettkampf? Ich hätte gern mit ihr darüber gesprochen, ihr Mut gemacht, sie abgelenkt. Wenn wir das doch könnten: miteinander reden! Manchmal sagte ich etwas, um die Stille zwischen uns nicht zu groß werden zu lassen. Bei Fritzlar: „Hier war einer meiner ersten Wettkämpfe. Ich habe gewonnen und Margot hat mir einen neuen Anzug gekauft. Schön war der. Rot, am Ausschnitt weiß abgesetzt." Bei Gießen: „Hier waren auch mal Hessen-Meisterschaften."

Ich erinnerte mich daran, wie aufgeregt ich bei meinen ersten Wettkämpfen gewesen war, wie stolz, wenn ich auf dem

Treppchen stand und Margot mir vom Rand so strahlend zuwinkte, als stünde sie selbst dort oben. Ein paar Jahre später waren Siege Routine. Erkämpft, verdient. Aber der Zauber der ersten Male, bei irgendwelchen Turngaumeisterschaften, unwichtig, lachhaft – dieser Zauber war vorbei gewesen. Denn schon bald hatte ich verstanden, dass, wenn ein Wettkampf gewonnen war, der nächste bevorstand, wichtiger und schwerer als der vorhergehende, und dass ich nicht ausruhen durfte, niemals ausruhen.

Endlich erreichten wir Limburg. Wir fuhren von der Autobahn ab, an einem Gewerbegebiet vorbei, dann bogen wir in die Straße, die zur Heinz-Wolf-Halle führte. Noch waren kaum Autos da, trotzdem parkte ich ganz am Ende, wo der Parkplatz an ein Feld grenzte, auf dem Kornstoppeln aus der Erde ragten. Ich drehte den Schlüssel um, der Motor verstummte.

Lian fasste an den Türgriff. Sie war so geräuschlos. Auch am Boden und auf dem Balken, selbst beim Sprung schafft sie es, so geschmeidig aufzukommen, dass kaum etwas zu hören war. Das würde die Kampfrichter beeindrucken. Sie durfte nur nicht fallen. Fallen war das Schlimmste. Du weißt, ein ganzer Punkt ist hin, vielleicht tust du dir weh, aber du musst wieder hoch, in weniger als einer halben Minute musst du wieder hoch und weitermachen.

Ich holte Lians Tasche aus dem Kofferraum und zwang mir ein Lächeln ins Gesicht. Lian lächelte nicht zurück.

Es hatte sie gegeben, die Momente, in denen ein Gefühl über ihr Gesicht geflogen war: Freude, Zweifel, Angst, Schmerz. Und vielleicht weil sie so flüchtig gewesen waren, war mir jeder einzelne in Erinnerung geblieben, hatte sich in meine Nächte gestohlen, Wärme mitgebracht und mich verwirrt.

Ich schüttelte den Kopf und ordnete meine Gedanken. Verwirrung war das Letzte, was wir jetzt brauchten. Ich musste darauf achten, dass Lian nicht nervös wurde. Es wäre gut, wenn sie direkt mit dem Aufwärmen anfangen könnte, aber ein Blick auf die Uhr zeigte mir, dass wir viel zu früh waren. Was sollten wir nur die ganze Zeit machen, bis sie mit ihren Übungen beginnen konnte? Ob die Sportartikelanbieter schon ihre Sachen ausgepackt hatten? Wir könnten uns die Turnanzüge anschauen. Welcher würde Lian gefallen? Welche Farbe mochte sie? Seit März war ich fast jeden Tag mit ihr zusammen und wusste nichts über sie. Ich wusste nicht, welches Schulfach sie mochte. Auf welche Schule sie ging. Eine chinesische? Gab es so etwas in Kassel? Ich wusste nicht einmal, ob sie überhaupt eine Mutter hatte. Ein weißer Anzug stünde ihr gut.

Ich straffte den Rücken. Ich musste mich konzentrieren, genau wie Lian. Für Lian. Und wenn sie versagte? Wenn sie Angst bekam? Vom Balken fiel? Wenn das alles sie überforderte? Wenn sie gar nicht so gut war, wie ich dachte, weil das Niveau inzwischen viel höher war? Wenn es kein Geld fürs Dach gab?

Ich drückte die Eingangstür auf.

Die Luft. Der Geruch. Das Neonlicht.

Ich blieb stehen und fasste mir an den Hals, weil ich keine Luft mehr bekam. Der Flur vor mir dehnte sich, zog sich zusammen, wurde zum Tunnel. Lian sah mich an, als hätte sie bemerkt, dass mit mir etwas nicht stimmte. Wieder raffte ich mich auf, hob den Kopf. „Wenn du nervös wirst, Lian“, ich versuchte, meine Stimme fest klingen zu lassen, „wenn du nervös wirst, musst du atmen. Immer atmen. Einatmen und ausatmen. Aus ist am wichtigsten. Immer ausatmen.“ Als ob sie mich verstünde! Warum redete ich überhaupt? Ich musste mich zusammenreißen, einen klaren Kopf bewahren. „Bist du soweit?“ Was für eine dumme Frage, es dauerte noch mindestens eine Stunde, bis Lian sich warmmachen konnte. Sollten wir rausgehen, durch die Straßen, in die Felder, irgendwohin, nur raus aus der Halle, an die Luft, uns bewegen, vielleicht sogar bis tief hinein in das Gewerbegebiet laufen? Gewerbegebiete erinnerten mich an Karl. An die Stahlgestelle, auf denen ich herumgeklettert war, an die feinen Knochen von Mischka, die ich durch das Fell gespürt hatte, an den Geruch von Pfefferminze und altem Mann. Die Terrasse, auf der ich den ersten Handstand gemacht hatte. Und das große Gefühl, als er mir gelang. Nie wieder war es später so. Bei den tausenden Handständen in den unzähligen Hallen, den nie endenden Korrekturen. Nie wieder hatte ich mich so gefühlt wie damals, eins mit der Welt, mit den Blumen, den Büschen, den Bäumen, den Tieren um mich herum. Wenn ich damals, bei diesem ersten Handstand, gewusst hätte, wie sich alles entwickeln würde, wäre ich trotzdem auf den Händen stehen geblieben? Oder hätte ich mich schnell wieder zurück auf die Füße gestellt?

Ausatmen. Weitergehen. Durch den Flur, durch den Durchgang zur Halle, die riesig war, zehnmal größer als meine. Ein paar Leute liefen herum, stellten Schilder auf, klebten Matten fest, rückten Holzbänke zurecht. Die Zuschauertribüne war noch leer. Ich stellte meine Tasche auf die erstbeste Bank, bedeutete Lian, sich zu setzen und auf mich zu warten, dann rannte ich zu den Toiletten, schloss die Tür hinter mir und drückte den Rücken an die kühlen Fliesen.

Dreitausend Euro. Ich musste mich konzentrieren. Damit Lian sich konzentrieren konnte. Musste die Fassung bewahren, damit Lian ihre nicht verlor. Ich war Turnerin. Eine Turnerin behält ihr Ziel im Auge.

Aber eine Turnerin bleibt nicht stehen, wenn sie springen muss. Wieso war Lian ausgerechnet bei mir? Ich drückte mich noch fester an die Fliesen.

Nur noch heute. Den Tag heute musste ich durchstehen. Mein Geburtstag. Ein heiles Dach sollte mein Geschenk werden. Lian, gib alles, schenk mir ein Dach!

Als ich zurückkam, war Margot da. Im rosa Poloshirt, die Haare zum Pferdeschwanz gebunden wie ein junges Mädchen, saß sie neben Lian auf der Bank und begann zu reden, als ich noch zwei Meter entfernt war. „Wo warst du denn, du kannst das Kind doch nicht die ganze Zeit alleine lassen", sie legte die Hand auf Lians Bein. „Ab halb neun kann sie sich aufwärmen. Hast du eigentlich inzwischen einen Spannbarren?"

Die Zuschauertribüne hatte sich gefüllt, zwischen den Leuten, die dort saßen, stapelten sich Trainingstaschen.

Ich setzte mich auf Lians andere Seite. Am liebsten hätte ich mich zwischen die beiden gesetzt und Margot den Rücken zugedreht, getan, als sei sie nicht da.

„Also nein", sagte Margot, „dann wird es am Barren schwierig. Vielleicht kriegen wir es irgendwie hin, dass Lian ...", fremd klang der Name, wie sie ihn aussprach, fremd und sehr deutsch, „... sich ein bisschen länger einturnen kann."

„Sie bekommt das schon hin", sagte ich in die Halle hinein.

„Es wäre ein Jammer, wenn es daran scheitern würde."

„Es scheitert nicht."

Immer noch lag Margots blaugeäderte Hand auf Lians Bein und ich spürte den Impuls, sie wegzuschlagen. Oft hatte ich Lian berührt, aber immer nur, um sie zu sichern oder ihr etwas zu zeigen: Streck deine Zehen, dreh das Bein einen Zentimeter mehr ein, hebe den Kopf.

Endlich wurde der Beginn der Aufwärmzeit über die Lautsprecher angekündigt. Margot stand gleichzeitig mit Lian auf und legte ihr die Hand auf die Schulter, und mir blieb nichts, als hinter den beiden herzugehen wie ein überflüssiges Anhängsel. Nur heute, sagte ich mir. Nur heute noch. Lian muss es schaffen, dann ... In dem Moment drehte sie sich um, und kurz hoffte ich, dass sie meine Hand nehmen würde, aber das tat sie natürlich nicht. Sie wartete, bis ich aufgeschlossen hatte, auch Margot drehte sich um, der Mund ein pinkfarbener Strich. Ich versuchte, Lian Mut zuzulächeln, das musste ich doch jetzt tun. Dabei schaffte ich es kaum, aufrecht zur Aufwärmzone zu gehen. Dort waren schon viele Mädchen, sie liefen, dehnten sich, machten die ersten Bodenübungen, übten Teile ihrer Kür. Sie trugen Pferdeschwänze, Flechtfrisuren, manche Glitzerlidschatten und Lippenstift auf den Kindermündern.

Durch die Lautsprecher wurde verkündet, welche Teilnehmerinnen an welchen Geräten zuerst turnen würden. Lian wurde zusammen mit einigen anderen für den Schwebebalken aufgerufen. Das schwierigste Gerät für den Anfang, weil es so viel Gleichgewicht erforderte. Sie kam angelaufen, und dieses Mal legte ich die Hand auf ihren Rücken, bevor Margot es tun konnte. Zart fühlten sich die Schulterblätter an, so zerbrechlich, dass ich die Hand fast wieder zurückgezogen hätte, doch ich ließ sie liegen, bis die Wärme der Haut durch den Stoff der Jacke drang, und Lians Blick, der mich streifte, kam mir dankbar vor, aber das bildete ich mir bestimmt nur ein. Lian begann, ihre Kür zu üben. Drei Minuten hatten die Mädchen noch, um sich mit den Gegebenheiten an dem Gerät vertraut zu machen, bevor es ernst wurde.

Die Kampfrichterinnen setzten sich an die Tische. Wieder die Stimme durch den Lautsprecher: Die Übungszeit am Gerät war vorbei. Zusammen mit den anderen Turnerinnen setzten wir uns auf eine Bank. Das Mädchen neben Lian, eine kleine Rothaarige, begann zu weinen. Die Trainerin redete ihr Mut zu. Margot hob die Augenbrauen und schüttelte den Kopf. Ausgerechnet dieses Mädchen wurde als Erste aufgerufen. Sie tat mir leid, aber ich war trotzdem froh, dass es nicht Lian war. Die Kampfrichterinnen sahen auf. Aus den Lautsprechern erklang die Musik für die Bodenkür, mit der ein Mädchen gerade begann. Weiter hinten machte ein anderes Umschwünge am Stufenbarren, an der linken Seite lief eines zum Sprung an.

Die Rothaarige sprang auf das Sprungbrett an der Seite des Schwebebalkens, hatte zu viel Schwung und schwankte schon, kaum dass sie auf dem Balken stand. Margot, auf Lians anderer Seite, lachte leise auf.

„Ist das so lustig?“, zischte ich, bereute es aber sofort, als ich spürte, wie sich Lian neben mir verspannte.

„Das hier sind die Landesmeisterschaften.“ Diese klirrende Stimme. In jede Faser meines Körpers drang sie, wie früher, wenn ich im Handstand auf dem Balken war oder beim Umschwung am Barren: ‚Füße‘, ‚Schulter runter!‘. „Es sind Kinder“, sagte ich. „Sie müssen nicht alles perfekt machen.“ Lian legte den Kopf schräg.

„Da bringst du deiner Schülerin ja die richtigen Prinzipien fürs Turnen bei.“

„Lian ist perfekt. Und außerdem versteht sie nicht, was ich sage.“ Lian hustete, einmal nur und sehr leise.

Die Rothaarige versuchte ein Rad, schwankte und fiel. Sie rappelte sich hoch und beendete ihre Kür mit einem einfachen Abgang. Mit hektischen Flecken, die sich von den Wangen über den Hals zogen, ging sie von der Matte. Ihre Trainerin umarmte sie, die Kampfrichterinnen raschelten mit ihren Zetteln und machten sich Notizen. Dann steckte eine Helferin an der Seite Nummern in die Anzeigetafel und hielt sie hoch. 12,5 zeigte sie an.

„Die ist jedenfalls keine Konkurrenz", murmelte Margot, „ich hoffe ja, dass das nicht das Niveau hier ist."

Ich sah Lian an, die so nah bei mir saß, dass wir uns fast berührten. Ihr Scheitel war eine unordentliche Linie und die schwarzen Haare glänzten fettig, als seien sie länger nicht gewaschen worden. Die Hände hatte Lian zwischen den Beinen vergraben. Sie saß aufrecht, die Trainingsjacke, die lose um die schmalen Schultern hing, war verrutscht. Ob ihr kalt war? War sie müde? Aufgeregt?

Die Kampfrichterin ganz links blickte von ihren Zetteln auf in Richtung Bank. „Ksu..." sie guckte wieder auf ihren Zettel. „Ksu Lian?"

Lian zog ihre Jacke aus. Sie ging die paar Schritte zum Balken, blieb stehen und wartete auf das Zeichen, anfangen zu dürfen.

Ich hielt es kaum aus. Meine Knie zitterten und ich hatte Mühe, meinen Atem so unter Kontrolle zu bekommen, dass Margot es nicht bemerkte. Die Kampfrichterinnen sahen auf, eine nickte. Lian hob die Arme, lief an und sprang auf den Balken. Die Zeitnehmerin drückte ihren Daumen auf die Stoppuhr.

Frankfurt, Bundesleistungszentrum, 1983

In der Nacht wache ich auf. Der Vorhang vor dem Fenster ist aufgezogen und auf Mona fällt das fahle Licht der Laternen, die den Parkplatz draußen beleuchten. Sie sitzt auf ihrem Bett, die Knie an die Brust gezogen, die Arme um die Beine geschlungen, und starrt hinaus. Wie eingefroren.

Ich setze mich auf, doch sie scheint mich nicht wahrzunehmen. „Kannst du nicht schlafen?" Ich hülle mich in meine Decke. Mona antwortet nicht.

„Ist dir nicht kalt?", frage ich nach einiger Zeit. Als Mona immer noch nicht reagiert, lege ich mich wieder hin und ziehe die Decke über meinen Kopf. Aber etwas stimmt nicht. Warum deckt Mona sich nicht zu? Was, wenn sie sich erkältet, so kurz vor der WM-Qualifikation? Und sie braucht doch den Schlaf wie wir alle. Die Stille im Zimmer breitet sich aus. Sonst höre ich zumindest Monas Atem, wenn ich nachts aufwache, jetzt wage ich selbst kaum zu atmen. „Mona?", flüstere ich, „sag doch was."

„Was, wenn ich es nicht schaffe?" Sie spricht so laut, dass ich erschrecke.

„Was nicht schaffst? Den Rückwärtssalto?"

„Alles. Die WM. Die Olympia-Qualifikation."

„Du bist die Beste von uns, sagt Guta."

„Was, wenn alles hier umsonst ist?" Mona dreht ihr Gesicht zu mir. Ihre Pupillen spiegeln das Licht von draußen. Unheimlich sieht sie aus, der dunkle zusammengekauerte Körper, der Umriss des Gesichts, die Augen, die fiebrig von innen her zu leuchten scheinen. „Ich hatte einen Freund."

Ich setze mich wieder auf. „Echt?"

„Er hat mit mir Schluss gemacht." Ich weiß nicht, was ich sagen soll, aber jetzt redet Mona von allein, als triebe sie jemand von innen her an. „Er hat gesagt, ich hätte ja nie Zeit, würde ja immer nur trainieren. Und er hat recht. Immer nur trainieren. Die anderen gehen aus, haben Spaß, trinken und rauchen ..."

„Es sind ja nur noch zwei Wochen bis zur Qualifikation."

„Und dann? Kommt wieder ein Wettkampf. Und wieder einer. Und dann die WM! Und da sind wieder die ganzen Russinnen und Rumäninnen und Chinesinnen." Mona sah mich an. „Gegen die haben wir eh keine Chance, habe ich Guta neulich sagen hören. Und dabei hat er noch hämisch gegrinst, als würde er uns das gönnen. Die trainieren noch mehr als wir, weißt du das? Die fangen schon im Kindergarten an und dann gehen sie auf Turninternate und ... die machen das von früh an, nichts anderes als Turnen. Mein Vater sagt, die können das gar nicht selbst bestimmen, die werden einfach ausgewählt."

„Schrecklich."

„Das sagt er auch. Er meint, man würde an mir ja sehen, dass es auch funktioniert, wenn jemand es aus eigener Entscheidung macht." Mona zieht die Nase hoch. Dann breitet sich wieder Schweigen aus, sie dreht den Kopf in Richtung Fenster und starrt hinaus. Als ich gerade denke, dass sie mich überhaupt nicht mehr wahrnimmt, sagt sie: „Hast du manchmal Angst?"

Ich bewege mich nicht. Ich muss stillhalten, ganz still, um nicht den ersten Dominostein in einer langen Reihe umzuwerfen. Denn wenn du beginnst, die Angst zuzulassen, wenn du ihr nur den Hauch einer Chance gibst, nimmt sie dich ein, voll und ganz. Angst ist Kapitulation. Du musst sie bekämpfen, im Keim ersticken. Musst sie ausknipsen und losrennen und schneller sein als sie und weiterrennen, immer weiter, damit sie dich nicht einholt.

„Nein", sage ich.

„Ich habe Hunger", sagt Mona, als hätte sie mich nicht gehört, „ich habe solch einen Hunger."

Lian senkte den Kopf, das Band mit der Medaille legte sich um ihren Hals. Sie schüttelte Hände, die sich ihr entgegenstreckten, sie nahm die Urkunde entgegen. Ich stand am Rand, den Rücken an die Wand gepresst, und hätte sie am liebsten geschüttelt. Freu dich, Lian! Du hast gewonnen, freu dich doch, verdammt!

Neben mir stach Margots Finger in die Luft und zielte auf einen Mann an der anderen Seite der Halle. Gerade stand er, obwohl er nicht mehr jung war, unverkennbar ein Turner, die muskulösen Arme vor der Brust verschränkt, den Blick auf die Mädchen auf dem Siegerpodest gerichtet. „Der neue Bundestrainer", Margots Stimme schrillte in meine Ohren, „sehr professionell, heißt es."

Auch die anderen Mädchen bekamen Urkunden, eine nach der anderen wurde aufgerufen. Ihre Gesichter waren gerötet, manche kicherten und die Reihe war unordentlich geworden. Die beiden Mädchen rechts und links von Lian hielten ihre Medaillen in den Händen, schauten sie an, schlossen die Finger darum, winkten strahlend in Richtung Zuschauer. Aber Lian stand immer noch da wie eine Statue, das Gesicht unbewegt, die Augen irgendwo auf die Wand gegenüber gerichtet.

Was fühlte sie in diesem Moment? Was hatte sie gefühlt, als sie fast vom Balken gefallen war? In dem Moment hatte sie ausgesehen, als liege ihr Leben darin. Fallen oder nicht. Verlieren oder gewinnen. Sie war nicht gefallen. Sie hatte sich gefangen, sich wieder aufgerichtet, zweimal heftig gezwinkert, die Zehen gestreckt und weitergemacht. Der Punktabzug war gering.

Und mit der Bodenkür hatte sie dann alle verzaubert: das Publikum, die Kampfrichterinnen. Sogar mich, obwohl ich die Kür in den letzten Wochen so oft gesehen und die Musik so oft gehört hatte. Fast eine Nacht lang hatte ich im Internet gesucht, nachdem ich um Lians Wohnung herumgeschlichen war, hatte mich durch sämtliche Datenbanken mit Kürmusik und alle möglichen Musikvideos geklickt und war fast verzweifelt. Nichts war mir passend erschienen, bis ich – eher zufällig – auf ein chinesisches Musikstück stieß, mit Zupfinstrumenten und Flöte, mit zarten, fremden und doch seltsam vertrauten Klängen. Als ich sie hörte, war es so offensichtlich, dass es genau diese Art von Musik sein musste, dass ich mich fragte, wieso ich nicht früher darauf gekommen war.

Jetzt blecherte „We are the Champions“ aus den Lautsprechern, die Mädchen nahmen Haltung ein und marschierten mit gestreckten Fußspitzen bis zum Rand der Halle. Dort löste sich die Reihe auf, Eltern strömten zu ihren Kindern, und als die Musik endete, summte die Halle vor hellen, aufgeregten Stimmen.

Margot ging los, ich aber blieb stehen. Ich wollte nicht dorthin gehen. Ich gehörte nicht dazu.

Da löste sich Lian aus der Gruppe, und auf einmal hörte ich die Geräusche nicht mehr, ich sah nur noch das Mädchen, mein Mädchen, abseits des bunten Pulks. Ihre Augen flirrten durch die Halle, als wüssten sie nicht, wen sie suchen sollten. Ich muss zu ihr gehen, dachte ich. Ich muss sie abholen, sie ist ja ganz allein. Doch da war Margot schon bei ihr und umarmte sie. Lian aber schob den Kopf an Margots Seite vorbei und sah zu mir herüber. Der Bundestrainer stand immer noch da, mir schien, dass sein Blick Lian verfolgte, die jetzt an Margots Hand zu mir kam. Margot zog an ihrem Arm und sagte: „Das ist mal ein Talent hier“, und ich erinnerte mich an das Gefühl: Sie zieht dich nah an sich heran, und in dem Moment, in dem du fast ihren Körper spürst, hebelt sie dich wieder weg. „Komm, Lian, wir holen deine Sachen“, sagte Margot, und die beiden gingen zur Zuschauertribüne, und wieder ging ich hinter ihnen her. Lian nahm die Tasche von der Bank, griff tief hinein und zog einen Umschlag heraus. Sie zögerte, bevor sie ihn mir hinhielt. Ihr Blick war nicht gesenkt wie sonst, wenn sie einen Brief überreichte. Geradeheraus sah sie mich an, wendete die Augen auch nicht ab, als ich meine Hand ausstreckte, den Umschlag nahm und „Danke“ murmelte.

„Was ist das?“, fragte Margot.

„Ein Geburtstagsgeschenk“, sagte ich, und es klang nach Trotz, es klang nach kleinem Mädchen, und in Margots Miene blitzte Triumph auf, denn natürlich wusste sie, was heute für ein Tag war, niemals hätte sie einen Termin vergessen. Ich kannte sie, es gab keinen Menschen, den ich besser kannte als sie, und als sie jetzt: „Ach Schätzchen!“ sagte und: „Das habe ich ja ganz vergessen“ und ihren knochigen Körper an mich drückte, wusste ich, dass das ihre Art war, mir meine Unwichtigkeit zu zeigen. „Aber das schönste Geschenk ist ja wohl, dass unser kleiner Schatz hier heute so einen tollen Erfolg gehabt hat“, sagte sie. „Unglaublich, dass sie das bei den Trainingsbedingungen geschafft hat. Gut, dass sie jetzt zu uns kommt.“

Lian zwinkerte dreimal heftig. „Ich habe vorhin schon mit dem Landestrainer gesprochen, er ist auch schon ganz interessiert“, sagte Margot und zog wieder an Lians Arm. Die aber hörte nicht auf zu zwinkern, ich sah, wie sich ihre Brust hob und senkte, als fiele ihr das Atmen schwer, wie sie ihre Tasche zurechtrückte, immer wieder. „Es wird dir Spaß machen bei uns“, sagte Margot, und da drehte sich Lian um zu mir und ihr Gesicht, das sonst immer unbewegt war, sah aus, als würde es auseinanderfallen. „Aber ... was meint sie denn?“, fragte sie.

Ich musste es ihr sagen, jetzt musste ich es ihr endlich sagen. „Lian“, was für eine Verräterin ich war!, „es ist so abgemacht, dass du zukünftig mit Margot in Großenritte ... es ist besser ..."

„Aber", Lians Stimme war dünn und gespannt wie eine überzogene Gitarrensaite „... nein. Das geht nicht."

Lians Stimme? Ganz langsam sickerte es in mein Bewusstsein. Lian hatte gesprochen. Deutsch. Einfach so. Hier und jetzt. Fast akzentfrei. So viel Zeit hatten wir miteinander verbracht, hatten uns verständigt, irgendwie, so selbstverständlich war unsere sprachlose Kommunikation geworden. Dabei konnte sie Deutsch?

Ein halbes Jahr! Ein halbes Jahr lang hatte ich mir den Kopf zerbrochen, wie ich ihr die Dinge begreiflich machen konnte, auf die es ankam beim Turnen. Ein halbes Jahr hätte ich sie jeden Tag gern nach ihrem Vater gefragt. Und nach ihrer Mutter. Doch Lian war stumm geblieben.

„Die kann ja doch Deutsch", sagte Margot und drehte sich mit hochgezogenen Brauen zu mir um, „aber was meint sie mit ‚das geht nicht'. Du hast doch wohl alles mit ihren Eltern geklärt?"

Die vielen langen Nachmittage, an denen ich dachte, Lian und ich wären uns nähergekommen, irgendwie, an denen ich dachte, auch sie würde mir gegenüber zumindest ein bisschen Sympathie empfinden: Das alles erwies sich als eine einzige große Lüge. Denn sie hätte ja mit mir sprechen können.

Ich musste weg hier, weg von diesem Ort, an dem ich die Kontrolle verloren hatte, an dem die Erinnerungen mich einholten und alles mich verhöhnte. Weg von Margot, weg von Lian, deren Lider jetzt unkontrolliert zuckten. Ich wandte den Blick ab. „Nimm du sie mit", wisperte ich und ging, verließ die Halle und dieses Kind, fuhr mit quietschenden Reifen vom Parkplatz, und auf der Autobahn trat ich das Gaspedal durch, bis der Golf klapperte, als würde er auseinanderfliegen. „Ich habe das Geld“, sagte ich laut, als müsste ich mich selbst überzeugen, „ich habe das verdammte Geld!“ Einen Haken hinter „Dach“ konnte ich machen. Ich hatte es geschafft! Ich hatte es doch geschafft, zumindest das musste sich doch jetzt gut anfühlen! Ich versuchte, mir meine Halle vorzustellen mit dem renovierten Dach, funkelnagelneu würde es aussehen, und Kinder würden dort bald wieder rennen und lachen, aber immer schob sich Lian dazwischen, ihre entgleitenden Gesichtszüge, und Margot: Die kann ja doch Deutsch, und dann sah ich nichts mehr, ich musste bremsen, ein Hupen jagte an mir vorbei, irgendwie schaffte ich es, auf dem Standstreifen zum Stehen zu kommen. Ich stieg aus und rannte los, über die Leitplanke, in das Feld dahinter, ich rannte und rannte und stolperte und rannte weiter und stolperte wieder und fiel und blieb mit jagendem Atem in einer Ackerfurche liegen und drückte mein Gesicht in die Erde.

Du hast dich gewehrt, Lian, und ich habe es nicht gemerkt. Die ganze Zeit hast du dich gewehrt. Auf die einzige Weise, die dir möglich war.

Gegen mich.

Frankfurt, Bundesleistungszentrum, 1983

„Schätzchen!“ Alles verschwimmt. Der rote Wagen, das heruntergekurbelte Fenster, Margots Gesicht, dann die Tür, die sich öffnet. „Schätzchen, komm schon! So viel Zeit habe ich nicht.“ Meine Tasche ist zu schwer, dabei ist kaum etwas drin, das meiste habe ich im Zimmer gelassen. Margot hält die Hand an meine Stirn. „Fieber. Meine Güte, das können wir wirklich nicht gebrauchen!“ Sie zerrt an dem Schalthebel. Ich schließe die Augen und sehe wieder Mona, die gestern im Krankenhaus ausgesehen hat wie eine schlafende Fee, trotz all der Kabel.

„Fahr nicht so schnell“, sage ich, „mir ist schlecht.“

„Nach Kassel ist es eine Strecke“, sagte Margot, „außerdem sind wir auf der Autobahn und ich fahre gerade mal hundert.“

Monas Blick, als sie vor dem Barren stand. Siehst du, schien sie zu sagen, Angst, ich habe es dir doch gesagt. Aber ich wendete mich ab. Hast mich schon die halbe Nacht gekostet, Mona.

Margot hört nicht auf zu reden, ich weiß nicht, was, es ist mir auch egal. Ich sehe aus dem Fenster, das lange Band der Leitplanke, die öden Felder.

Monas Schrei. Kurz und schrill, durch all die anderen Geräusche, das Plärren des Radios, die Rufe der Trainer, das Knarren der Holme, das Aufkommen der Körper auf dem Boden, den Balken, den Sprungbrettern und Matten: Monas Schrei.

Die Fratze in mir, hässlich, so hässlich, wie sie höhnte: Schluss mit Mona, jetzt bin ich dran! Erst habe ich nicht den Kopf zum Barren gedreht. Als könnte ich dadurch meine Schuld ungeschehen machen, die Fratze in mir tief vergraben, damit niemand sie sehen würde, damit auch ich sie nie wieder sehen musste.

„Schätzchen!" Margot rüttelt an meinem Arm. „Hörst du mich nicht?" Wir fahren nicht mehr, wir stehen. „Ich gehe kurz in die Apotheke."

Ich lehne den Kopf an die Scheibe und halte fest meine Hand um das Zopfband geschlossen. Monas Zopfband. Ich muss es ihr bringen.

Die Türen, die Treppen, der Glasgang zum Schlaftrakt. Die Luft wie verdichtet, so dass alles schwerfiel: das Gehen, das Atmen.

In ihrem Haus packt Margot die Medikamente aus. Große Schachteln, riesige Kapseln, die sie mir zusammen mit einem Glas Wasser hinhält.

Unser Zimmer. Monas Bett. Unordentlich wie immer. Die Decke, die noch nach Monas Angst riecht und die ich um mich lege, als könnte ich dadurch etwas wieder gutmachen. Rückgängig machen. Das Zopfband auf dem nackten Laken. Ihr Glücksbringer. Sie hat ihn nicht getragen.

Ich fange an zu weinen und lehne mich an Margot, doch weil sie in beiden Händen die Medikamente hält, wird es eine einseitige Umarmung.

„Na na, nun komm schon, das wird schon wieder, wir kriegen dich wieder fit, dafür werde ich sorgen. Nimm das erst mal hier."

Ich nehme die braune Kapsel und schlucke. Sie bleibt in meinem Hals stecken, ich würge, aber mit einem zweiten Schluck Wasser bringe ich sie herunter. Margot nimmt mir das Glas aus der Hand und stellt es auf den Tisch. Jetzt legt sie die Arme um mich, ich spüre ihren warmen Körper und denke daran, wie sie mich zum ersten Mal umarmt hat, damals, als ich mit meiner ersten Medaille vom Siegertreppchen zurückkam, zusammen mit den anderen ausmarschiert bin. Ich habe mein Gesicht an ihre Brust gedrückt, kurz nur, weil mir einfiel, wie lange sie gebraucht hat, um mir die Haare zurechtzumachen. Sogar ein bisschen geschminkt hat sie mich. Jetzt bin ich nicht geschminkt und drücke mich an Margot, aber sie klopft auf mein Schulterblatt und sagt: „Lass dich nicht hängen." Ihr Atem an meinem Ohr ist warm, ihre Stimme sticht. „Das können wir uns nicht leisten. Nicht jetzt. Am besten legst du dich erst mal ins Bett. Wir müssen das hier schnell hinter uns bringen."

Sie muss mich stützen auf dem Weg in mein Zimmer. Ich sinke aufs Bett und kann mich nicht mehr bewegen, nicht einen Millimeter, liege, wie ich dort hingefallen bin, fühle, dass Margot mir die Hose auszieht, meine Beine geraderückt und mich zudeckt. Sie lässt den Rollladen herunter, nur so weit, dass noch das Licht durch die Zwischenräume zwischen den Lamellen scheint, und schaltet die Lavalampe an. So habe ich es am liebsten, das weiß Margot. Sie ist der einzige Mensch, der es weiß.

Als ich wieder aufwache, ist nur noch der Spalt unter der Tür zum Flur hell. Ich höre, dass Margot telefoniert, mit aufgeregter Stimme. Ich stehe auf. Kalt klebt mein T-Shirt an mir. „Spätestens übermorgen ist sie wieder ...", höre ich Margot sagen, als ich die Tür öffne. Sofort beendet sie ihr Gespräch. Sie steht am Ende des Flurs, ein Schatten im Licht, ihr Gesicht nicht zu erkennen. Ohne etwas zu sagen, gehe ich ins Bad. Das Spiegelbild zeigt mich blass, mit fransigen, stumpfen Haaren, die sich ohne Ordnung um den Kopf winden.

Mona, wie sie da lag, das Büschel ihres Pferdeschwanzes an ihrer Wange wie ein trauerndes Tier.

Ich nehme einen Schluck Wasser aus dem Hahn und wasche mir das Gesicht. Ich fühle mich klarer. Sehr klar sogar. Ich weiß, was ich tun muss. Oder besser: nicht tun muss. Ich setze mich auf den Badewannenrand, und trotz meiner Erschöpfung weht eine wunderbare Leichtigkeit durch mich hindurch.

Margot klopft an die Tür und kommt herein, bevor ich geantwortet habe. Sie legt mir wieder die Hand auf die Stirn. „Kein Fieber mehr. Das sind wirklich gute Medikamente. Ich wünschte, die hätten wir früher auch schon gehabt. Dann wäre ich sicher auch weitergekommen im Turnen." Sie fasst mein Kinn mit ihren Fingern, sie fühlen sich an wie die Backen einer Zange. „Mir ist ja diese Angina dazwischen gekommen. Du siehst viel besser aus. Zum Glück! Eine Pause können wir uns nicht erlauben. Nicht jetzt, vor den Europäischen."

„Ich gehe nicht zur EM." Wie leicht es ist, das zu sagen. Das leichte Gefühl hat sich auf meine Zunge übertragen, füllt meinen Mund aus, am liebsten würde ich es immer wieder sagen: Ich gehe nicht, ich gehe nicht, ich gehe nicht.

Margot lacht auf. „Kind, du hast wohl doch noch Fieber!" Sie nimmt das Handtuch, das ich am Waschbecken habe liegen lassen, faltet es und hängt es über den Handtuchhalter. Ich stehe auf, gehe an ihr vorbei in das Zimmer, das in Wirklichkeit doch nicht meins ist. Träge wandern die roten Schatten der Lavalampe durch den Raum, über die Pokale und Figuren auf dem Regal.

Die Tür öffnet sich, das Licht geht an. Ich drehe mich zu Margot um, lehne meinen Rücken gegen das Regal und stelle mir vor, dass ich aus Luft bestehe und das Lavalampenlicht durch mich hindurchstrahlt. Margot geht zum Tisch, sie hat wieder die Schachtel dabei und Wasser, sie drückt eine Kapsel aus der Blisterpackung und hält sie mir auf der offenen Hand entgegen.

„Was ist das?"

„Medizin."

„Ich brauche das nicht.“

„Doch, du brauchst das. Das kann man nicht mal nehmen und mal nicht.“

„Nein. Es geht mir gut.“

„Angelika!“ Ich kenne diesen Ton, die erste leise Vorwarnung. Doch ich fühle mich immer noch leicht, leichter als bei jedem Flickflack oder Salto. Die Leichtigkeit trägt mich, gibt mir das Gefühl, über Margot schweben zu können, von oben auf ihren Kopf zu schauen, auf ihren Scheitel, wo sich Grau ins Blond mischt. Fast vergnügt bin ich, federe an Margot vorbei in die Küche, öffne den Kühlschrank, greife zur Milch und stelle mir dabei schon vor, wie die kühle, fette Flüssigkeit durch meine Kehle rinnt und mich satt macht.

Margot kommt mit großen Schritten auf mich zu und zieht mir die Packung aus der Hand. „Lass das! Du weißt, dass du keine Milch trinken sollst!“

„Aber du! Du darfst alles!“

„Ich stehe auch nicht kurz vor einem wichtigen Wettkampf. Ich bin auch nicht mehr jung! Meine Zeit ist vorbei!“

„Meine auch!“

„Angelika! Was soll das?“

„Ich habe Durst. Und Hunger! Andere Jugendliche dürfen auch essen und trinken, was sie wollen.“ Ich öffne den Brotkasten.

„Andere Jugendliche sind auch keine Leistungssportler. Aber wenn du unbedingt fett werden willst kurz vor der EM, wenn du dir unbedingt alles verderben willst: bitteschön!“

Sie rauscht aus der Küche, und ich höre sie in ihrem Zimmer hin- und hergehen. Auf die Butter verzichte ich, aber ich lege eine Scheibe Käse auf mein Brot, beiße hinein und kaue. Der Bissen bleibt in meinem Hals stecken wie zuvor die braune Kapsel. Ich kaue und kaue, die Masse in meinem Mund wird süß und schleimig, plötzlich ekele ich mich und spucke sie in den Müll. Als ich wieder aufsehe, steht Margot in der Tür, die Arme vor der Brust verschränkt. „Setzen wir uns."

Eine Weile sitzen wir schweigend da. Der süße Brotschleim klebt noch an meinem Gaumen. „Mich hat Monas Unfall auch mitgenommen", sagt Margot schließlich. Sie schenkt sich von dem Rotwein nach aus der Flasche, die auf dem Tisch steht. Sie legt ihre Hand auf meine.

„Ich will auch ein Glas", sage ich.

„Schätzchen ..."

Ich stehe auf, hole ein Glas aus dem Schrank und stelle es auf den Tisch. Zögernd greift Margot zu der Flasche und schenkt mir einen Fingerbreit Wein ein. „Ausnahmsweise. Wir sind in einer Ausnahmesituation. Wir stehen unter Schock. Das ist normal und verständlich, aber wir dürfen uns da nicht zu sehr hineinfallen lassen. Nicht jetzt, Angelika! Es sind nur noch zwei Wochen bis zum Wettkampf."

„Du ...", stoße ich aus, „bist doch froh, dass Mona aus dem Verkehr gezogen ist!"

„Angelika, jetzt mach mal einen Punkt. Ich finde es genauso schlimm wie du ..."

„Findest du nicht!" Ich schluchze auf, denn in Wahrheit denke ich an meine Gedanken, an die Fratze, den kurzen Triumph, den ich verspürt habe, als Mona da gelegen hat wie tot. Ich bin stehengeblieben statt zu ihr zu rennen. Im entscheidenden Moment habe ich versagt, sind meine Gedanken gehässig und unsportlich gewesen, mein Körper bewegungsunfähig. Ich trinke den Wein mit einem Schluck aus und muss husten.

Margot kneift die Augen zusammen. „Glaubst du, Mona würde wollen, dass du jetzt kneifst? Die Mannschaft im Stich lässt, ausgerechnet jetzt, wo sie ausfällt? Mona war ... ist eine

Sportsmännin durch und durch. Was würde sie sagen, wenn sie dich hier so sehen würde?“

Wenn Mona mich sehen würde. Was sähe sie? Eine Topturnerin, die sich Wein reinkippt und damit gegen jede Regel verstößt. Oh ja, Mona hat selbst gern gegen Regeln verstoßen, aber nur, wenn sie sie für überflüssig hielt. Niemals würde sie Alkohol trinken so kurz vor dem Wettkampf.

„Und denk doch auch mal an mich“, sagt Margot. Ich versuche, mich innerlich gegen den plötzlich weichen Ton in ihrer Stimme zu wappnen. „Ich meine, es ist nicht so, dass ich nicht viel für dich getan hätte in den letzten Jahren. Damit du weiterkommen kannst.“

Ich greife zur Weinflasche.

„Du bist wie eine eigene Tochter für mich, Angelika.“

„Ich habe dich nicht darum gebeten“, murmele ich.

„Doch, das hast du.“ Margot steht auf und zieht mir die Flasche aus der Hand. „Du hast es vielleicht nicht gesagt, aber ...“

„Aber was?“

„Was wärest du denn ohne mich?“ Margot gießt ihr Glas voll, ein paar Tropfen gehen daneben. „Und ich bin nicht die Einzige, der du etwas schuldig bist.“ Sie trinkt einen hastigen Schluck. „Willst du wirklich die anderen im Stich lassen, jetzt, so kurz vor dem Ziel? Mona fällt aus, damit müssen wir uns nun mal auseinandersetzen. Und egal, was mit ihr wird, du hast die verdammte Pflicht, die Situation jetzt nicht noch schlimmer zu machen. Ich habe Kontakte zu Sponsoren geknüpft, das weißt du. Das bedeutet Geld! Endlich! Ich habe viel investiert in dich, weißt du das? Zeit, Geld und, ja, auch Liebe. Es wäre schön, auch mal etwas zurückzubekommen!“

Mona, in der Nacht, in ihrem Bett, wie sie aus dem Fenster starrt.

Margot stellt ihr Glas auf den Tisch. „Morgen musst du wieder springen. Du musst den Yurchenko schaffen. Besser wäre gewesen, du hättest es heute geschafft, aber bei Fieber – meinetwegen. Angelika, es ist wichtig, dass du erst gar keine Angst aufbaust! Du musst springen! Mona würde das auch wollen."

Woher weiß sie, dass ich an Mona gedacht habe? Gibt es jemanden, irgendjemanden, der mich so gut kennt wie Margot? Was hat sie gesagt? Ich sei wie eine Tochter für sie? Und was ist sie dann für mich in ihren Augen? Mir wird wieder übel. Ich versuche, an das leichte Gefühl von vorhin zu denken und stehe auf.

„Wohin gehst du?"

„Weg." Ich gehe in das Zimmer, das nicht meins ist, öffne den Schrank, der nicht meiner ist, und packe ein paar Hosen und T-Shirts in die Sporttasche.

Margot steht mit gekreuzten Armen in der Tür. „Das tust du nicht." Ich schließe den Reißverschluss und schiebe mich an ihr vorbei. Sie versucht mich festzuhalten, ich reiße mich los und renne.

„Du hast doch noch Fieber!", ruft Margot mir nach. „Es ist gefährlich! Und wo willst du überhaupt hin?"

„Nach Hause. Zu meiner Mutter!"

Die Tür hinter mir knallt lauter zu als ich beabsichtigt habe. Ich renne aus dem Haus, über die Betonplatten. Die Dunkelheit überrascht mich, ich hatte nicht mit ihr gerechnet, habe die Zeit im Leichtgefühl verloren, jetzt legt sie sich auf mich wie eine schwere Decke, unter der ich keine Luft bekomme.

Wohin? Zu Mutter? Wenn ich sie einfach anriefe? Vielleicht könnte sie mich abholen, irgendwie. Ich setze mich auf die Kante des Bürgersteigs. Wir könnten etwas unternehmen, sie und ich. Ins Kino gehen. Oder zu McDonalds, Big Mäcs essen.

In eine Kneipe, Bier trinken und uns unterhalten. Oder einfach bei uns im Wohnzimmer sitzen und fernsehen, mein Kopf in ihrem Schoß.

Mir wird kalt. Ich weiß, dass es keinen Sinn hat, zu einer Telefonzelle zu gehen und ihre Nummer zu wählen. Sie würde mich nicht abholen. Sie würde wahrscheinlich noch nicht einmal das Telefon abheben, sie hat keinen Führerschein und kein Geld, und das Letzte, was ich will, ist, mich mitten in der Nacht von einem ihrer Liebhaber aufgabeln zu lassen.

Ein Mann geht in meinem Rücken an mir vorbei, verlangsamt seinen Schritt. Ich könnte einfach mit ihm mitgehen. Vielleicht ist er ja sowieso mein Vater, ebenso wie es jeder andere Mann ab einem gewissen Alter sein konnte. Warum nicht? Ich lache auf, und kurz bleibt der Mann stehen, doch ich drehe mich nicht um.

Er ist längst weitergegangen, als Margot vor mir auftaucht. Sie hat sich angezogen und einen Mantel übergeworfen. In der Hand hält sie meine Strickjacke.

„Ich bin nicht weit gekommen“, sage ich.

„Doch.“ Sie legte mir die Jacke um die Schultern. „Du bist weit gekommen. Sehr weit. Mein Gott, bis zur Europameisterschaft. Du bist so weit gekommen, dass du jetzt nicht einfach eine Pause machen kannst. Das geht nicht, Angelika, das geht jetzt einfach nicht. Du bist durcheinander, das ist doch normal. Komm wieder rein, Kleines.“

Ich stehe auf. Margot legt ihren Arm um mich und ich weiß nicht, ob ich es kaum ertragen kann oder mich danach sehne oder beides gleichzeitig. „Wer mit so einem Talent gesegnet ist wie du, darf es nicht einfach verschwenden“, sagt sie. „Es ist nicht immer leicht, ich weiß, aber du wirst es bis zu den Olympischen Spielen schaffen, da bin ich sicher. Du hast das Zeug dazu." Wir gehen zurück ins Haus. Margot redet weiter, doch ich höre nicht mehr zu. Ich gehe mit und lege den Kopf gegen ihre Schulter, weil ich ihn nicht mehr selbst halten kann, und drinnen lege ich mich ins Bett und sie breitet die Decke über mir aus und lässt den Rollladen herunter.

Ich spüre Monas Zopfband, das ich an meinem Handgelenk trage. Und schon im Einschlafen begriffen, denke ich wieder, dass ich es ihr bringen muss.

Als ich in der Rothfelsstraße ankam, wusste ich nicht, ob Morgen oder Abend war. Ich konnte nicht eine Minute nach vorn oder hinten denken. Im Treppenhaus ging ich Stufe für Stufe, ohne zu wissen, wie viele schon hinter mir und wie viele noch vor mir lagen. Irgendwann kam ich an der Wohnungstür an, schloss auf, ging in den Flur, der so weiß war wie mein erstes eigenes Zimmer, damals in Ulfs Wohnung, in der es nach Leder und Zigaretten gerochen hatte.

In der Küche nahm ich ein Glas aus dem Schrank und füllte es mit Wasser aus dem Hahn. Die Erde, die noch an meinen Fingern klebte, verschmierte das Glas.

Hinter der Wand wohnte Johannes. Draußen drehte sich der Mercedesstern. Lian sprach Deutsch.

„Was meint sie denn?", „aber" und „nein" und „das geht nicht" waren die einzigen Worte, die ich sie hatte sagen hören.

Und ich war gegangen. Hatte ihr nichts erklärt. Hatte sie nichts gefragt. Hast du nicht gewusst, Lian, dass ich eine Versagerin bin? Hat dein Vater dir nicht meine Geschichte erzählt? Die Geschichte von Angelika Winter?

Frankfurt, Bundesleistungszentrum, 1983

Silke Neuhoff liegt jetzt in Monas Bett. Ich kann ihr Schwäbeln nicht ertragen. Sie schafft es immer, irgendwoher Schokolade zu organisieren, die sie gierig in sich hineinschlingt. Kurz danach rennt sie aufs Klo. Es ekelt mich. Die öligen Schlieren in der Toilette ekeln mich. Essen ekelt mich.

Guta hat mit mir gesprochen. Mit mir allein. Hat den Arm um meine Schulter gelegt, es ist ein starker Arm. Er hat mich mit in sein Büro genommen und mit mir gesprochen. Furchtbar, was geschehen ist, Mona vielleicht für immer querschnittsgelähmt, hat er gesagt, und dass es ihm leidtue. Aber Mona ist stark, sagt er. Eine Kämpferin, die sich nicht unterkriegen lasse. Und wir, sagt er, haben nun die verdammte Pflicht weiterzumachen. Mona sei wichtig gewesen für die Mannschaft. „Genauso wichtig wie du, Angelika." Jetzt, da Mona nicht mehr da ist, muss ich mich noch mehr anstrengen, sagt er, noch mehr trainieren. Muss zeigen, dass die westdeutsche Mannschaft immer noch da ist, auf Erfolgskurs. „Wirst du das tun?" Er hat die Hand an meine Wange gelegt, und die Hand hat tatsächlich gezittert. Als ob er Angst hätte. „Wirst du stark sein? Für Mona? Und auch für mich?" Ich habe meine Wange in seine Hand gedrückt, vorsichtig erst, damit er nicht erschreckt, aber dann habe ich mein ganzes Gesicht hineingegraben und dabei genickt.

Körperbeherrschung. Jetzt habe ich sie endlich: die absolute Kontrolle über jeden Millimeter meiner Bewegungen. Und meiner Gedanken. Beim Sprung ist es am besten. Dann sehe ich nur noch, was ich sehen muss: die Länge der Bahn vor mir, das

Sprungbrett, das Pferd, elf Schritte muss ich laufen, alle Kraft hineinlegen, alle Energie, hundert Prozent, Radwende aufs Sprungbrett, Absprung, den Rücken durchbiegen, um rückwärts mit den Händen auf dem Leder aufzukommen und genügend Schwung mitzunehmen für die Drehung in der Luft und landen, stehen. Immer, in jeder Minute des Tages, auch jetzt, im Bett, sehe ich es vor mir, immer wieder springe ich den Yurchenko, mit dem Körper, im Kopf.

Margot hat mich am Wochenende besucht. Wir waren im Zoo, haben die Affen beobachtet, die durch die künstlichen Bäume schwangen und wieder zurück. Und die Tiger, die es in ihren Käfigen von einer Seite zur anderen trieb, hin, her, hin, her, hin, her. Die alten kannten ihre Grenzen längst, aber ein Tiger, der noch jung aussah, machte immer wieder Anstalten zu laufen, hin, her, gebremst von der Wand links, der Wand rechts, und ich spürte seine Aggression, die ins Nichts lief.

Ich esse nicht mehr.

Noch eine Woche bis zur WM. Guta kümmert sich nur noch um mich. Wenn er schreit, lächle ich, denn ich weiß, er tut es, weil er mich liebt. Ich bin dünn. Die Ziege sagt, ich muss zunehmen. Die anderen hassen mich. Ich lache. Ich habe endlich aufgehört, ständig an Mona zu denken und an ihre Beine, die sie nicht mehr fühlt. Ich denke an den Absprung, die Drehung, das Aufkommen. Ich habe Energie, viel Energie. Wie Fieber.

Budapest, Weltmeisterschaft 1983

Siegerehrung, Goldmedaille, Nationalhymne. Ich habe es geschafft.
Ich trage Monas Zopfband.

Dritter Teil

„Das unentschuldigte Verlassen der Wettkampfhalle führt zu Disqualifikation und Aberkennung der Medaillen.“ *(Aus dem Code de Pointage, der Wertungsvorschrift für internationale Wettkämpfe im Kunstturnen)*

Aus den dürren Grashalmen, die sich im Frühjahr durch die winzigen Risse in der Teerdecke geschoben hatten, waren jetzt, nur ein halbes Jahr später, dicke Grasbüschel geworden.

Schon am Morgen war ich hergekommen, weil es mich in meiner Wohnung hin- und hergetrieben hatte, bis ich es nicht mehr aushielt. Den ganzen Weg hierher zur Halle war ich gelaufen, aber als ich angekommen war, konnte ich mir immer noch nicht vorstellen, mich wieder zwischen vier Wände zu begeben, und so hatte ich damit begonnen, die vertrockneten Grasbüschel auszureißen, bis Lian kommen würde.

Wenn sie überhaupt kommen würde. Mein Finger grub sich unter einen verwelkten Löwenzahn. Es war schon fünf nach halb drei. Vielleicht hatte Margot mit Lian im Auto längst alles besprochen und ihren Vater kontaktiert. Vielleicht war meine Schülerin gerade auf dem Weg nach Großenritte. Vielleicht hatte Margot sie abgeholt, von der Schule oder in der Gartenstraße, und ihre Glasstimme bohrte sich in Lians Ohren und Kopf.

Irgendwann, dachte ich, ist hier alles zugewachsen. Nur noch Gras und Löwenzahn und Unkraut. Kein Parkplatz mehr. Für wen auch?

Da sah ich sie! Sie kam über die Zufahrt auf die Halle zu, langsamer als sonst. Ich richtete mich auf, klopfte die Erde von meinen Händen, wollte etwas sagen, schloss den Mund aber wieder. So lange waren wir ohne Worte ausgekommen, dass es ungewohnt war, welche zu benutzen. Sie grüßte mich mit einem flüchtigen Nicken und ging geradewegs an mir vorbei in die Halle, als hätte sie eine dringende Aufgabe zu erfüllen. Sie wollte ihre Jacke ausziehen und auf die Bank legen, aber ich sagte: „Heute trainieren wir nicht. Du hast genug gearbeitet in letzter Zeit.“ Ich zog die Weichbodenmatte von der Wand und ließ sie auf den Boden gleiten. „Setzen wir uns.“ Lian setzte sich ganz an den Rand, die Matte drückte sich kaum ein unter ihrem Gewicht. Ich blieb einen Moment unschlüssig stehen, dann nahm ich neben ihr Platz, nicht zu nah.

Wie sollte ich anfangen? Wie mit dem Kind sprechen, mit dem ich ein halbes Jahr lang geschwiegen hatte? Und das auch jetzt schwieg und mich nicht ansah. „Ich freue mich, dass du da bist, Lian.“

Sie hob die Schultern hoch.

„Sehr sogar. Denn ich möchte ... muss dir etwas erzählen.“

Das Misstrauen in ihrem Gesicht tat mir weh. „Damit du verstehst, warum ich nicht ... Von den Olympischen Spielen will ich dir erzählen. In Los Angeles.“

Sie vergrub die Hände zwischen ihren Knien, aber ihre Neugier siegte: „Los Angeles?“

Es war schön, ihre Stimme zu hören. Am liebsten hätte ich ihr einfach nur zugehört. Hätte ihr Fragen gestellt, viele Fragen, um diese zarte Kinderstimme zu hören, den leichten Akzent. Und um Antworten zu bekommen. „Eine Stadt in Amerika“, sagte ich. „1984, es ist lange her, du warst noch gar nicht auf der Welt. Ich hatte lange darauf hintrainiert.“

Der Tag der Entscheidung. Ich musste mich zwingen, die Gedanken daran zuzulassen, die Stunden noch einmal zu ordnen, chronologisch, damit Lian es verstehen konnte. Früh aufgestanden war ich, vor allen anderen, und hatte mich aus dem Zimmer geschlichen, um das Bad für mich zu haben. Ein Blick in den Spiegel. Ein Blick aus Versehen, denn ich wollte ihn gar nicht sehen, diesen Körper, den ich schließlich doch nicht hatte zwingen können, dünn und leicht zu bleiben. Auch die Brüste waren schon wieder größer geworden, füllten meine Hände fast aus. Verdammt weich und schwer waren sie, dabei hatte ich doch fast siebenhundert Gramm abgenommen in den letzten Wochen.

„Ich war schon weit gekommen. Ich war die Favoritin im Sprung, ich und Wang Jing Jing." Ich sah sie vor mir: fünfunddreißig Kilo höchstens, ihre Brüste winzige Erhebungen, angetackert unter dem festgespannten Trikot, ihr Körper eine sehnige Sprungfeder.

„Wang Jing Jing?" Lian hatte sich kerzengerade aufgerichtet.

„Wie schön du das aussprichst", sagte ich. „Kennst du den Namen? Er ist chinesisch. Jing Jing gehörte zum Team von China."

Jing Jings Gesicht war schmal, das Kinn lief spitz nach unten zu. Und sie hatte einen Leberfleck auf der rechten Wange, fast an der gleichen Stelle wie Nina. Meine Freundin. Die einzige, die ich je gehabt hatte, außer Mona vielleicht. Die wahrste Freundin, auch wenn sie nur in meiner Fantasie existiert hatte. Es war, als sei Nina plötzlich wieder aufgetaucht, nach all den Jahren, in denen ich nicht ein einziges Mal an sie gedacht hatte. Als sei sie wieder da, um mir beizustehen wie damals, um zu mir zu halten, komme, was wolle.

„Wir konnten nicht miteinander reden. Ihre Trainer hätten das nicht zugelassen, und außerdem sprachen wir ja unterschiedliche Sprachen. Trotzdem zog mich irgendetwas zu ihr hin." Ich berührte mit den Fingern meine Lippen, eine unbewusste Bewegung, als wollte ich mir den Mund verschließen. Ich nahm die Hand wieder herunter, hielt sie mit der anderen fest. „Aber natürlich durfte ich mich auch nicht ablenken lassen. Ich musste mich fokussieren. Du weißt, wie wichtig das beim Turnen ist, Lian. Deshalb vermied ich es an diesem Tag, Jing Jing anzusehen, als ich in die Halle kam."

Die Olympiahalle. Riesig war sie, zu groß für mich, so dass ich mich fühlte wie eine Ameise. Und als ich an diesem Tag durch die Tür trat, von der Enge der Umkleiden in diese gigantische Halle, hatte ich das Gefühl, dass die Luft darin unter Spannung stand. Dass alles zwar auf den ersten Blick normal schien, wie schon an den Tagen zuvor, bei den Mannschaftswettkämpfen, in Wahrheit aber jeden Moment in die Luft fliegen könnte. Eine falsche Bewegung, ein falsches Wort, ein kleiner Funke, und die Halle würde explodieren.

Ich dehnte mich, absolvierte die routinierten Abläufe, zigtausendfach hatte ich das gemacht in den zwölf Jahren zuvor: aufstehen, laufen, essen, in die Halle, aufwärmen, dehnen, springen. Doch es gelang mir nicht, das Publikum auszublenden, die vielen amerikanischen Fähnchen, die Maskottchen, die herumliefen, all die Augen, die sich auf uns dort unten richteten. Und besonders Jing Jing bekam ich nicht aus meinen Gedanken, immer wieder zuckte mein Blick zu ihr hinüber, als wäre sie die Quelle der Spannung. Dabei spulte auch sie nur ihr Programm ab, wie ich und all die anderen Turnerinnen, die noch im Rennen waren. „Nicht ein einziges Mal habe ich sie lächeln sehen", sagte ich und wunderte mich, weil mir das erst jetzt auffiel, vierundzwanzig Jahre später, als ich alles wieder wie einen Film vor mir sah.

„Sie hat nie gelächelt?" Lians Stimme. Fein und hoch, ein wenig unsicher, aber klar, wie die meisten Kinderstimmen noch nicht belegt von all den Schuldgefühlen, die sich im Lauf des Lebens auf die Stimmbänder legen.

Wie viel Zeit wir stumm vertan hatten. Wie wenig uns blieb. „Nein. Sie war sehr ernst." Ich sah Lian an. „Ein bisschen wie du vielleicht. Du bist auch immer so ernst, und ich fürchte, das liegt an mir. Ich bin nicht gut für dich, Lian."

„Aber …"

„Lass mich weiter erzählen, dann wirst du es verstehen. Ich durfte mir ohnehin keine Gedanken um Jing Jing oder sonst irgendjemanden machen. Ich musste mich konzentrieren. Meine erste Trainerin war auch da. Margot, du kennst sie ja. Es war ihr großer Tag. Sie hatte sich fein gemacht, trug einen dunkelblauen Hosenanzug, ihre Haare saßen perfekt, und sie lief am Rand hin und her wie ein aufgescheuchtes Huhn." Lian kicherte verlegen. „Dann begann der Wettkampf. Sprung. Jetzt zählte es. Jing Jing war als Vorletzte dran, ich ganz zum Schluss. Ich sah nie hin, wenn die anderen sprangen. Ich wollte mich nicht ablenken lassen, nur mein eigenes Ding machen. Beim Turnen ist der Gegner ja das Gerät. Gegner und Freund zugleich. Nicht die anderen Turnerinnen. Sie gilt es einfach auszublenden. Jedenfalls schaute ich nicht hin. Alles, was ich mitbekam, hörte ich über die Lautsprecher und über das, was die Leute um mich herum sagten. Mein Englisch war nicht besonders gut, weißt du, aber ich bekam mit, dass keine der Turnerinnen die Höchstnote erreichte. Jing Jings Sprung war schwer, wie meiner auch, wir hatten beide eine Ausgangswertung von zehn Punkten. Aber sie schien Fehler zu machen. Ninepointseven, hörte ich jemanden sagen. Neunkommasieben. Ich konnte es also schaffen. Konnte Gold holen. Ich brauchte nur meine Leistung vom Vortag zu wiederholen. Das war unglaublich, niemand hatte damit gerechnet. Ich aber wusste, dass ich es konnte. Ich beherrschte den Yurchenko perfekt, und wenn ich keinen dummen Fehler machen würde, hätte ich den Sieg in der Tasche."

„Und dann?"

„Dann schossen mir plötzlich Gedanken durch den Kopf. Gedanken, die ich vorher nie hatte. Ausgerechnet in dem Augenblick! Gedanken, die eine Turnerin nicht haben sollte!"

„Was für Gedanken?“

„Was wäre, wenn ich wirklich siegte? Olympiagold holen würde? Margot würde mich in den Arm nehmen. Sie würde versuchen, auf den Fotos in meiner Nähe zu sein. Interviews geben, in denen sie von unserer ersten Begegnung erzählt, davon, wie sie mich gefördert hat, wie schüchtern ich war als kleines Mädchen, dass ich, nun ja, nicht gerade in einfachen Familienverhältnissen aufgewachsen sei. Womöglich würden die Journalisten sogar meine Mutter aufsuchen, sie fotografieren oder filmen und Unsinn über sie berichten. Wenn man eine Medaille gewinnt, schreiben die Zeitungen doch jeden Mist, nur um Sport geht es selten. ‚Goldengelchen' hatten die Zeitungsleute mich getauft.“

„Engel ...“, Lian runzelte die Stirn, „das sind Himmelswesen, nicht? Die gute Sachen machen.“

Ich streckte den Arm aus und wagte, ihr übers Haar zu streichen. Es war strähnig und konnte eine Wäsche gebrauchen. „Wem tat ich schon etwas Gutes? ‚Goldesel' wäre passender gewesen.“

Lian kicherte wieder und rückte näher an mich heran. Ihr Körper strahlte Wärme aus. Erst als sie meinen Arm berührte, merkte ich, dass ich lange nichts gesagt hatte.

„Ich versuchte, meinen Sprung zu visualisieren, ihn mir ganz genau vorzustellen.“

Tausendfach hatte ich das gemacht in den Wochen vor Los Angeles: Anlauf, Radwende, Absprung, meine Hände drücken sich auf dem Leder ab, mein Körper schraubt sich durch die Luft, die Füße zementieren sich in der Matte.

„Ich werde siegen, betete ich mir vor. So hatte unser Trainer es uns beigebracht. ‚Ihr braucht Siegeswillen', sagte er immer, ‚nur wer siegen will, kann es auch. Stellt euch vor, wie ihr da oben steht, auf dem Treppchen, und die Nationalhymne wird gespielt und die Flagge wird hochgezogen'. Und das tat ich: Ich stellte mir vor, wie ich auf dem Treppchen stehen würde, ganz oben, in der Mitte zwischen den beiden anderen Turnerinnen. Wie ich mich hinunterbeugen würde, um die Medaille entgegenzunehmen. Wie ich mich auch zu den anderen hinunterbeugen würde, um sie großzügig zu beglückwünschen. Ich stellte mir vor, wie die Flagge gehisst und die Musik gespielt würde, Einigkeit und Recht und Vaterland, und wie Millionen von Menschen auf mich schauen würden. Aber ich fühlte nichts dabei, Lian. Ich fühlte mich leer. Wenn ich daran dachte, auf dem Treppchen zu stehen, fiel mir vor allem ein, dass ich dort oben nicht vergessen durfte zu lächeln, wegen der Fotos. Ist das nicht verrückt?"

„Fotos?"

Lian ist auch keine, die leicht zum Lächeln zu bringen ist, dachte ich, das haben wir gemeinsam. „Ja, ich sollte immer lächeln, sogar bei den Übungen. ‚Leicht muss es aussehen', sagte mein Trainer immer."

Ob Mutter zuschaut? Daran musste ich damals plötzlich denken. Dass ich sie doch hätte anrufen sollen, trotz Margots Einwänden. Dass sie vielleicht zusehen würde, dieses eine Mal. Dann kam ein Bild in meinen Kopf: Mutter, auf einem Koffer, das Gesicht von der Sonne bestrahlt. Dann wären wir ja berühmt, Angel.

Hier stand ich jetzt, Favoritin bei den Olympischen Spielen, und wusste noch nicht einmal, ob sie zusah. Für sie wollte ich lächeln, wenn ich oben auf dem Treppchen stünde. Lachen würde ich! Auslachen würde ich sie, vor der ganzen Welt, ich, ihre Tochter, die sie berühmt machen sollte!

„Was ist?", fragte Lian, und ich schnappte nach Luft. Ich musste mich konzentrieren auf das, was ich ihr sagen wollte! Damit sie es verstand.

„Ich werde Jing Jing besiegen, sagte ich mir also damals immer wieder auf."

Gutas Augen, die schmal wurden, wenn er sich ärgerte. Träum nicht rum! Bleib konzentriert! Ich hatte genickt und versucht, die Visualisierung abzuspulen, das Gefühl des Fliegens zu spüren, immer wieder, während ich mich von den Kameras abwandte, die mich jetzt nicht eine Sekunde in Ruhe ließen, die mich verfolgten, als ich meine Jacke auszog und ein paar letzte Dehnübungen machte, nur um etwas zu tun, bis ich aufgerufen würde. Wieder versuchte ich, alles um mich herum auszublenden, besonders Jing Jing, nur mich selbst zu sehen, wie ich meine Hände mit Magnesia einreibe, auf der Bahn stehe, die Hand hebe, laufe ...

„Und? Hast du sie besiegt?"

Lian. Jetzt, hier, in meiner Halle. Lian und ich. Und ich hatte ihr etwas Wichtiges zu sagen. Sie musste es verstehen. Daher musste ich es erzählen, von vorn bis hinten. Auch das, was fehlte.

„Ich höre heute noch, wie mein Name aufgerufen wurde. Er hallte aus den Lautsprechern, und es klang so fremd, so amerikanisch: Angelika Winter, Federal Republic of Germany. Als ginge es gar nicht um mich, sondern um etwas Großes. Es war so weit. Ich war dran." Ich sah Lian an. Mir war nicht klar gewesen, wie lieb ich das Mädchen gewonnen hatte. Dennoch: es musste sein, gerade deshalb. „Ich ging an Jing Jing vorbei, und mein Blick streifte ihr Bein." Ich beugte mich vor. Das Atmen fiel mir schwer. „Was ich jetzt erzähle, Lian, ist so lächerlich, es ..."

„Was war denn mit dem Bein?" Wie ein Kind sah Lian jetzt aus, ein Kind, das eine Geschichte erzählt bekommt und begierig ist zu erfahren, wie es weitergeht.

So gern hätte ich ihr andere Geschichten erzählt. Schöne Geschichten, Märchen, in denen am Ende alles gut ist. Von Prinzessinnen und Prinzen. Von bösen Mächten, die überwunden werden. Von kleinen Mädchen, die die Welt erobern. Ich schüttelte den Kopf. „Nichts. Nichts, was irgendwie wichtig gewesen wäre. Es blutete ein wenig, am Schienbein, kurz unterm Knie, ein kleiner Kratzer, ganz oberflächlich, aus dem etwas Blut über ihr Bein in die Fußbandage geflossen war. Es war nichts, aber ich sah das Rot auf der weißen Haut und in der hellen Bandage, und dann habe ich hochgeschaut und Jing Jing in die Augen gesehen, nur ganz kurz, und das hat mich irgendwie aus der Bahn geworfen, aus dem Fokus. Das hätte nicht passieren dürfen, das hätte alles nicht passieren dürfen."

„Warum nicht?"

„Ich war nicht mehr allein in meinem Film. Jing Jing war da, ich habe ihr ins Gesicht gesehen. Und, ich weiß nicht, ob du das verstehst, ob es überhaupt jemand verstehen kann: Es war, als würde ich mich selbst sehen. Und das war wie ein ... Abgrund."

Lian sah plötzlich erwachsen aus. „Warum?"

Ich rang nach Atem.

„Was hast du denn gesehen?", drängelte Lian.

„Nichts."

„Nichts?"

„Leere. Einsamkeit."

„Aber da waren doch viele Menschen. Die Zuschauer. Und die anderen Turnerinnen."

„Gerade inmitten von vielen Menschen kann man sich sehr einsam fühlen." Wieder fasste ich mir unwillkürlich an den Mund, wieder holte ich meine Hand zurück.

„Und dann?"

„Ich ging zum Startpunkt." Ich schob Jing Jing aus meinen Gedanken. Das hatte ich gelernt. Weg, weg, darin war ich geübt. „Ich wartete noch eine Sekunde, stellte mich auf die Bahn, das grüne Licht leuchtete auf. Die Zeit lief.

Dreißig Sekunden. Der gewohnte Ablauf, ich musste ihn nur abspulen, mich konzentrieren, Spannung in meinen Körper bringen ..." Ich stockte.

Lian berührte mich am Arm. „Und dann? Was ist dann passiert?"

„Dann war die Zeit um. Und ich stand immer noch da."

Lian richtete sich auf. „Du bist nicht gesprungen?"

Klick. Das erste Geräusch, das ich wieder wahrnahm, war der Auslöser eines Fotoapparats. Ein Fotograf hatte auf mein Gesicht gehalten und abgedrückt. Das Gesicht des Versagens. Pressefoto des Jahres.

„Nein. Ich bin nicht gesprungen."

Im Publikum machte sich Aufruhr breit, die Kampfrichterinnen steckten ihre Köpfe zusammen, die Journalisten brachten ihre Kameras und Mikrofone in Position, Guta stand ungläubig neben dem Sprungpferd, die Fäuste angespannt. „Ich bin einfach nicht gesprungen." An so vieles erinnerte ich mich, tausend absurde Details: die hervortretenden Adern an Gutas Unterarmen, die Linsen der Kameras, die sich auf mich richteten wie Mäuler, die Strähne, die sich aus Margots Zopf gelöst hatte und die sie immer wieder wegblies. All das sah ich Bild für Bild vor mir, wie einen langsam gestellten Film. Aber an die Zeit nach dem Startzeichen, an die dreißig Sekunden, in denen alle auf mich starrten und warteten, dass ich anlief und eine Radwende auf das Sprungbrett machte und rückwärts mit den Händen auf dem Leder aufkam und mich hochkatapultierte und zweimal in der Luft drehte und auf der Matte aufkam und stand und die Arme hochreckte – und nichts davon tat, sondern einfach stehenblieb: An diese dreißig Sekunden erinnerte ich mich nicht. Ein Riss im Film, eine fehlende Sequenz. Eine halbe Minute nur. Aber ohne diese halbe Minute ergab der ganze Film keinen Sinn. All die Jahre davor, das Training, die Trainingslager, die ganze Schinderei: umsonst. Und die Jahre danach …

Lian saß jetzt so nah bei mir, dass wir einander fast berührten. War sie zu mir herübergerutscht? Oder umgekehrt? Oder hatten wir uns beide aufeinander zubewegt?

„Ich bin gegangen, nicht nur von der Anlaufbahn, sondern aus der Halle heraus. Disqualifiziert", sagte ich, „ich weiß nicht, warum dein Vater ausgerechnet mich als deine Trainerin ausgesucht hat, Lian. Das war eine schlechte Wahl, das verstehst du doch jetzt sicher auch. Verdammt schlecht! Ich habe versagt. Im entscheidenden Augenblick. Und das darf eine Spitzensportlerin nicht."

Am liebsten hätte ich meine Arme um sie geschlungen, doch das wäre falsch. Das durfte ich jetzt nicht tun, denn um sie zu schützen, gab es nur den einen Weg. Ich zog den Brief hervor. Dick war er von den vielen Scheinen.

„Was ist das?" Lians Stimme war höher gerutscht.

„Es ist für deinen Vater. Ich möchte ihm das Geld zurückgeben."

„Aber …"

„Du hast es verdient, nicht ich. Du bist Landesmeisterin geworden. Nicht ich. Ich habe ihm einen Brief geschrieben."

Lian drehte den Kopf weg.

„Ich möchte dir sagen, was drinsteht."

Lian wischte sich mit dem Handrücken über das Gesicht. Kannte sie mich schon so gut, dass sie wusste, was kam? Und wenn, konnte das doch für sie kein Grund für Tränen sein, nach all dem, was passiert war. Sie konnte doch nicht traurig darüber sein. Froh müsste sie sein. „Ich habe ihm geschrieben, dass ich dich nicht mehr trainieren werde."

Lian schluchzte auf und wandte sich ab. „Es ist besser so, Lian. Glaub mir."

„Aber", Lians schmaler Rücken zuckte, „wo soll ich denn hin?"

„Das kann ich nicht entscheiden. Das muss dein Vater tun. Und Margot", ich verschluckte mich fast an dem Namen, „hat doch sicher auch mit dir gesprochen, als ihr zusammen im Auto gefahren seid." Lian drehte sich wieder zu mir um. Ihre Augen sahen aus wie wund in dem blassen Gesicht. Ich stellte sie mir in Margots Auto vor, wie sie aus dem Fenster starrte, die Glasstimme im Ohr.

„In ihrem Verein sind auch andere Mädchen", sagte ich. „Dann bist du nicht mehr so allein wie hier. Vielleicht findest du dort Freundinnen."

Niemals hätte ich sie als meine Schülerin annehmen dürfen. Verantwortungslos war ich gewesen, und korrupt. Mein Hals schmerzte und ich fühlte mich fiebrig. „Du musst gehen, Lian. Geh nach Hause."

Sie nahm den Brief, ohne mich anzusehen, ging quer durch die Halle, griff die Tasche, die immer noch zu groß für sie war. Scheppernd fiel die Eingangstür zu.

Es war dämmrig geworden. Der Stufenbarren streckte seine dürren Rippen ins Halbdunkel. Ich wollte aufstehen, aber die Luft blieb mir weg, ich ging in die Hocke, meine Hände suchten Halt auf dem Boden, da fasste ich in einen Nagel, der aus dem Parkett ragte. Schmerz zuckte durch meinen Körper, ich wollte aufschreien, aber kein Ton kam heraus. Ich torkelte zum Stufenbarren, griff den Holm, zerrte daran, aber das Gerät war zu schwer, und so ging ich weiter zum Schwebebalken. Bei ihm gelang es: Er kippte, als ich ihn mit beiden Händen griff. Kalte Befriedigung erfüllte mich, als er auf den Parkettboden krachte. Ich trat zu, noch einmal, immer wieder, bis auch hier der Schmerz mich erreichte.

Das Sprungpferd. Das Brecheisen, das hinter der Tür im Kabuff lehnte. Wenn ich schaffte, es zu holen und in das Pferd zu schlagen, mit dem spitzen Ende, wenn der festgespannte Stoff zerreißen würde mit einem hässlichen Geräusch – dann müsste ich doch endlich schreien können!

Aber als ich davor stand, ganz dicht, und die Hand auf das Leder legte, war es, als legte sich eine Hand auf mich. Als streichelte jemand meine Haut, so wie ich die gegerbte Haut des Pferdes streichelte, mit all ihren feinen Rissen und den unzähligen kleinen Narben.

Viel später erst verließ ich die Halle. Es gab keinen Grund zur Eile. Niemanden, der auf mich wartete. Keine Aufgabe, die zu erfüllen war.

Das Rattern der Straßenbahnräder auf den Schienen, die krause Oberfläche der Fulda, die vielen anderen Menschen, die auch unglücklich aussahen, hatten etwas Tröstendes. Am Hauptfriedhof stieg ich aus und machte mich auf den gewohnten Weg nach Hause, als wäre Lian nie an der Hand von Herrn Xu in meine Halle und in mein Leben getreten.

Auf der Ahnabrücke an der großen Kreuzung blieb ich stehen. Tief unten floss der Bach. Ein Stück Papier hatte sich an einem Strauch verfangen, halb hing es in der Luft, halb im Wasser. Ich beobachtete es, bis das Wasser das Papier mit sich nahm, doch schon am nächsten Stein blieb es wieder hängen, ein heller, unruhiger Fleck unter der Oberfläche.

Langsam setzte ich meinen Weg fort, schleppte mich die ausgetretenen Steinstufen zur Haustür hoch und wusste nicht, was mit mir los war, mit meinen Beinen, die mich kaum noch trugen, meinen Augen, denen alles zu hell war. Im Hausflur klebte ein Zettel. Eine Werbung für eine Fotoausstellung im Fridericianum. „Weltenräume – Raumwelten". Die besten Fotos sollten prämiiert werden. Bestimmt zehn Namen standen da, darunter auch Johannes.

Johannes, der Fotograf. Sollte er festhalten, was er wollte. Mir war es gleichgültig, so gleichgültig.

Dem lauernden Fieber hatte ich weder Kraft noch Willen entgegenzusetzen, und innerhalb von Minuten nahm es mich in Besitz. Ich legte mich ins Bett und konnte nicht mehr aufstehen. Ich schwitzte die Bettdecke nass und hatte keine Kraft, sie neu zu beziehen. Ich fror und schaffte es nicht, das Nachthemd zu wechseln. Etwas klapperte wie ein Specht, und in einem halbwachen Moment erkannte ich, dass es meine Zähne waren, die aufeinanderschlugen. Ich träumte immer wieder denselben Traum: stand auf der Bahn, kurz vorm Anlaufen, die Kameras kamen auf mich zu, und ich war nackt. Die ganze Welt sah meine Nacktheit und lachte. Ich sah die geöffneten Münder der Zuschauer, ihre gierigen Schlünde, ihre Körper, die sich schüttelten, so wie das Fieber mich schüttelte. Dann sah ich Mutter, mitten unter ihnen. Auch sie lachte, ihr Männerlachen, durch alle anderen Geräusche hörte ich, wie es mich verhöhnte. Ich wollte wegrennen, konnte mich aber nicht bewegen. Konnte keinen Schritt tun, es ging nicht weiter, ich war gezwungen, dort stehen zu bleiben, für immer und ewig, in der Hölle der Starre. Dort endete der Traum, dort steckte ich fest, bis ich aufwachte und mir zu vergegenwärtigen versuchte, dass ich im Bett lag, nur träumte, dass es nicht echt und ich nicht nackt war. Aber schon war ich wieder weggetaucht und alles ging von vorn los.

Es war dunkel, als ich aufwachte und zum ersten Mal wieder klar war. So dunkel, als gäbe es kein Licht auf dieser Erde. So klar, als sei mein Hirn gewaschen worden. Bewegen konnte ich mich dennoch nicht, und so hatte ich keine Chance, vor dem Heimweh zu fliehen, das sich in mir breitmachte, und von dem ich nicht gewusst hatte, wie groß es war. Lange konnte ich ihm nichts entgegensetzen, noch nicht einmal ein Bild eines Zuhauses, auf das es sich richten konnte. Irgendwann schaffte ich es doch, mich aufzurichten, die Füße auf den Boden zu stellen und aufzustehen, aber augenblicklich sank ich zurück aufs Bett. Wasser. Mein Körper war dehydriert, ich musste trinken. Ich ging auf alle Viere, damit ich nicht fallen konnte, und kroch in die Küche. Hier war es heller, denn der Mercedesstern leuchtete auch dann noch, wenn die Straßenlaternen längst abgeschaltet waren. Ich zog mich an der Spüle hoch, griff zu der Tasse, die dort noch stand, und füllte sie. Sie schmeckte nach abgestandenem Kaffee, aber die Flüssigkeit schenkte mir einen Hauch von Energie, so dass es mir gelang, die Finger von der Spüle zu lösen und mich an den Tisch zu setzen. Essen. Ich musste etwas essen. Ich ruhte noch ein paar Minuten aus, den Kopf auf dem Tisch abgelegt, bevor ich genügend Kraft gesammelt hatte und den Kühlschrank öffnete. Muffiger Geruch schlug mir entgegen, die Möhren im Gemüsefach waren verschrumpelt, eine begann bereits zu schimmeln. Ich wusste nicht, wie lange ich krank im Bett gelegen hatte, wie viele Tage und Nächte ineinander vermischt vorübergezogen waren. Ein halber Becher Joghurt war noch da, ich gab Zucker dazu und löffelte ihn direkt aus dem Becher.

Dann überfiel mich die Stille. Kein Auto. Keine Stimme. Niemand. Nur ich allein. Auf wackligen Beinen ging ich zurück ins Schlafzimmer und zog mir ein frisches Nachthemd an. Die Bettwäsche zu wechseln schaffte ich nicht mehr. Ich ließ das Licht an und legte mich wieder ins Bett. Mir war kalt und ich rollte mich zusammen, wünschte, wieder ein Kind zu sein und mich an den Rücken meiner Mutter schmiegen zu können, und auf einmal sah ich uns als Bild wie durch eine Kamera: Mutter und Tochter. Zwei Frauen, beide nicht mehr jung, beide angezogen im Bett liegend, ungewaschen, mit fettigen stumpfen Haaren. Und kurz bevor ich erschöpft wieder einschlief, in der Grauzone zwischen Wachen und Schlaf, tauchte Lian auf dem Standbild auf. Sie lag mit im Bett, hinter mir, klein, dünn, mit geschwollenen Tränensäcken. Ihr Körper war ganz nah an meinem, passte sich an die Linie meines Rückens an, Zentimeter für Zentimeter. Doch an keiner Stelle berührte sie mich.

Als ich das nächste Mal aufwachte, war es draußen hell, Autolärm drang durch das Fenster, und ich war erleichtert, dass Tag war.

Ich fühlte mich immer noch schwach, aber gleichzeitig unruhig. Welcher Tag war heute? Ich setzte einen starken Kaffee auf und holte mein Handy aus der Tasche. Der Akku war fast leer. Das Display zeigte an, dass Freitag war. Am Montag hatte ich mit Lian gesprochen. Vier Tage und Nächte waren seitdem vergangen.

Was ihr Vater ihr gesagt haben mochte, nachdem sie ihm meinen Brief gegeben hatte? Ob er sie in den Arm genommen hatte?

Ich goss Kaffee in eine Tasse, und während ich Schluck für Schluck nahm, versuchte ich mich auf die Aufgaben zu konzentrieren, die ich erledigen musste. Schon vor einem halben Jahr hätte ich sie erledigen sollen. Ich hielt mich nicht damit auf zu spülen, sondern ging nach einer kurzen Dusche gleich los. Immer noch waren meine Beine weich und der Magen flau, ich musste mit gedrosseltem Tempo vorgehen. Aber das Wichtigste war, überhaupt zu gehen, mich nicht stoppen zu lassen auf dem Weg zur Straßenbahn, nach Bettenhausen, mich nicht von den Träumen einholen zu lassen und der Endlosschleife der Gedanken keine Chance zu geben. Ich blieb nicht stehen, als ich in die Halle trat, so wie ich es sonst oft getan hatte, um alles zu betrachten, bevor die Arbeit begann, sondern ging geradewegs auf den Stufenbarren zu und löste die Bremsen. Als ich ihn in den Geräteraum schieben wollte, kam wieder eine Schwächephase, und ich lehnte mich einen Moment gegen den Holm. Es fiel mir schwer, den Barren in Bewegung zu setzen, und als ich die Muskeln anspannte, sah ich, wie die Knöchel an meinen Handgelenken durch die Haut stachen und die Sehnen sich scharf abzeichneten. Mein Gewicht reichte kaum aus, um das Gerät anzuschieben und in den Geräteraum zu bringen. Als nächstes holte ich das Sprungpferd, schob es vor mir her, mied dabei den Blick auf das Leder. Der Schwebebalken lag noch umgekippt auf dem Boden. Mühsam hievte ich ihn hoch. Als ich es geschafft hatte, auch ihn im Geräteraum zu verstauen, lehnte ich mich an die Wand und ging in die Hocke. Einen Moment nur, ein paar Minuten Erholung, bevor es weiterging. Und nicht denken, nicht denken, aber das war unmöglich, sobald ich untätig war, also nahm ich meine Kraft zusammen und machte weiter, schleifte die Weichbodenmatte zur Wand, wo ich sie mühsam aufstellte und mit Gurten an ihrem Platz befestigte. Dann zog ich das Klebeband von den Bodenmatten und hob sie auf den Wagen. Nachdem alles verstaut war, zog ich das Rolltor herunter. Meine Arme waren schwach, ich musste mich mit meinem ganzen Gewicht daranhängen, auf halber Höhe glitt mir der Knauf aus der Hand und das Tor ratterte ungebremst hinab. Es dauerte, bis der Lärm verhallte.

Ich drehte mich um. Ungewohnt sah die Halle aus, kahl und fremd. Das war gut, es würde den Gang zum Makler leichter machen.

Meine Muskeln zitterten. Ich musste eine Pause machen, sonst würde ich zusammenbrechen, und das durfte ich nicht riskieren. Ich ging ins Kabuff und setzte mich auf Herrn Xus Stuhl.

Wo mochte er jetzt sein? Ich hatte versäumt, Lian danach zu fragen. Ich hätte sie so vieles fragen sollen. Nun war es zu spät.

Ich hatte immer zu wenig Fragen gestellt, mein Leben lang. Ich hätte Johannes bitten können, mir seine Fotos zu zeigen, vielleicht hätte ich dann verstanden, was ihm daran so wichtig war. Ich hätte Martin fragen müssen, wenn er mir sagte, dass er mich liebte, statt ihm nicht zu glauben. Vielleicht hätte ich es verstanden. Vielleicht hatte er mich wirklich geliebt.

Stattdessen hatte ich alle Fragen heruntergeschluckt. Denn ich wusste, auch wenn ich beinahe an ihnen erstickte, dass ich mich sonst der einen, großen, lächerlichen, nie beantworteten Frage stellen müsste: was in den dreißig Sekunden passiert war, in Los Angeles vor vierundzwanzig Jahren. Dreißig entscheidende Sekunden, die mein Leben in vorher und nachher teilten.

Ich presste die Hände auf die Schläfen. Nicht denken! Ich stand wieder auf, nahm den Schlüssel. Einen Blick gönnte ich mir noch vor dem Weg zum Maklerbüro, stellte mich mitten in die Halle. Einmal noch. Es hatte sie ja gegeben hier, die schönen Zeiten. Mit den Akrobatikmädchen und ihren strahlenden Gesichtern, ihrem Gekicher und ihren Albereien. Doch ich wusste, dass ich in Wahrheit immer, wenn ich in Zukunft an meine Halle zurückdenken würde, Lian vor mir sähe, beim Bogengang auf dem Schwebebalken oder beim Anlauf zum Sprung. Nicht Mascha und die anderen Mädchen, die bis zum Frühjahr gekommen waren, so lieb sie mir auch gewesen waren. Die Nachmittage mit Lian waren es, die mir im Gedächtnis bleiben würden. Turnen. Konzentration. Ernsthaftigkeit.

Ich ging in den Handstand. Die Armmuskeln zitterten, aber sie hielten mich. Handstand, die Basis aller Übungen am Boden. Wenn du ihn beherrschst, hast du die Grundlage gelegt für vieles: Radwende, Flickflack, Menichelli. Sich etwas erarbeiten, konsequent, diszipliniert. Es dann schaffen, die Kontrolle spüren, die Perfektion, die Leichtigkeit des Körpers, die Überwindung der Schwerkraft. Ich würde es vermissen, jeden Tag.

Immer noch stand ich auf den Händen, denn ich wusste: wenn ich mich wieder auf die Füße stellte, müsste ich mich endgültig verabschieden. Nur solange die Welt auf dem Kopf stand, durfte ich die Halle noch betrachten, als wäre sie meine. Das Licht, das jetzt von unten kam. Den dunklen Fleck, unten statt oben im Bild. Der helle, neue Flicken im Parkett. Und dann sah ich, dass die Klinke sich bewegte, nach oben statt nach unten, und die Tür sich einen Spalt öffnete. Schnell, zu schnell stellte ich mich wieder auf die Füße, mir wurde schwarz vor Augen und ich sank auf die Knie, bis verschwommen das Bild der Halle zurückkam, mit der Tür, die sich öffnete, mit der schmalen Gestalt, die sich hindurchdrückte und an der Wand stehen blieb. So vertraut.

„Wo warst du?“, fragte sie. Sehr verzagt.

Langsam kam ich wieder zu mir. Mein Kopf begann ihre Frage zu verarbeiten. Ich hob den Blick auf die Uhr, die an der Wand über Lian hing. Halb drei. Ihre Zeit. War sie auch gestern hier gewesen? Und vorgestern? Und am Tag davor? War sie seit Dienstag jeden Tag hierhergekommen und hatte auf mich gewartet?

„Lian", meine Zunge war schwer, „wir haben es doch besprochen, ich habe dir doch erklärt ..."

Was hatte sie gemacht, nachdem sie die Klinke heruntergedrückt hatte, vergeblich? War sie nach Hause gegangen, wo niemand war? Oder hatte sie die Zeit bis halb sieben draußen auf dem Mäuerchen abgesessen? Warum? Und was, wenn sie jemand gesehen hätte, Tag für Tag, ein kleines Mädchen, allein?

Lian hatte Schatten unter den Augen. Ich musste an das erste Mal denken, als ich sie gesehen hatte, durch das Plexiglas, ein kleines Mädchen an der Hand ihres Großvaters. Um Jahre gealtert schien sie mir jetzt. Als ich auf sie zuging, drohten mir die Beine wegzusacken, aber dann ging es wieder.

„Hast du deinem Vater das Geld zurückgegeben?", fragte ich. „Und ihm alles erzählt? Hast du von Margot erzählt? Und dass du wahrscheinlich sogar in den Landeskader kannst?"

Lian zog ihre Jacke aus, als hätte ich nichts gesagt. Heute nicht und auch nicht am Montag. Als wollte sie weitermachen wie bisher, einfach weitermachen.

„Lian?"

Sie setzte an, sich warmzulaufen. Ich griff sie am Arm. „Lian, bleib stehen! Du kannst nicht mehr kommen! Das muss dein Vater doch verstehen!"

Sie wand sich aus meinem kraftlosen Griff. „Mein Vater ...", ihre Stimme bebte, die Lippen zitterten. Sie zwinkerte dreimal heftig, dann sagte sie so laut, als müsste sie sich selbst überzeugen: „Komm mit!“, und zog, ohne mich anzusehen, die Jacke an und hob die Tasche von der Bank.

„Wohin? Lian!“

Sie stand schon in der Tür, und in ihrer Haltung lag jetzt eine solche Dringlichkeit, dass ich nicht weiter fragte. Draußen hing Feuchtigkeit in der Luft, diesig und grau. Lian ging schnell, und ich musste alle Energie zusammenraffen, um mit ihr mitzuhalten, aber als wir die Leipziger Straße erreichten, schob sie ihre Hand in meine, als wollte sie sicherstellen, dass ich auch wirklich mitkam. Schmal war die Hand, warm, schwielig und ein wenig feucht. Und sie blieb. Sie blieb, als wir an der Haltestelle standen, die Straßenbahn bestiegen, am Altmarkt in die Sieben wechselten, wo wir eng zusammenstanden, weil es so voll war. Katzensprung. Weserspitze. Mittelring. Wohin brachte sie mich? Ich fragte nicht, sondern hielt nur die immer feuchtere Kinderhand fest, weil ich spürte, wie filigran Lians Entschlossenheit war. Klinikum. Lian drückte auf den grünen Knopf mit der Aufschrift „Haltewunsch“. Sie stieg aus, die Augen starr nach vorn gerichtet.

Lag etwa hier ihr Vater? Oder arbeitete er in der Klinik? Als Arzt? Aber eine Arztfamilie und die Wohnung in der Gartenstraße – das passte doch nicht zusammen. Und wenn er den Großteil des verdienten Geldes nach China schickte, zu Verwandten, die nicht so viel hatten? Und auch für mich hatte er schließlich jede Menge Geld aufgebracht. Brachte Lian mich zu ihm, damit er mich überreden konnte, sie doch weiter zu trainieren?

Ohne anzuhalten oder sich umzusehen, ging Lian am Eingang vorbei durch eine Nebentür in eines der Gebäude. Ein Weg, den sie offensichtlich schon oft gegangen war. Sie betätigte den Knopf für den Aufzug, sofort öffneten sich die Metalltüren, wir gingen hinein, und mit einem Summen schlossen sie sich hinter uns. Lian drückte auf die Neun. Als der Aufzug sich nach oben bewegte und wir beide zum Stillstehen in dem kleinen Raum gezwungen waren, schob sich erneut ihre Hand in meine. Sie war jetzt kalt und ich erschrak, als ich die Angst in ihrem Gesicht sah. Panische Angst. Wovor? Der Aufzug öffnete sich. Lian biss sich auf die Lippen. Ich legte die Hand auf ihren Rücken und schob sie hinaus. Was auch immer sie vorhatte: Ich würde ihr dabei helfen.

Der Flur war menschenleer. Ein paar Betten und ein Rollstuhl mit Kopfhalterung standen herum, ganz am Ende ein Infusionsständer. An der Wand zog sich ein Geländer aus Holz entlang, unterbrochen durch die Türen. Lian hielt sich daran fest, als sie Schritt für Schritt vorwärts ging. Vor der Tür mit der Nummer neunzehn blieb sie stehen. Ich stand hinter ihr, hörte ihren schnellen Atem, sah die hochgezogenen Schultern und legte meine Hände darauf. Auch mein Herz klopfte. Lian drückte die Klinke herunter.

Ein Zweibettzimmer. Im vorderen Bett lag eine Frau mit dünnem blondem Haar. Mit einem Finger winkte sie Lian zu und lächelte, auf ihrem Handrücken klebte eine Braunüle. Lian ging an ihr vorbei. Ich aber blieb an der Tür stehen, weil das Bild von Mona vor mir auftauchte, im Krankenbett, inmitten von Schläuchen und technischen Geräten, und lehnte mich an die Wand, machte mich bereit für das Piepen von Geräten, das Schnaufen einer Lungenmaschine, obwohl ich doch sah, dass es hier anders war, anders als bei Mona. Keine Schläuche, keine Monitore mit zuckenden Kurven. Im Gegenteil, hier in diesem Raum herrschte eine Stille, als sei alles einfach stehen geblieben, als gäbe es kein Morgen.

Lian stand vor dem Bett am Fenster. Der Mensch darin lag auf der Seite, und ich sah von ihm nichts als ein paar schwarze

Haare auf dem weißen Kissen. Der Kopf in dem Bett bewegte sich, eine Stimme war zu vernehmen, eine leiernde Frauenstimme, sehr leise. Lian sagte etwas auf Chinesisch. Dann schluckte sie und drehte sich zu mir, ihr Gesicht immer noch so blass, als sei sie selbst todkrank. Die Frau in dem Bett versuchte, ihren Kopf zu heben. Sofort half Lian ihr, kniete sich aufs Bett und hob das Kopfkissen an, bis die Frau erhöht lag.

Ich trat einen Schritt näher, noch einen. Als ich am Fußende des Betts angelangt war, begann die Frau plötzlich Laute auszustoßen, unartikulierte Laute, bei denen sich ihr Mund kaum bewegte, so dass es nur ein großes, entsetzliches Stöhnen wurde. Die Mundwinkel hingen herunter. Lian ließ das Kissen wieder auf die Matratze sinken und stellte sich mit gesenktem Kopf neben das Bett.

Meine Finger schlossen sich um das Stahlrohr des Bettgestells. Denn ich erkannte sie, die Frau mit den schwarzen Haaren, trotz der schlaffen Gesichtszüge, der lose herabhängenden Lippe, auf der Speichel hing. Sah sie vor mir, vierundzwanzig Jahre jünger, ein halbes Kind noch, mit leeren Augen und einem Muttermal auf der Wange und einer Blutspur auf dem Schienbein.

„Jing Jing", flüsterte ich, und es wurde so still im Raum, als hielten alle gleichzeitig den Atem an, und in diese Stille hinein sagte Lian: „Sie ist meine Mutter."

Ich verstand erst nicht. Hörte zwar die Worte, aber mein Gehirn brauchte eine Weile, um sie in ihrer ganzen Bedeutung zu erfassen.

Wang Jing Jing. Hier in Kassel. Lians Mutter. Ich ging zu dem einzigen Stuhl im Zimmer und setzte mich. Und die Briefe? All die Briefe?

„Lian?", meine Stimme hörte sich fremd an, so fremd wie alles hier war. „Wo ist dein Vater?"

Lian blickte zu Boden. Jing Jing sagte etwas, und obwohl jedes Wort, das sie zu formen versuchte, als unverständliches Stöhnen herauskam, klang es streng. Lian antwortete ihr mit zittriger Stimme. Dann wieder Schweigen. Ich fühlte mich wieder fiebrig und fragte mich, ob das alles in Wirklichkeit nur ein kranker Traum war.

Lian starrte immer noch auf die Bettdecke. „Er lebt nicht mehr. Er hatte einen Autounfall."

„Aber die Briefe? Er hat doch die Briefe geschrieben."

Lians Hand krampfte sich in die Bettdecke. „Die waren nicht von ihm."

Ich sah all die Umschläge vor mir, das Porzellanpapier, die fremden Schriftzeichen, Sehr geehrte Frau Winter, die Anweisungen, die immer konkreter und schroffer wurden. Qualifizierte Anweisungen, die nur jemand geben konnte, der sich auskannte bis ins Detail. Jemand mit viel Erfahrung im Turnen. Jemand wie Jing Jing. Meine Hände krampften sich zusammen. Ich presste sie an meinen Kopf.

Jing Jing atmete jetzt schnell und flach, ansonsten bewegte sich nichts an ihr. Wo ihr Körper sein musste, war die Bettdecke kaum erhöht. Lian schob ihre Hand unter die Decke, als wollte sie sich vergewissern, dass ihre Mutter überhaupt noch da war, dass sie mehr war als dieser Kopf mit den dünnen schwarzen Haaren auf dem Kissen. Sie sah mich von der Seite her an. „Meine Mutter wollte nicht, dass du sie so schwach siehst", wisperte sie, „jetzt ist sie böse auf mich, weil ich dich hergebracht habe."

„Aber", ich stand von dem Stuhl auf, musste mich bewegen, ging einmal durch das Zimmer und zurück, „was hat sie? Warum liegt sie hier?"

„Amy ...", begann Lian und brach sofort wieder ab.

„Amyotrophe Lateralsklerose. ALS." Die Frau in dem anderen Bett hatte ihr Kopfteil hochgefahren. „Eine Scheiß-Krankheit, das kann ich Ihnen flüstern. Hab ich auch." Ihre Stimme klang ebenfalls schleppend. „Erst kommen Sie die Treppe nicht mehr hoch, dann können Sie nicht mehr laufen, dann nicht mehr sprechen, und am Schluss, na ja. Bei mir ist es noch nicht ganz so weit wie bei ihr. Aber es geht schnell. Verdammt schnell."

„Ich muss mal", murmelte Lian und ging mit schnellen Schritten zum Ausgang. Ich sah Jing Jing an.

„Soll ich Ihnen was sagen?", kam es wieder aus dem anderen Bett, „ich bin froh, dass Sie hier sind. Bis jetzt war nämlich immer nur die Kleine da, jeden Tag von eins bis Viertel nach zwei, da können Sie die Uhr nach stellen. Und am Wochenende fast den ganzen Tag. Immer nur sie. Sonst niemand. Ich dachte schon, bald sitzt das Kind ganz alleine da."

Jing Jings Atem hatte sich beruhigt, doch sie mied meinen Blick. Jing Jing, der ich einst den Sieg geschenkt hatte. Auch als ich damals vom Startpunkt ging, verfolgt von Kameras, wissend, dass sie in Großaufnahme mein Gesicht zeigen würden, als das Goldengelchen, das versagt hatte, zum Pechengel wurde, eine Schande für die Turnfamilie, eine Schande für unser Land: Auch da hatte Jing Jing mich nicht angesehen, als ich an ihr vorbeiging, und erst in dem Moment war mir klar geworden, was ich getan hatte.

Wang Jing Jing: Goldmedaille im Sprung.

Angelika Winter: nichts.

Und jetzt?

Mein Kopf dröhnte, ich hielt es nicht mehr aus in diesem Zimmer. Ich musste raus, weg, rennen, klettern, turnen, irgendetwas, bis ich nicht mehr konnte, bis zur Erschöpfung, bis die hochkommenden Gefühle wieder in ihre Grenzen verwiesen waren. Mit schnellen Schritten war ich bei der Tür, durch den Flur, den Aufzug ließ ich links liegen, schwenkte zur Treppe – und da saß Lian auf der obersten Stufe und weinte, fast lautlos, aber es schüttelte ihren Körper.

Ich blieb stehen, auch wenn mein Herz jagte und mich alles zur Flucht trieb. Aber ich konnte jetzt nicht gehen, durfte Lian nicht allein lassen. Sie wandte sich ab, als ich mich zu ihr setzte. „Lian", sagte ich, als Antwort kam nur ein lautes Schluchzen, es traf mich wie ein Tritt, und da schlang ich meine Arme um sie, sie wehrte sich, doch ich ließ sie nicht los, weil ich wusste, dass sie sich gegen sich selbst wehrte und damit aufhören musste, ich kannte das so gut! Ich hielt sie fest, bis sie endlich zuließ, dass die Tränen strömten, bis sie sich mir überließ, bis ihr Schluchzen durch das Treppenhaus hallte, bis sie sich ausgeweint hatte.

Nur das eine Mal hatten Jing Jing und ich uns getroffen. Ich wusste nicht, ob sie noch mehr Medaillen geholt hatte, bei Weltmeisterschaften oder bei den nächsten Olympischen Spielen. Oder hatte die Krankheit schon bald begonnen, ihre gestählten Muskeln zu zersetzen? ‚Erst kommen Sie die Treppe nicht mehr hoch, dann können Sie nicht mehr laufen, dann nicht mehr sprechen.' Und dann?

„Wir müssen wieder zu ihr", sagte Lian.

Die Stelle, wo ihr Kopf an meiner Schulter gelegen hatte, war feucht und wurde jetzt kalt.

Jing Jing versuchte, den Kopf zu heben, als wir das Krankenzimmer wieder betraten. Es gelang ihr nicht, nur ein Finger zuckte. Lian nahm ihre Hand und sprach ein paar Worte mit ihr. Ihre Augen waren rot, ihr Gesicht vom Weinen fleckig. Ich zögerte, doch dann stellte ich mich neben sie. Aber Jing Jing sah ich nicht an.

„Das war sehr anstrengend für sie", flüsterte Lian, „sie muss jetzt schlafen." Die Frau mit den dünnen blonden Haaren hob zum Abschied wieder ihre Hand mit der Braunüle.

Im Flur gingen wir denselben Weg zurück, den wir gekommen waren. Aber alles hatte sich verändert.

Nachdem ich Lian bis zum Tor in der Gartenstraße gebracht hatte, ging ich zu Fuß nach Hause, als müsste ich mir beweisen, dass ich die Kraft dazu hatte. Der Wind zerrte an den Blättern, blies mir kalte Luft ins Gesicht und trug meine Gedanken mit sich fort.

Das Bett im Schlafzimmer war nicht gemacht. Ich war eilig aufgebrochen am Morgen, hatte alles schnell hinter mich bringen wollen, die Fahrt zur Halle, aufräumen, danach den Gang zum Makler. Nun war es anders gekommen, ganz und gar anders. Ich zog die Schuhe aus, dann auch die Strümpfe.

Auf dem Boden unter dem Bett lag eine Staubflocke. Ich bückte mich, um sie aufzuheben, öffnete das Fenster und ließ sie vom Herbst mitnehmen. Unter meinen Fußsohlen spürte ich die kleinen Risse und die tieferen Spalten der Dielen. Ich ließ das Fenster geöffnet und zog das Bettzeug ab, das noch den Geruch der Krankheit ausdünstete. Als ich tief in den Schrank nach einem frischen Bettbezug langte, griffen meine Hände in etwas Wolliges. Es war die alte Patchworkdecke. Mutter hatte sie mir bei ihrem letzten Besuch mitgebracht, gemeint, es sei doch schön, eine Erinnerung an Kindertage zu haben, aber ich hatte sie in den Schrank gestopft, kaum dass Mutter aus der Tür war, weit nach hinten. Wie lange mochte das jetzt her sein? Fünf Jahre? Warum hatte ich das Ding die ganze Zeit in meinem Schrank aufbewahrt? Ich zog die Decke heraus und legte sie im Flur neben die Tür. Bei der nächsten Gelegenheit würde ich sie in den Keller bringen, denn hier oben, in meiner weißen Wohnung, sollte Klarheit herrschen. Ich bezog mein Bett und sog den sauberen Geruch der frischen Wäsche ein. Dann ging ich in die Küche, wo noch die halb gefüllte Tasse Kaffee vom Morgen auf der Spüle stand. Ich schüttete sie aus und ließ Wasser hineinlaufen, beobachtete, wie sich der Kaffeerand an der Tasse langsam auflöste.

Der Wind hatte sich gelegt. Gleichmäßig trommelte jetzt Regen auf die Fensterbank. In den vielen kleinen Tropfen am Fenster spiegelte sich das Licht.

Am nächsten Morgen frühstückte ich nur das Nötigste und fuhr wieder zum Krankenhaus. Ich nahm die Treppe, erklomm ein Stockwerk nach dem anderen, auch wenn ich manchmal stehen bleiben und verschnaufen musste wie eine alte Frau.

Zimmer neunzehn. Ich klopfte leise an die Tür, wartete kurz und trat ein. Die Patientin aus dem vorderen Bett war nicht da. Anscheinend war sie unterwegs: Das Laken lag verdreht auf dem Bett, die Decke hing mit einem Ende fast auf dem Boden.

Jing Jing bewegte sich nicht, als ich zu ihr trat. Das konnte sie ja auch nicht. Und sicher sparte sie jeden Tag alle Kraft für den Nachmittag auf, für die Zeit, wenn Lian da war. Wahrscheinlich interessierte sie alles andere ohnehin nicht mehr. Sie hatte keinen Besuch außer Lian, hatte ihre Zimmernachbarin gesagt. Und sie wusste genau, wann Lian kam. Von eins bis Viertel nach zwei. In diesen eineinviertel Stunden würde sie wach sein, da war ich sicher. Sich anstrengen, um stark zu wirken für ihre Tochter. Doch jetzt lag sie auf der Seite, die Augen geschlossen, den Mund geöffnet, die Haare zerzaust wie ein gerade geschlüpftes, aus dem Nest gefallenes Vögelchen. Ich setzte mich auf den Stuhl.

Ich wusste nicht, ob sie mich bemerkt hatte oder nicht. Ob sie wirklich schlief oder es nur vorgab. Ich hatte nicht überlegt, bevor ich herkam. War einfach losgefahren, ohne darüber nachzudenken, dass wir uns nicht würden verständigen können. Ohne zu wissen, was ich hier wollte, was ich suchte. Vor allem hatte ich nicht mit der Starre gerechnet, die in diesem Raum herrschte. Mein Herz begann mit einem Mal zu hasten, als wollte es mich zwingen zu fliehen, und ich spürte die vertraute Panik in mir hochschwemmen, die bald in die kleinsten Verästelungen meiner Adern greifen würde, wenn ich nicht handelte, sofort. „Ich muss gehen", presste ich heraus.

Da sah ich, dass aus Jing Jings Mund Speichel lief. Ein dünnes Rinnsal. Wie das Blut an ihrem Schienbein.

Ich umklammerte die Armlehnen. Ich starrte die Bettdecke an, bis bunte Streifen auf ihr zu tanzen begannen. Es wummerte in meinem Körper, drohte mich zu zersprengen, ich bekam keine Luft mehr, ich wollte zumindest aufstehen und das Fenster öffnen, aber ich klammerte mich an den Lehnen fest, denn ich wusste: wenn ich aufstand, würde ich weglaufen, wie immer. Aber ich wollte bei Jing Jing ausharren, die aushalten musste, dass ihre Zeit sich unerträglich und sinnlos dehnte, Stunde für Stunde, Tag für Tag, und in Wahrheit viel zu schnell vorbei sein würde.

Und dann ging es vorüber. Mein Herzschlag beruhigte sich. Mein Atem wurde langsamer. Die bunten Streifen verblassten, und ich hatte mich nicht mit ihnen aufgelöst. Ich saß immer noch in dem Stuhl, entspannte meine Hände und nahm sie von den Lehnen, wo sie feuchte Spuren hinterließen, die ich einfach mit dem Ärmel wegwischte, als seien sie nie da gewesen. Jing Jings Augen zuckten. Eine Weile blieb ich noch so sitzen, die Hände in den Schoß gelegt. Dann nahm ich ein Taschentuch aus meiner Tasche und wischte behutsam den Speichel von Jing Jings Mund.

Es war wärmer geworden, ab und zu kam die Herbstsonne durch, und ich reckte ihr mein Gesicht entgegen, als könnte ich einen Lichtvorrat anlegen. Als Lian kam, machte sich eine solche Erleichterung in ihrem Gesicht breit, dass ich schlucken musste und sie zunächst an mir vorbeigehen ließ, bevor ich aufstand und den Arm um ihre Schulter legte. „Schön, dass du da bist“, sagte ich und, als wir gemeinsam in die Halle gingen: „Wie war es in der Schule?“

Sie antwortete nicht sofort, dann sagte sie: „Gut.“

Ich musste langsam vorgehen, uns Zeit lassen, damit wir uns neu aneinander gewöhnen konnten. In der Halle legte Lian ihre Jacke auf die Bank und wollte mit dem Warmlaufen beginnen, als sei alles normal. Ein ganz normaler Nachmittag, ganz normales Training. Als hätte der gestrige Tag nicht alles umsortiert. Als müssten wir keine neue Ordnung finden.

„Zieh die Jacke wieder an, Lian“, sagte ich. Fragend sah sie mich an, zog sich nur zögernd die Jacke wieder über.

„Setzen wir uns doch erstmal.“ Und auf einmal kamen mir so viele Fragen in den Sinn. Am liebsten hätte ich alle gleichzeitig gestellt. Wir konnten doch reden! Wir konnten uns unterhalten! Aber wie sprach man mit einem Kind, wenn es nicht ums Turnen ging? Und auch nicht um die todkranke Mutter? Wenn es eher galt, ein Stück Normalität herzustellen, eine Erholungspause zu schaffen. Sie sah mich an, und ich fragte mich, wie ich all die Monate die Ähnlichkeit zu Jing Jing übersehen konnte. „Was … ist dein Lieblingsfach?"

Mit der Frage hatte sie nicht gerechnet und rutschte auf der Bank hin und her, bevor sie antwortete: „Turnen".

Ich musste lächeln. „Da bist du ganz bestimmt die Beste." Sie nickte verlegen.

„Und was noch?"

„Sachkunde."

„Sachkunde. Ein schönes Fach! Lernst du lieber etwas über Tiere oder über Pflanzen? Oder über Landschaften?"

Lian steckte die Hände zwischen die Knie und wippte vor und zurück, ganz leicht. Ich überlegte, wie es weitergehen könnte, was ich sie fragen könnte, ohne sie zu bedrängen. „Was macht ihr gerade? In Sachkunde, meine ich."

Lian stoppte das Wippen und sah mich verlegen an. „Heute haben wir den Dörnberg durchgenommen", sagte sie schließlich leise.

Der Dörnberg, etwa zwanzig Kilometer von Kassel entfernt. „Da sind die Helfensteine, oder?", fragte ich.

In Lians Augen blitzte etwas auf. „Und die Wichtelkirche", sagte sie, schon etwas lauter.

„Ich erinnere mich: Das ist ein Felsen, der aussieht wie eine Kirche, richtig? Und gibt es da nicht eine Geschichte mit einem Zwergenkönig, der sich in ein Mädchen verliebt?"

„Ja."

„Und dann? Wie ging die Geschichte weiter? Ich habe es vergessen."

„Er baut ihr ein Schloss, ganz aus Kristall. Und dann wollen sie heiraten und sie sagt: Nein."

„Das tut sie?“

Lian nickte. Ihre Wangen waren ein wenig gerötet. „Ja, sie hat nämlich gemerkt, dass was nicht stimmt. Die Stimmen sind so komisch und es ist eiskalt und sie hat sich alles ganz anders vorgestellt, viel schöner. Und dann sagt sie einfach nein.“ Sie kicherte, hielt sich die Hand vor den Mund. „Und dann wird der Wichtelkönig wieder ganz klein. Er hatte sich nämlich vorher verzaubert und sah gut aus, wie ein Prinz. In Wirklichkeit war er aber total hässlich.“

„Gut, dass sie ihn nicht geheiratet hat.“

„Ja, und dann gab es einen Knall und die Kirche hat sich in eine aus Stein verwandelt.“

„Wirklich?“

Es war schön, Lian zuzuhören. Schön, sie strahlen zu sehen, als ob dieses Märchen wahr wäre. Schön, zu erfahren, dass es in ihrem Leben mehr gab als meine Turnhalle und das Krankenhaus. Ich zeigte auf die Stelle, an der Herr Xu die Nachmittage auf dem alten Drehstuhl verbracht hatte. „Weißt du noch, wie dein Opa dort immer gesessen hat?“

Lians Blick ging hoch zu den Fenstern, als könnte Herr Xu dort jeden Moment hereingeflogen kommen.

„Und wie er einmal eingeschlafen ist?“ Ich legte mich zurück, begann zu schnarchen wie Herr Xu und freute mich, dass Lian wieder kicherte. „Wie geht es ihm?“ Eine meiner dringendsten Fragen.

Lian senkte den Kopf, so dass ich auf ihren schief gezogenen Scheitel guckte, und vergrub die Hände noch tiefer zwischen den Knien. „Gut. Glaube ich.“

„Ich vermisse ihn.“ Ich war selbst verwundert über das, was ich sagte. Aber es stimmte: Ich vermisste den alten Mann, der uns so lange begleitet hatte. Ich hatte es nur nicht gewusst. Vielleicht, weil es nicht im Bereich dessen lag, was ich für möglich gehalten hatte. Es war, als hätte ich an diesem Morgen, als ich an Jing Jings Bett ausgeharrt und nichts gemacht hatte außer dazusitzen und die Dinge geschehen zu lassen, eine Schublade in mir aufgezogen, deren Inhalt ich bisher nicht kannte. Einen Spalt nur.

Lian sah auf. „Wo sind die Sachen? Der Schwebebalken? Und der Stufenbarren? Und das Pferd?“

„Lian, ich…, ich weiß nicht, ob…, ich meine, wir haben doch darüber gesprochen…“

Wie beim letzten Mal, als wir hier zusammengesessen und ich ihr gesagt hatte, dass sie nicht mehr kommen konnte, begannen ihre Lippen zu zittern. „Ich muss doch trainieren“, sagte sie.

Muss trainieren. Muss doch trainieren. Wie ich früher. Denn das Training hält dein Leben zusammen. Und hält dich von dummen Gedanken ab. Von Gedanken und Gefühlen, die zu schwer für dich sind. Du arbeitest an deinen Muskeln, du baust sie auf, systematisch, und es macht dich stark, du arbeitest an deinem Gleichgewicht, an der Präzision der Übungen, an den kleinsten Details, bis du alles unter Kontrolle hast, deinen gesamten Körper. Du beherrschst ihn. Und hast gleichzeitig jedes Gefühl für dich verloren. Aber vielleicht ist es ja genau das, was du erreichen willst, weil du es sonst nicht aushältst.

„Komm“, ich legte Lian die Hand auf den Rücken, „wir holen die Geräte erstmal wieder raus.“ Ich schob das Rolltor nach oben, und mir wurde klar, dass ich Entscheidungen treffen musste.

Auf dem Telefondisplay erkannte ich Margots Telefonnummer. Siebenmal hatte sie meine Nummer gewählt. Ich erinnerte mich schwach, das Schrillen des Telefons gehört zu haben, als ich fiebernd im Bett lag und gleichzeitig starr auf der Anlaufbahn stand, nackt vor der ganzen Welt. Wie weit das schon wieder weg war. Doch ich würde mich jetzt nicht um Margot kümmern. Ich hatte eine Reihenfolge einzuhalten.

Ich ging in die Küche und holte die Klappkiste aus dem Regal hervor, die ich nicht mehr angefasst, noch nicht einmal angesehen hatte, seit ich sie vor Monaten dort abgestellt hatte. Jetzt aber schüttete ich den Inhalt auf den Tisch und breitete mit beiden Händen alles aus. Auch das hatte ich vor Monaten schon einmal gemacht. So viele Dinge hatte ich begonnen und nicht zu Ende gebracht, seit ich aus Los Angeles zurückgekommen und niemand mehr da gewesen war, der mir sagte, was ich tun sollte.

Ich begann zu sortieren. Die Urkunden und Zeitungsartikel kamen zurück in die Kiste. Auch viele Fotos, die mit Thomas Baron, die mit Guta. Die, auf denen ich auf einem Siegertreppchen stand. Niemand hatte sie in den letzten zwanzig Jahren vermisst, niemand würde sie in den nächsten zwanzig Jahren vermissen.

Ein Foto mit Mona. Sie hatte gewonnen, ich stand daneben. Mona im Zentrum, ich an der Seite. Wir trugen die Trainingsanzüge der Nationalmannschaft.

Warum gab es nur solche Fotos von uns? Warum keine aus unserem Zimmer, aus der Zeit, als wir kurze Kleider und hohe Schuhe anzogen und uns Socken unter die T-Shirts steckten? ABBA hörten oder mit Kassettenrekorder und Mikrofon vorm Radio saßen und die Hitparade aufnahmen? Fotos vom wahren Leben.

Wie es Mona jetzt ging? Was sie machte? Natürlich hatte ich noch manchmal etwas gehört von ihr, danach. Dass sie von der Intensiv runter sei. Dass es ihr besser gehe. Dass sie nie mehr turnen könne. Dass sie an den Rollstuhl gefesselt sei. Gefesselt: Das war das Letzte, was ich über sie hörte.

Damals sollte ich sie nicht im Krankenhaus besuchen, um nicht abgelenkt zu werden von der Europameisterschaft, dem Training, danach sei ja immer noch Gelegenheit. Aber auch später hatte ich sie nicht besucht. Die Schule, das tägliche Training, die Vorbereitung auf die nächsten Wettkämpfe – Ausreden gab es immer. Mit jedem Tag, jedem Monat, jedem Jahr war es unmöglicher geworden, Mona anzurufen. Was hätte ich sagen sollen? Wie geht es dir? Ich wollte dir dein Zopfband zurückbringen? Deinen Glücksbringer. Ich brauche ihn nicht mehr.

„Mona", sagte ich. Es tat gut, ihren Namen auszusprechen, und auf einmal war mir klar, dass ich sie sehen musste. Dass ich wissen musste, wie sie jetzt aussah, welche Musik sie hörte, welche Bilder an ihrer Wand hingen.

Ich ging ins Schlafzimmer, fuhr meinen Rechner hoch und ging ins Internet. Kurz verließ mich der Mut und ich ließ die Fingerspitzen auf den Tasten liegen und sah hinüber zu den Wohnungen im Haus gegenüber. Mit den Menschen, die ich täglich sah und von denen ich doch nichts wusste. Es ist zu spät, wollte ich denken, wie ich es bisher immer gedacht hatte, aber da gaben meine Finger schon „Mona Kraft, Frankfurt" in die Suchmaschine ein.

Mona Kraft & Partner. Mediendesign und Kommunikation, erschien gleich auf der ersten Seite, und als ich den Link anklickte, sah ich sie vor mir. Ihr Lächeln. Älter natürlich, aber nicht weniger schön. Blond und strotzend vor Selbstbewusstsein. Ich lenkte den Cursor auf TEAM.

Wieder Mona und ihr Lächeln. Elegant sah sie aus, wie sie dasaß, in einem dunklen Hosenanzug und mit hohen Schuhen, die Hände locker auf die Greifreifen ihres Rollstuhls gelegt. Eine Strähne kringelte sich aus ihrem hochgesteckten Haar. Neben ihr saß ein Mann auf einem Stuhl, schlank, gutaussehend, um die vierzig. Die Art, in der beide sich zueinander lehnten, das Helle in ihren Gesichtern: Ich war sicher, dass sie ein Paar waren. Hinter und neben ihnen standen etwa fünfzehn Leute und blickten in die Kamera. Mona und ihr Team.

Nichts an ihr sah gefesselt aus. Im Gegenteil: Sie wirkte frei. Glücklich, erfolgreich und frei. Ich atmete tief durch, schloss die Augen und ließ Luft durch meinen Körper strömen, bevor ich den Blick wieder auf den Monitor richtete.

KONTAKT. Es kam mir fast zu einfach vor, zu profan für die lange Zeit, in der ich so viel Kraft dafür aufgebraucht hatte, nicht an Mona zu denken, nicht an die Schläuche im Krankenhaus, nicht an die dünnen, nutzlosen Beine, die sie jetzt doch haben musste. Und vor allem nicht an den Moment des Triumphs, als Mona gefallen war, diese hässliche Fratze in mir, die sich nur einmal kurz gezeigt hatte, die aber zu mir gehörte, tief vergraben, auf die richtige Gelegenheit lauernd. Wenn ich jetzt einfach KONTAKT anklickte. Sie anriefe, ein E-Mail schriebe, einen Brief, was auch immer: Könnte sie verstehen, warum ich mich jetzt erst meldete, ein Vierteljahrhundert zu spät? Ich drückte den Finger auf die Maustaste. Eine Frankfurter Adresse erschien auf dem Monitor, eine Telefonnummer. Ich nahm einen Zettel und schrieb alles auf, schrieb groß MONA darüber und klebte ihn an den Monitor. MONA. Ich melde mich. Bald. Aber ich habe eine Reihenfolge einzuhalten.

Ich ging in die Küche zurück und suchte nach einem Behälter für das Foto von Mona und die anderen Dinge, die ich bewahren wollte. Der Brotkorb fiel mir ins Auge, ich schüttelte die Krümel aus und legte das Foto hinein. Meine erste Medaille, aus billigem Blech, angelaufen und verbeult, bekam auch einen Platz darin. Die wertvollen aus den späteren Jahren, Bronze, Silber, Gold, legte ich ebenfalls dazu, alle anderen warf ich zusammen mit den Bändern in den Müll. Ich sortierte weiter, alles fand seinen Platz: im Brotkorb, in der Klappkiste oder gleich im Mülleimer. Bis nur noch ein einziges Foto auf dem Tisch lag. Margot und ich. Eine Hand hatte sie auf meinen Rücken gelegt, mit der anderen zeigte sie auf die Kamera, um mir zu sagen, dass ich in die Linse gucken sollte. Mein Blick ging jedoch daran vorbei, verirrte sich irgendwo zwischen Margot und dem Fotografen. Mein Körper lehnte sich ihr entgegen, doch weil ich sie nicht berührte, sah es aus, als hätte ich Schieflage.

Etwas kroch in mir hoch, als ich das Foto betrachtete. Es fühlte sich nicht gut an und ich wollte das Bild schon in die Klappkiste legen, doch ich widerstand dem Impuls. Ich wollte nicht mehr weglaufen. Ich blieb, wie ich am Morgen bei Jing Jing geblieben war und ließ das Gefühl weiter in mir hochkriechen, in meine Brust, wo es mich lähmte, in meinen Hals, wo es mir Angst machte, in meinen Kopf. Ich blieb. Und mit einem Mal – als hätte mein Kopf das Gefühl auseinandergenommen, in seine Einzelteile zerlegt und wieder zusammengesetzt – hatte ich einen Namen dafür: Schuld.

Ich saß ganz still. Das Gefühl von Schuld. Das war es, was das Foto in mir auslöste. Wie alt mochte ich damals gewesen sein? Zehn? Elf?

Das Telefon klingelte. Langsam ging ich in den Flur und schaute auf das Display. Margots Nummer, wie ein Rufen aus der Vergangenheit. In das Schrillen des Telefons mischten sich Johannes' Schritte im Treppenhaus, das Rasseln seiner Schlüssel. Dann war alles wieder ruhig. Das Klingeln hörte auf. Die Wohnungstür nebenan schlug zu. Ich hielt immer noch das Foto in der Hand.

Ich stellte mir Lian vor auf dem Bild, an Margots Seite. Margots Gesicht, älter natürlich, das Mädchen an ihrer Hand. Das Setting veränderte sich kaum. Lians Haltung, der Blick – alles passte.

Waren wir so austauschbar? Oder waren wir einander so ähnlich? Und dann kam mir ein Gedanke, plötzlich und ungeheuerlich: Fühlte auch Lian sich schuldig? Weil ihre Mutter im Krankenhaus lag? Wollte sie Jing Jings Schwäche mit Stärke ausgleichen? Ich griff zu meinem Autoschlüssel.

Das Moos auf den Steinplatten war entfernt worden, nur ein paar helle Flechten hatten sich dem Hochdruckreiniger widersetzt. Ich drückte auf den Klingelknopf. Margot zuckte zusammen, als sie mich sah, hatte sich aber sofort wieder im Griff. „Ich habe zigmal angerufen."

„Ich weiß."

Sie verschränkte die Arme. „Ich dachte schon, du willst mich wieder hängen lassen." Sie trat zur Seite und ließ mich vorgehen. Ich ging schnell, spürte sie im Rücken. Im Wohnzimmer blieb ich stehen. Margot setzte sich auf das Sofa. Über ihrem Kopf an der Wand, dort, wo beim letzten Mal noch das Bild von mir gehangen hatte, war nur noch ein heller, rechteckiger Fleck.

„Nimm Platz", sagte sie und breitete die Arme über der Rückenlehne aus. Ein ironisches Lächeln zuckte um ihren Mund.

Ich blieb stehen. „Wann hast du es abgehängt?" Meine Stimme war laut und ich erschrak selbst über ihre Heftigkeit. „Nach dem Wettkampf? Nachdem du an Lian rumgezerrt hast?" Margot öffnete den Mund, aber bevor sie etwas sagen konnte, machte ich weiter: „Hast du schon ein neues Foto gemacht? Von ihr, auf dem Treppchen? Hast du es schon zum Vergrößern gegeben?"

Margot setzte sich auf. „Angelika, jetzt hör mir mal zu!"

„Nein! Ich höre dir nicht mehr zu!" Ich war kurz davor, eines der Zierkissen zu nehmen und ihr vor den Mund zu drücken. „Ich habe dir viel zu lange zugehört! Habe getan, was du wolltest! Und viel zu lange habe ich gedacht, du hast das alles für mich gemacht."

Margot lachte schrill. „Das habe ich ja wohl auch. Für wen denn sonst? Die ganzen Jahre habe ich dein Bild hier hängen lassen. Dachte, dass du irgendwann zur Vernunft kommst. Bereust! Dich entschuldigst! Und du bist gekommen. Natürlich nur, weil du etwas von mir wolltest. Und ich war so dumm, dir zu glauben und dir entgegenzukommen! Habe zugelassen, dass du dieses hochtalentierte Mädchen in deiner Bruchbude trainierst. Bis zum Wettkampf, das war unsere Vereinbarung!"

Ich nahm eines der Kissen und hielt es vor meinen Bauch.

„Ich habe Lian nach Hause gebracht, nicht du!", zeterte Margot weiter. „In dieselbe Ecke von Kassel wie dich damals übrigens. Denn du hast das Kind ja einfach stehen lassen und bist gegangen. Du bist so unglaublich verantwortungslos! Was war eigentlich wirklich in dem Umschlag, den sie dir zugesteckt hat?"

Mir wurde schwindlig. Die Konturen von Margots Gesicht verwischten, ich sah nur noch die angemalten Lippen im bleichen Gesicht, ich hörte die Glasstimme, wie sie versuchte mein Selbstbewusstsein zu sezieren, Wort für Wort: „Ich will gar nicht wissen, was darin war, kann es mir sowieso vorstellen! Aber als du dich nicht gemeldet hast, obwohl ich mich um Lian gekümmert habe, obwohl ich versprochen habe, für ein angemessenes Training zu sorgen, an Geräten, die zeitgemäß sind, mit Trainern, die etwas von ihrer Sache verstehen, die qualifiziert sind, als du dich schon wieder nicht gemeldet hast, wie all die Jahre – da habe ich das Bild abgenommen. Endlich! Lange schon hätte ich das tun sollen! Du hast es nicht verdient, einen Platz in meinem Wohnzimmer zu bekommen, in dem du so oft sein durftest. Ohne mich wärst du ein Nichts geblieben. Ein Nichts, das du wieder geworden bist. Dieser hässliche leere Fleck an der Wand – das bist du!"

Die Lippen verschlossen sich, wurden zu einem Strich, und endlich war sie ruhig. Die Stimme hörte auf, die Luft zu zerschneiden, und ich begann wieder zu atmen. Scharf hoben sich die Konturen des abgehängten Bildes vom Rest der Wand ab. Margot hatte bestimmt längst einen Maler damit beauftragt, die Wand neu zu streichen. Oder Manfred. Warum machte sie es eigentlich nicht selbst? Warum ließ sie immer andere die Dinge tun, die sie haben wollte? „Das Nichts bist du", sagte ich, und war wieder erstaunt über meine eigenen Worte und über die Ruhe, die sie in mir auslösten.

Margot gab ein Geräusch von sich, ein Fiepen, als müsste sie nach Luft schnappen und würde es mit aller Macht unterdrücken.

„Ich war bei den Europameisterschaften", fuhr ich fort, „und ich bin Weltmeisterin geworden. Ich, nicht du! Ich habe die Leistung erbracht! Ich bin für unser Land angetreten."

„Ohne mich wärst du nie dorthin gekommen“, presste Margot heraus, „niemals!“

„Du hast mich nicht gefragt, ob ich überhaupt dorthin wollte“, sagte ich und bekam ein höhnisches Lachen zur Antwort, „aber ich habe es geschafft. Ich, ich war die Weltklasseturnerin.“

„Weltklasse, ha! Das haben wir alle gedacht, ja. Aber du hattest nicht das Format. Du warst nicht wie Mona, so sehr ich es mir auch gewünscht hätte. Wenn du mich nicht gehabt hättest, wärst du nie so weit gekommen. Du verdankst mir alles, alles, was du geschafft hast!“

Ich sah mich um. Soviel Zeit hatte ich hier verbracht, an diesem Küchentisch, auf diesem Sofa. In dem Zimmer, das hinten vom Flur abging. Und wie beim letzten Mal, als ich hier gewesen war, erwischte mich diese demütigende Sehnsucht und mir wurde klar, dass dies die letzte Gelegenheit war, das Zimmer noch einmal zu sehen, in dem ich so oft geschlafen hatte. Ich fragte nicht, ging einfach hin und öffnete die Tür, hoffte, einen Raum vorzufinden, der ganz anders aussah als der in meiner Erinnerung. Aber als ich das Licht anschaltete, stand alles noch an seinem Platz: das Bett, der Schrank, der Schreibtisch. Über das Bett war eine rosafarbene Tagesdecke gezogen.

Auch das Regal am Fenster war noch da, mit den sorgsam aufgereihten Pokalen. Nur die Lavalampe fehlte. Ich ging in das Zimmer, nahm einen Pokal in die Hand, irgendeinen, und blies den Staub weg. Und wusste, dass dies nicht nur die letzte Gelegenheit war, das Zimmer zu sehen, sondern auch, die Frage zu stellen, die ich nie zu stellen gewagt hatte: „Für wen war eigentlich dieses Zimmer, bevor ich in dein Leben kam? Für wen, Margot? Wer hat vor mir hier geschlafen?“ Ich drehte mich zu ihr um. „Ich habe mich das jede Nacht gefragt, wenn ich in diesem fremden Bett lag."

Margot wich meinem Blick aus. Sie ging an mir vorbei zum Fenster und öffnete es. Kalte Luft fiel ins Zimmer und brachte den Staub in der Luft in Aufruhr. „Du bist so undankbar", flüsterte sie, „so undankbar."

„Für wen?"

„Was denkst du denn? Für dich! Für dich habe ich all das hier eingerichtet. Damit du dich wohlfühlst. Damit du ein schönes Zuhause hast. Ich habe doch gesehen, wie es bei euch aussah!" Dann zischte sie: „Und du sprichst von einem fremden Bett."

Ich konnte es nicht glauben. „Du hast das alles für mich angeschafft?"

Sie drehte sich um, noch blasser als vorher. Die Farbe an den Lippen war weg, nur die Umrandung mit dem Konturstift war noch zu sehen und gab ihr das Aussehen eines Clowns. „So viel habe ich für dich getan! Jahre meines Lebens geopfert!" Jetzt war sie wieder da, die Glasstimme, klang aber, als könnte sie jeden Moment zerbrechen. „Ich habe dich aufgebaut, dir ein Bett gegeben, ein schönes Zimmer, dich hin- und hergefahren. Und immer, wenn ich dich wieder zu dieser schrecklich heruntergekommenen Wohnung zurückbringen musste, hast du mir leidgetan, so leid! Alles habe ich getan, um dich da rauszuholen und dir eine Zukunft zu bieten. Aber dann", sie griff sich mit der Hand an die Stirn und schüttelte den Kopf, „dann musste ich feststellen, dass es keinen Sinn hatte. Alle Mühe umsonst. Im entscheidenden Moment kam sie dann doch wieder durch, deine Herkunft, diese schreckliche Art deiner Mutter, der die Bequemlichkeit nur so aus den Ohren quillt."

„Hör auf!" Ich konnte es nicht ertragen, wie sie über Mutter sprach.

„Ich hätte es wissen müssen. Kein Mumm, kein Durchhaltevermögen. Der Apfel fällt nicht weit vom Stamm. Du bist schlampig wie sie, und was du versprichst, hast du am nächsten Tag schon wieder vergessen. Du bist genau wie sie!" Margots Blick fuhr über meinen Körper. „Sieh dich doch an! Sieh doch, wie du rumläufst!"

Ich widerstand dem Impuls, an mir herunterzusehen, doch das war auch nicht nötig: Ich trug meine Jogginghose, hatte überhaupt nicht daran gedacht, mir etwas anderes anzuziehen, weil ich es eilig hatte, mit Margot zu sprechen, über uns und über Lian. Über das, was war, und das, was kommen würde. Auch meine Haare hatte ich nicht gekämmt, bevor ich losfuhr.

Ja, ich war schuldig. Weil sie so viel für mich getan hatte und ich trotzdem nicht so war, wie sie mich haben wollte. Auch wenn ich mich lange Jahre ziemlich angestrengt hatte.

Ich dachte daran, wie ich am Morgen bei Jing Jing gesessen hatte. Wie ich später Lian trainiert hatte. Immer wieder hatten wir uns angelächelt, schüchtern fast. Warm war mir ums Herz geworden, auch wenn Lian nachlässiger geworden war, ihre Bewegungen weniger exakt, ihre Kopfhaltung lockerer. Dieses warme Gefühl: war das nichts? Die Vertrautheit zwischen Lian und mir? Taugte das alles nichts, auch wenn es nicht in Punkten zu messen war? Es fühlte sich doch so richtig an. Vielleicht gab es ja mehrere Wahrheiten. Und ich musste meine eigene finden. Meine eigenen Maßstäbe, mein eigenes Punktesystem. Eines, bei dem es nicht nur Abzüge gab.

Und was war mit Lian? Aus der eine Topturnerin werden sollte? Das Talent hatte sie zweifelsohne. Auch die körperliche Statur passte. Aber was war mit ihrer Seele? War es überhaupt möglich, diesen Spitzensport zu betreiben, ohne sich selbst auf dem Weg zu verlieren? Ohne zu einer Präzisionsmaschine zu werden, die verschrottet wurde, sobald sie nicht mehr genügend Punkte einbrachte?

Ich fragte mich, was geschehen würde, wenn nicht Margot, sondern ich Lian weiter trainieren würde, irgendwie, unter anderen Umständen, mit gutem Equipment: Würde es mir gelingen, dass sie sich die Freude am Turnen erhielt, wenn es in Wahrheit nur darum ging, sie nach ganz oben zu bringen? Oder waren Druck, Neid und unendliche Erschöpfung der Preis, den sie unweigerlich würde zahlen müssen? Wofür sollte sie diesen Preis zahlen? Was brachte es mir? In China vielleicht Geld. Aber hier, in Deutschland, wo die Turn-Weltmeisterschaften noch nicht einmal im Fernsehen übertragen wurden?

Margot hatte wieder Haltung angenommen. Mit einer ungeduldigen Bewegung strich sie eine Strähne hinter ihr Ohr, die sich gelöst hatte. „Ich will nicht noch mehr Zeit verlieren“, sagte sie.

Ich hielt ihrem Blick stand, denn ich hatte das Muster erkannt, mit dem sie mich immer wieder klein gehalten hatte: Wenn du übermütig wirst, zeige ich dir deine Schwächen. Ihre Mutter fiel mir ein, die ich nur einmal kennengelernt hatte. Es war der einzige Moment gewesen, in dem ich Margot wirklich unsicher erlebt hatte. Als hätte ihre Mutter treffsicher auf die eine verwundbare Stelle gezielt – und getroffen. Aber es war auch einer der seltenen Momente gewesen, in denen ich mich Margot wirklich nah gefühlt hatte. Vielleicht gab es Nähe nur dort, wo auch Verletzbarkeit und Schwäche einen Platz hatten?

„Du weißt, wie wenig Zeit Turnerinnen haben“, sagte Margot. „Lian muss schleunigst gefördert werden. Sie muss in den Landeskader. Das sind wir ihrem Talent schuldig.“ Schuldig.

Und sie, Margot? Fühlte sie gar keine Schuld? Weil sie mich allein gelassen hatte damals, als ich ein Mal nicht gesprungen war? Wie ein Werkzeug, das nichts mehr taugt? Keine Hilfe hatte sie mir angeboten. Hatte mich allein nach Hause fliegen lassen. Ich war in Frankfurt gelandet, hatte meine Tasche vom Band gezogen und nicht mehr gewusst, wohin ich gehörte.

„Nein“, sagte ich. „Wir sind quitt. Du kriegst sie nicht.“

Von dem Besucherstuhl aus blickte ich in den Himmel, an dem dünne Schleierwolken hingen. Jing Jings Bett aber war so in die andere Richtung gestellt, dass sie nur das Krankenzimmer sehen konnte: den kleinen Tisch, das Bett der blonden Frau und die Tür, wenn jemand ihr half, sich aufzurichten. Oder wie jetzt: die Wand.

Dieses Mal war das Gefühl, weglaufen zu müssen, kleiner gewesen. Ich war ohne den Griff an die Armlehnen ausgekommen, hatte dagesessen, bis die weiße Stille im Zimmer sich auf mich übertrug, und an den Moment gedacht, der unsere Leben, das von Jing Jing und mir, auf eine sehr eigene Weise für immer zusammengeschweißt hatte.

Die Tür ging auf, eine Krankenschwester kam herein. „Hallo, Frau Wang.“ Es störte mich, wie sie ins Zimmer einbrach, mit ihrer Jugend, ihren routinierten, kraftvollen Bewegungen, ihrer Stimme, die viel zu munter war für diesen Raum, „Sie haben Besuch! Wie schön!“

Sie klappte die Bettdecke weg, ohne Jing Jing zu fragen, ob es ihr recht war, dass ich zusah. Ich stand auf und ging zum Fenster, weil ich nicht wollte, dass Jing Jing sich vor mir schämen musste für das, was von ihrem Körper übriggeblieben war. Ich dachte daran, wie sie damals gewesen war: ein zartes Wesen in einer Hülle aus Muskeln und Sehnen. Jetzt war die Hülle weg. Ein Vögelchen ohne Nest.

„Sie muss alle halbe Stunde umgelagert werden", sagte die Pflegerin, „sonst wird sie wund. Dekubitus". Ich beobachtete aus den Augenwinkeln, wie sie die Hände unter Jing Jing schob. Sie hob das weiße Nachthemd hoch, cremte zügig eine Stelle ein, dann zog sie den Stoff über die Haut und drehte Jing Jing auf die andere Seite. Fertig.

Ich setzte mich wieder auf den Stuhl. Jetzt lag Jing Jing mit dem Gesicht zu mir. Ihre Augen waren offen. Sie sah mich an, ohne Erstaunen, und ich erwiderte ihren Blick. Wie damals, in Los Angeles. Es war, als würden wir diesen Blick nur fortsetzen. Und je länger ich sie ansah, desto deutlicher wurde mir das kleine Mädchen, das seine Kindheit in einer Turnhalle verbrachte, weit weg von zu Hause, und dem nur eines blieb: die Trainer zu seinen Ersatzeltern zu machen, die Halle zu seiner Heimat, die Rivalinnen zu Freundinnen, bis sie nicht mehr kommen durften, weil das Mädchen besser war als sie, besser als alle, bis nur noch die wenigen übrigblieben, die im Olympiakader waren wie sie.

Ich sah Jing Jing in Los Angeles, ungläubig, als ich, die finale Rivalin, nicht gesprungen war. Ich stellte mir vor, wie sie in ihr Land zurückkehrte als Heldin, wie sie Geld bekam, wie sie es ihren Eltern brachte. Wie das Mädchen zur Frau wurde, einen Mann kennenlernte, schwanger war. Aber Familie konnte sie nicht. Wo hätte sie es lernen sollen? In der Turnhalle? Oder in den zwei Wochen, in denen sie nach Hause durfte, einmal im Jahr, und die Nachbarn kamen, um sie zu bestaunen? Sie, die es geschafft hatte, aus der Welt der Landarbeiter herauszukommen, sie, die in der großen Stadt lebte. Nichts wollten sie davon hören, dass Jing Jing nur das Feld gegen Kunststoffboden getauscht hatte, die Erde gegen Plastikmatten, den Pflug gegen Stufenbarren und den Schlafplatz am Ofen gegen ein graues Etagenbett. Denn Jing Jing war eine Heldin aus ihren Reihen. Und deshalb schenkte sie ihnen die Geschichten, die sie hören wollten, und ihren Eltern schenkte sie die Illusion, dass es ihr gut ging, dass es richtig gewesen war, sie gehen zu lassen, auch wenn es furchtbar einsam war ohne sie, all die Jahre.

„So, Frau Wang, bis später", die Krankenschwester tätschelte Jing Jings Wange und eilte hinaus.

„Bitte, Schwester ..."

Sie stoppte in der Bewegung und drehte sich um. „Katja. Ich heiße Katja. Ohne ‚Schwester', bitte."

„Katja. Wenn Sie mir zeigen, wie es geht, das Umlagern meine ich, kann ich das ab jetzt vormittags übernehmen."

Ich blieb bis kurz vor eins. Sie sollten ihre Zeit miteinander haben, Lian und Jing Jing, für sich und füreinander. Eineinhalb Stunden hatte ich noch, bis Lian zum Training in die Halle kommen würde. Das müsste ich schaffen.

Am Friedrichsplatz waren es nur ein paar Schritte aus der Fußgängerzone hinaus, und schon weitete sich der Blick, glitt über die Baumkronen der Karlsaue hinweg bis in die Felder und die sich dahinter erhebenden Berge. Schon so oft war ich an diesem Platz gewesen, aber noch nie in einem der drei Gebäude, die sich am linken Rand erhoben: documenta-Halle, Staatstheater und Fridericianum. Kunst war nicht vorgekommen in meinem Leben. Die Menschen waren mir fremd, die in den documenta-

Jahren die Stadt bevölkerten, um sich seltsame Bilder und Kunstobjekte anzusehen, von denen ich nichts verstand. Jetzt, als ich auf den Stufen des Friedrichsplatzes stand und den herbstlich gewordenen Wind in meinem Gesicht spürte, dachte ich, dass ich auch nie versucht hatte zu verstehen. Dass auch hier Margots Punktesystem gegolten hatte, ihr Urteil, alle fünf Jahre: Dass für so was überhaupt Geld ausgegeben wird!

Wie die meisten großen alten Gebäude flößte das Fridericianum mir Respekt ein. Zögernd stieg ich die Stufen hinauf, schritt durch die hohen Säulen und ging durch eine Glastür hinein. Kühl und licht war es hier. Ein weiter Raum öffnete sich vor mir, an weißen Wänden hingen großformatige Fotos. Eine Werft mit Arbeitern, die alle einen weißen Helm trugen und zwergenhaft wirkten gegenüber den großen Stahlteilen. Ein Essraum in einem Kinderheim. Ein Bahnhof mit Reisenden, deren Konturen verwischten, so dass das Gebäude selbst als das einzig Verlässliche erschien.

Es stimmt ja gar nicht, dass Fotografen etwas festhalten wollen, dachte ich und blieb stehen, von meinem eigenen Gedanken überrascht. War ich es in Wahrheit, die Angst davor hatte, festgehalten zu werden? Langsam setzte ich meinen Weg fort, schritt die Fotografien ab, stellte mich davor, ging näher heran oder rückte ein Stück ab. Eine hohe dunkle Kirche, ganz unten im Bild zeichneten sich die Silhouetten betender Gläubiger ab. Eine Autofabrik. Ein Konzertsaal. Weltenräume. Raumwelten. Jede für sich ein eigener Kosmos, mit eigenen Regeln. Einem eigenen Punktesystem.

An der Schwelle zum nächsten Raum hielt ich inne. War es möglich, aus dem eigenen Kosmos hinauszutreten, in dem man aufgewachsen war, dessen Möglichkeiten man kannte und auch seine Grenzen?

Ich überlegte zu gehen, war schon so voll von diesen anderen Welten. Doch es zog mich weiter. Ich machte einen Schritt in den nächsten Raum. Und hörte auf zu atmen. Das war meine Welt. Und ich! Aber das konnte nicht sein! Das durfte er nicht, er hatte mich nicht gefragt, er ...

Ich hielt mich am Türrahmen fest. Die Lichtstrahlen, die schräg auf das alte Parkett fielen und deren Wärme förmlich zu spüren war. Die Frau am Rand, ich, nur ein Teil meines Körpers war zu sehen, von hinten. Auf der Spiegelwand gegenüber mein Gesicht, nein, eine Ahnung meines Gesichts.

Niemand würde mich erkennen auf dem Bild. Vielleicht würde jeder Betrachter sogar eher sich selbst darin suchen, dem eigenen verschwommenen Spiegelbild entgegenblicken. Und möglicherweise, wenn seine Wunden offen genug lagen, die eigene brache Sehnsucht finden.

„Gefällt Ihnen das Foto? Sie stehen schon sehr lange hier." Eine Frau stellte sich neben mich und verschränkte die Arme vor der Brust.

„Ja", das Bild verschwamm vor meinen Augen, „es gefällt mir. Sehr."

„Mir auch. Das Licht, die Farben. Und der Raum. Er sieht besonders aus, nicht wahr? Kaputt irgendwie, und trotzdem wunderschön."

„Kaputt ..."

„Ich finde, was das Foto im Vergleich zu den meisten anderen hier hervorhebt, ist das Potenzial, das in ihm steckt."

„Potenzial?" Erst jetzt sah ich das Schild an ihrer Brust, das sie als Mitarbeiterin der Ausstellung auswies.

„Bei den meisten anderen Bildern ist klar, wo man sich befindet. Und was die Leute dort tun. Aber hier, diese Frau, sehen Sie doch! Ich frage mich, was sie tun wird. Warum sie dort in dieser merkwürdigen Halle ist. Und es wirkt, als frage sie es sich selbst. Diese Spiegelung, also dass man sie eigentlich von hinten sieht und ihr Gesicht nur schemenhaft im Spiegel: Das ist sehr gut gemacht. Dadurch steht der Betrachter auf derselben Seite wie die Frau in dem Bild. Man möchte mit ihr zusammen losgehen."

„Wohin?"

„Wie meinen Sie das?"

„Sie haben gesagt, dass Sie sich fragen, was die Frau tun wird. Was denken Sie? Diese Halle: Was ist das für eine Welt? Was sollte man dort tun?"

Die Frau überlegte. „Tanzen vielleicht. Da sind ja diese Spiegel an der Wand. Ja, wenn ich die Frau wäre, würde ich dort tanzen wollen. Und mich dabei ansehen und mich schön finden. Na ja." Sie wurde ein wenig rot, sah an sich herunter und kicherte wie ein junges Mädchen.

„Oder turnen?"

„Turnen?" Die Frau sprach das Wort aus, als hätte ich sie beleidigt.

„Geräteturnen, meine ich. Boden, Stufenbarren, Schwebebalken ..."

Die Frau zog die Schultern hoch. „Ach herrje, das war für mich immer das Schlimmste in der Schule. So streng, alles so genau vorgeschrieben." Sie lächelte hilflos. „Nicht nur, dass ich schlechte Noten hatte. Es war auch einfach peinlich." Sie sah mich an. „Sie sehen allerdings ziemlich sportlich aus. Sie hatten bestimmt immer eine Eins im Turnen, oder?"

Ich musste lachen, gleichzeitig stiegen mir Tränen in die Augen. Lachen und Weinen – wie eng lag es zusammen. „Stimmt. Wenn ich könnte, würde ich Ihnen eine abgeben."

Auch die Frau lachte. „Das wäre schon was! Glauben würde es mir allerdings niemand. Und zum Glück merkt man ja irgendwann auch, wie unwichtig das ist.“ Sie sah auf die Uhr. „Es macht Freude, mit Ihnen zu sprechen, aber ich habe ab vierzehn Uhr frei und es ist schon fünf nach. Wir haben übrigens immer interessante Ausstellungen, wäre schön, Sie hier bald wieder zu sehen!“

Ich warf einen letzten Blick auf das Foto und sagte: „Danke“.

Im Hinterhof sprühte mir feiner Regen entgegen. Ich stellte die Klappkiste auf dem Boden ab und holte den alten Grill aus der Ecke, der schon seit Jahren neben den Mülltonnen stand, ein billiges Teil auf drei wackligen Beinen, das niemand benutzte und niemand wegstellte, an das sich alle im Haus so gewöhnt hatten, dass sie es gar nicht mehr wahrnahmen. Aus dem Papiermüll holte ich ein paar alte Zeitungen, knüllte sie zusammen, legte sie in die Grillschale und zündete sie an. Trotz des Regens brannte das Papier sofort. Ich bückte mich und zog das erste Blatt aus der Klappkiste. Eine Urkunde von 1976. Ich hielt eine Ecke ins Feuer. Es dauerte länger als beim Zeitungspapier, aber dann leckten die Flammen an beiden Seiten der Urkunde entlang und ich ließ los. Das nächste war ein Zeitungsartikel. Ein Interview mit Guta, in der Mitte ein großes Foto von ihm, gestikulierend, raumgreifend, und in der rechten Spalte ein kleineres von mir, mitten im Sprung, am höchsten Punkt in der Luft, gehockt, die Hände um die magnesiafleckigen Schienbeine geklammert. Die Flammen griffen sich Guta, fraßen sich in sein Gesicht.

Die Tür vom Hinterhof ins Haus öffnete sich. Der Hausmeister wahrscheinlich, der sich beschweren wollte, weil ich ein Feuer machte. Doch ich würde mich nicht stoppen lassen, bevor nicht der gesamte Inhalt der Klappkiste in Flammen aufgegangen war. Es war aber Johannes, der sich durch die Tür schob und dort im Halbdunkel stehen blieb, als wollte er sich den Fluchtweg offen halten. Ich konnte sein Gesicht kaum erkennen, und schon machte er Anstalten, sich wieder ins Haus zurückzuziehen.

„Bitte geh nicht weg!", rief ich. Vermutlich war es der Ton meiner Stimme, der ihn stehen bleiben und den Kopf zu mir drehen ließ. Wie eine Katze, die aufhorcht und lauscht, bevor sie entscheidet, ob sie mit einer Bedrohung rechnen muss. „Ich war da", und mein Mund wurde plötzlich trocken, „im Fridericianum."

Johannes stand in der Tür. Ich sah sein Profil, die gebeugte Haltung, die mir bisher an ihm nicht aufgefallen war. „Angelika", seine Stimme war belegt, „ich hätte dich gefragt, unter anderen Umständen, aber du warst so ... Es ist nicht meine Art, ich wollte sogar ein anderes Bild nehmen, aber ..."

„Es ist wunderbar." Ich ging auf ihn zu.

Er wich zurück. „Es schien mir einfach das beste von allen und dieser Wettbewerb war eine große Chance!"

„Es ist ein wunderbares Foto, Johannes."

„Was sagst du?"

Nun war ich so nah bei ihm, dass ich endlich seine Gesichtszüge erkennen konnte. Sie sahen aus wie die eines Langstreckenläufers nach einem Rennen: ausgedörrt irgendwie, von Anstrengung gezeichnet, mit Falten, die sich in die Wangenhöhlen drückten. „Kommst du mit ans Feuer?", ich drehte mich zum Grill, „es geht sonst aus und ich muss weitermachen."

Er trat zögernd näher und blieb in einigem Abstand stehen. Ich legte ein paar zerknüllte Zeitungen in die Grillschale.

„Um ehrlich zu sein", sagte ich und wollte ihm sagen, dass es das schönste und berührendste Foto war, das ich je gesehen hatte, aber er blickte bei dem Wort ‚ehrlich' so überrascht auf, dass ich abbrach und ins Feuer starrte. Mir war nicht bewusst gewesen, dass ich ihn so verletzt hatte.

„Ja?", er trat näher. Als er sah, dass ich eine Urkunde ins Feuer legen wollte, riss er sie mir aus der Hand. „Bist du verrückt?"

Ich griff zu dem nächsten Stück in der Kiste und übergab es den Flammen. „Das ist nichts, weißt du. Nur ein Stück Papier, das ein paar Leuten viel zu wichtig war." Ich zog die Urkunde aus seinen Händen und warf auch sie ins Feuer.

„Also: Wenn du ehrlich bist?", sagte er.

Ich hielt ein Foto in der Hand. Ich nach einem Sprung, im Hintergrund Guta, der triumphierend die Hände hochreckte. Ich ließ los.

„Nicht!" Johannes wollte zugreifen, die Flammen waren schneller. „Mann!", er fasste sich an den Kopf, „das kannst du doch nicht machen. Nicht die Fotos!"

„Ich habe mich auf diesen Bildern nie erkannt. Ich kam mir selbst fremd vor, wenn ich sie ansah. Aber das heute, das Foto von dir, da dachte ich: Das bin ja ich. Und ich dachte…", ich schluckte, sah ihn an, er kam noch einen Schritt auf mich zu, „ich dachte, ich bin doch eigentlich ganz okay."

Im Grill verpuffte etwas, Funken stieben ins Dunkel. Johannes streckte seine Hand aus, als wollte er meine Wange berühren. „Wer um Himmels willen hat es geschafft, dir etwas anderes einzureden?"

Goldschmuck auf angestaubtem dunkelrotem Samt. Ketten, Armreifen, Ohrringe, dick und gelb glänzend. Eine Klingel schrillte, als ich die Tür öffnete.

Der Mann, der aus einem Nebenzimmer in den kleinen Verkaufsraum kam, war anders, als ich ihn mir vorgestellt hatte. Sein Gang war leicht gebremst, sein Blick verhalten wie bei jemandem, der die Dinge mit Umsicht angeht, seine Stimme leise und ein wenig heiser: „Wie kann ich Ihnen helfen?"

Ich griff in meine Tasche und drückte die Medaille auf den Tisch. Die Hand, mit der der Mann sie griff, war zart wie die einer jungen Frau. Er drehte sich um, setzte eine Brille auf, nahm eine Lupe zu Hilfe und überprüfte die Medaille.

„Sie ist echt", sagte ich.

Er wandte sich mir wieder zu: „Budapest, 1983 – woher haben Sie die, wenn ich fragen darf?"

„Man könnte sagen, ich habe sie verdient, aber das Wort gefällt mir nicht mehr in dem Zusammenhang."

Er sah mich über den Rand seiner Brille an. „Der Materialwert ist gering. Die Medaille ist nur vergoldet. Bei mir werden Sie nicht allzu viel dafür bekommen."

Ich zögerte. „Ich brauche Geld, wissen Sie?"

Sein Lächeln war mehr zu spüren als zu sehen. „Das kann ich mir denken."

„Für mein Dach."

„Ein Dach ist eine wichtige Sache."

„Wichtiger als das da, meinen Sie nicht auch?"

„Das ist eine Frage der Perspektive."

„Ich habe sehr hart gearbeitet für diese Medaille. Es ist lange her, aber ich hatte gehofft, doch noch ein wenig Geld dafür zu bekommen."

„Für Ihr Dach."

Ich sah ihm ins Gesicht. Er wirkte nicht, als mache er sich lustig.

„Ja, dann, trotzdem vielen Dank." Ich wandte mich zum Gehen.

„Vielleicht wenden Sie sich an ein Auktionshaus", hörte ich ihn sagen, „es gibt Menschen mit viel Geld, die sich gern den Ruhm anderer kaufen. Für einen Weltmeistertitel sind die bestimmt bereit, einiges auszugeben."

„Ein Auktionshaus? Wo finde ich das?"

„Hören Sie sich um! Aber tun Sie mir einen Gefallen und schlafen Sie noch einmal drüber. Oder zweimal."

„Vielleicht. Danke!"

Eine Stunde war es schon her, dass Katja dagewesen war. Ihre Stimme war noch lauter gewesen als beim letzten Mal und im Gesicht hatte sie hektische Flecken gehabt. In aller Eile hatte sie mir vorgemacht, wie es mit dem Umlagern funktioniert, wo ich Jing Jing anfassen, wo das Laken glattziehen sollte. Zwei Kolleginnen seien krank, erzählte sie dabei, die Zeit sei ja ohnehin schon knapp bemessen, selbst wenn alle da seien, sie wisse überhaupt nicht, wie sie alles schaffen solle. „Toll, dass Sie das machen", rief sie im Weggehen, dann ging die Tür und es war wieder still. Das zweite Bett im Zimmer war leer und aufgeräumt, eine Folie darüber gespannt. Die Frau war am Tag zuvor entlassen worden. Ihr Sohn sei gekommen, hatte Katja noch gesagt.

Ich starrte die Bettdecke an. Es wurde Zeit. Ich nahm den Rand der Decke und hob sie zaghaft an.

„Jing Jing", sagte ich. „Ich … fasse dich jetzt an." Sie wollte nicht, dass du sie schwach siehst, hatte Lian gesagt.

Jing Jing öffnete die Augen, und ich schob meine Hände unter ihren Rücken. Die Wärme ihres Körpers überraschte, seine Schlaffheit beschämte mich. Vorsichtig hob ich Jing Jing an, drehte sie auf die Seite, zog das Laken unter ihr glatt, ebenso den Stoff des Nachthemds. Einmal stöhnte sie kurz auf. Dann war es erledigt. Ich zog meine Arme wieder zurück und legte die Decke über sie.

Wer legte abends eine Decke über Lian? Wer saß an ihrem Bett?

Die Nachmittage mit Lian veränderten sich. Sie kam jeden Tag pünktlich, stellte ihre Tasche auf die Bank, lief ihre Runden, machte Sit-ups und Räder und Bogengänge, übte Aufgänge und Abgänge, wenn ich es ihr sagte. Aber sie wurde nachlässiger, war mit ihren Gedanken oft weit weg, irgendwo, in der Klinik wahrscheinlich oder in China, bei Herrn Xu, jedenfalls nicht hier in unserer Halle, nicht bei den Übungen. Manchmal blieb sie mitten in der Bewegung stecken, verharrte, und ihre schmalen Augen richteten sich auf irgendeinen Punkt am anderen Ende der Halle. Ich begann, das Programm zu reduzieren, weil ich fürchtete, sie könnte sich verletzen. Zunehmend strich ich solche Übungen, die ihre volle Konzentration erforderten. Wir hatten kein Ziel. Keinen Wettbewerb, den es zu gewinnen galt. Vielleicht wäre es gut für Lian gewesen. Etwas, auf das sie sich ausrichten könnte, das unserem Tun einen Sinn gab. Sicher wäre es besser, wenn sie in einem Verein wäre, in dem andere Kinder waren, Gleichgesinnte. Es gab noch andere Turnvereine als den TV Großenritte. Ich könnte mich erkundigen, sie begleiten bei den ersten Malen, bis sie sich eingelebt hatte. Aber ich tat es nicht.

Und Jing Jing sagte nichts. Vielleicht war sie zu schwach, um noch einen Weg der Kommunikation zu finden. Zu protestieren. Zu fordern. Vielleicht wagte sie es auch nicht mehr, nachdem das Geheimnis gelüftet war, das sie so sorgfältig aufgebaut hatte. Geld hatte ich keines mehr bekommen und ich wollte Lian nicht damit belasten, mit der Frage danach an ihre Mutter heranzutreten.

Wir waren Kaninchen vor der Schlange. Harrten aus, ohne uns zu bewegen, als könnten wir so den tödlichen Biss vermeiden. Morgens ging ich zu Jing Jing, saß bei ihr, lagerte sie jede halbe Stunde um, wischte ihren Mund ab, redete mit ihr oder schwieg. Die Nachmittage verbrachte ich mit Lian in der Halle, danach brachte ich sie nach Hause, denn um halb sieben wurde es schon dunkel.

An diesem Tag war sie besonders unkonzentriert. Ich hatte Schwebebalken aufs Programm gesetzt, eigentlich ihr Paradegerät. Schon beim ersten Aufgang fiel sie auf der anderen Seite wieder herunter. Ohne mich anzusehen, hockte sie wieder auf. Den Spagatsprung wollten wir üben. Er erforderte Konzentration, aber wenn sie sie nicht aufbrachte, konnte zumindest nicht viel passieren. Lian richtete sich auf dem Balken auf. Ich stand ein paar Meter entfernt. Sie hob den Kopf und ich bemerkte ihren Blick. Er stimmte nicht, passte nicht zu der Übung. Lian ging in die Knie statt einen Schritt vorwärts zu machen, um den Spagatsprung einzuleiten, sie beugte den Oberkörper nach vorn, brachte die Arme nach unten, und da wurde mir klar, dass sie zu einem Menichelli ansetzte. Nie hätte ich ihr das erlaubt in ihrem unkonzentrierten Zustand, viel zu gefährlich war es, sie schien wie in Trance, ich hastete los, als ihre Arme nach oben schnellten, nach hinten, ihr Rücken sich bog, die Füße sich vom Balken lösten, ich hatte mich nicht darauf vorbereitet, sie zu sichern, war zu weit weg, ihre Hände griffen den Balken, rutschten ab, ihr Kopf raste auf den Boden zu, dann war ich da, hatte sie, hielt sie, umklammerte sie, stand da und konnte sie nicht mehr loslassen, und auch sie bewegte sich nicht mehr, alle Kraft war aus ihr gewichen, kopfüber hing sie in meinen Armen, und als ich sie schließlich herunterließ, sank sie auf der Matte unter dem Balken zusammen zu einem formlosen Haufen.

Ich setzte mich neben sie, legte meine Hand auf ihren Rücken, um sie zu spüren. Nur langsam beruhigte sich mein Herz wieder. „Es geht so nicht weiter, Lian“, sagte ich in die Halle hinein.

Sie setzte sich auf, sammelte sich und starrte blass vor sich hin.

„Wir machen Schluss für heute“, sagte ich.

Ohne den Kopf zu mir zu drehen und so leise, dass ich es kaum verstand, sagte sie: „Aber es ist doch erst fünf.“

„Wir machen heute früher Schluss.“ Und ich wusste nicht, ob es ein Morgen geben sollte mit ihr und mir in dieser Halle.

„Ich bringe morgen wieder Geld mit“, wisperte Lian, „ich werde es meiner Mutter sagen. Ich weiß, wo der Umschlag ist.“ Ihr Akzent, an den ich mich in der kurzen Zeit schon so gewöhnt hatte, dass ich ihn kaum noch wahrnahm, war stärker als sonst.

Warum? Warum hielt sie so an mir fest? An unserem seltsamen Training, diesen endlosen Nachmittagen? Was hielt sie bei mir? „Lian?“

Es dauerte, bis sie es schaffte, mich anzusehen.

„Wir verbringen so viel Zeit miteinander, nicht?“

Sie nickte, misstrauisch, weil sie nicht wusste, worauf das Gespräch hinauslaufen sollte.

Ich wusste es selbst nicht. „Findest du nicht, dass wir da auch ein bisschen mehr voneinander erfahren sollten?“

Sie hob die Schultern.

„Ich habe dir schon viel von mir erzählt, neulich“, sagte ich, „und fände es schön, wenn du auch ein bisschen erzählen würdest.“

„Was willst du denn wissen?“

„Zum Beispiel, woran du gedacht hast, eben, auf dem Balken.“

Sie senkte den Kopf. „Ich weiß, dass ich keinen Menichelli machen sollte.“

Ich wagte es, ihr über das Haar zu streichen. „Es ist ja nichts passiert. Ich möchte einfach gern wissen, woran du gedacht hast. Jedenfalls nicht ans Turnen. Und das kann schnell gefährlich werden. Wenn ich dich nicht aufgefangen hätte…“, ich fröstelte. „Es muss also etwas Wichtiges sein, an das du gedacht hast.“

Lian hielt ganz still, während ich ihr Haar berührte. Immer noch hielt sie den Kopf gesenkt.

„An China.“

„Du hast an China gedacht?“

„Ist es schön dort?“

Sie nickte.

„Was?“, fragte ich, „was ist schön?“

Lian zog wieder die Schultern hoch.

„Hast du Freunde dort?“

„Eine Freundin.“

„Wie heißt sie?“

„Ling.“ Ein Lächeln huschte über Lians Gesicht.

„Und hier?“, fragte ich, „hast du hier keine Freundin?“

Sie schüttelte den Kopf. „Hier sind alle so laut und hören nicht auf das, was der Lehrer sagt, und reden durcheinander.“ Wieder schwieg sie. Ich überlegte, wie ich weitermachen sollte, als sie plötzlich fortfuhr: „Und in China ist Xu Yuwan. Mein Großvater. Er bringt mich jeden Tag in die Schule und holt mich wieder ab, und abends macht er mir etwas zu essen. Meine Mutter hat gearbeitet, sie hatte keine Zeit, aber er ist immer da.“

„Du hast ihn sehr gern, nicht wahr?“

Lian nickte. „Viele Kinder müssen über Nacht in der Schule bleiben, weil ihre Eltern zu weit weg wohnen. Aber das wollte Mutter nicht, deshalb hat sie dafür gesorgt, dass mein Großvater bei uns wohnt und mich jeden Abend abholt, auch wenn es eine lange Fahrt ist.“ Lian hielt immer noch den Kopf nach unten gerichtet, als liefe dort auf dem Boden ein Film, den sie mir erzählte. „Wir fahren mit dem Bus und ein Stück mit dem Fahrrad, und ich sage: ‚Yeye, erzähl mir eine Geschichte', und wenn ich dann zu müde werde, darf ich mich an seinen Rücken lehnen und er passt auf mich auf."

„Und deine Freundin? Ling? Geht sie auch auf die Schule?"

„Ja. Sie ist stolz darauf, meine Freundin zu sein, weil meine Mutter so eine berühmte Turnerin ist."

„Was macht ihr in der Schule?"

„Vormittags lernen. Nachmittags turnen."

„Macht es Spaß, das Turnen?"

Sie stockte, nestelte an ihrer Hose herum.

„Turnst du gern, Lian?"

„Ich ..., die Leute sagen, ich bin gut im Turnen."

„Ja, du bist gut, das weiß ich. Aber macht es dir auch Freude?"

„Wieso?"

„Du turnst, weil Jing Jing es dir gesagt hat, nicht wahr?"

„Sie ist meine Mutter."

Ich blickte nach oben, wo das Licht durch die Fenster an die Decke strahlte.

„Sie weiß, was gut für mich ist", sagte Lian.

„Natürlich weiß sie das. Sie ist deine Mutter und will das Beste für dich."

„Ich will eine gute Turnerin werden wie sie. Und du."

„Aber es gibt noch andere Dinge im Leben als Turnen, Lian. Schöne Dinge. Und heute denke ich, dass es vielleicht besser gewesen wäre, mich mehr um diese anderen Dinge zu kümmern. Nicht immer nur zu turnen."

Lian sah zur Seite, als suchte sie nach einem Versteck.

„Was macht dir Freude an unserem Training?"

„Weiß nicht."

Ich ließ nicht locker. „Was machst du am liebsten? Schwebebalken? Stufenbarren?"

Lian wurde immer unruhiger, begann mit einem Bein zu wippen.

„Boden? Sprung?"

„Alles."

„Lian! Worauf freust du dich, wenn du aus dem Krankenhaus kommst und hierher fährst?"

Sie warf mir einen scheuen Blick zu, aber was sie sagte, klang fast trotzig: „Auf dich."

Mir wurde warm. Und gleichzeitig kalt. Ich dachte an ihre Frage, nachdem ich ihr gesagt hatte, dass ich sie nicht mehr trainieren würde: ‚Wo soll ich denn hin?' Wo sollte sie denn hin, nachmittags, wenn nicht in meine Halle?

Ich legte den Arm um ihre Schulter und zog sie an mich. „Komm, Lian. Lass uns gehen. Ich bringe dich nach Hause."

Wir fuhren zur Gartenstraße. Wie immer in der letzten Zeit stieg ich mit aus, aber dieses Mal blieb ich nicht vor ihrem Haus stehen, um zu warten, bis Lian hinter der Tür verschwunden war, sondern ging zusammen mit ihr die Treppe hoch, als wäre es normal. Und sie stellte keine Fragen.

Die Wohnung war noch kleiner, als ich sie mir vorgestellt hatte. Ein Bett stand darin, der Tisch, ein Herd, ein Regal mit einigen Tellern und Gläsern, ein Kühlschrank. Aus dem Fenster sah ich die Feuerleiter am Haus gegenüber, von der aus ich damals in diese Wohnung geblickt hatte, und schämte mich.

Lian blieb unschlüssig stehen, dann ging sie auf die Toilette. Auf dem Tisch lagen drei ungeöffnete Briefe. Die Umschläge aus grauem Umweltschutzpapier trugen den Stempel der Grundschule. Ich nahm den untersten Brief in die Hand und öffnete ihn. Die Klassenlehrerin bat dringend um ein Gespräch. Lians Leistungen hätten nachgelassen. Im zweiten Brief stand, dass Lian immer verschlossener sei und ihre Hausaufgaben nur noch selten mache. Ihr Zeugnis könnte wesentlich besser ausfallen. Im dritten Brief las ich, dass Lian seit Beginn des neuen Schuljahres überhaupt nicht mehr mitmache, oft geistig abwesend und mehrfach zu spät gekommen sei. Gerade das jetzige, vierte Schuljahr sei entscheidend, weil es die weiterführende Schule bestimme. An Lians Intelligenz liege es nicht, sie habe auf jeden Fall das Zeug dazu, aufs Gymnasium zu gehen. Ob es familiäre Probleme gebe. Es sei wichtig, offen darüber zu sprechen. Daher die wiederholte Bitte zu einem Gespräch, dann lasse sich vielleicht einiges klären, bevor die Schule den offiziellen Weg über das Jugendamt wählen müsse.

Ich hörte die Toilettenspülung. Lian kam herein. Als habe sie die geöffneten Briefe nicht gesehen, als stünde ich überhaupt nicht da, ging sie zum Schrank und holte einen Teller heraus. Sie stellte ihn auf den Tisch. Dann zögerte sie. „Willst du auch einen?" Ich nickte.

Lian nahm zwei der drei schmuddeligen Gläser aus dem Regal, ließ Wasser aus dem Hahn hineinlaufen und stellte sie ebenfalls auf den Tisch. Aus dem Kühlschrank holte sie eine angebrochene Packung mit Toastbrot und eine billige Nougatcreme.

Wir setzten uns schweigend. Der Tisch wackelte, die Oberfläche war aus angestoßenem Holzimitat. Lian nahm eine Scheibe aus der Packung und schmierte von der dunklen Creme darauf, die durch die Kälte krümelig war, und als sie mich ängstlich ansah, tat ich es ihr nach.

Der Boden des Zimmers war mit Teppichboden von einer undefinierbaren Farbe belegt. In einer Ecke lag ein Staubknäuel.

Am unteren Rand des Fensters zeigte sich eine schwarze Schimmelecke. Ich biss von dem weichen Brot ab, kaute und schluckte. Biss ab, kaute und schluckte.

Kaum waren wir fertig, stand Lian auf und trug die Teller zur Spüle. Sie wirkte, als hätte jemand sie aufgezogen, und jetzt spulte sie ihr Programm ab, Punkt für Punkt. Nur: Ich gehörte nicht zu dem Programm. Nicht hier, nicht um diese Uhrzeit.

„Hast du Hausaufgaben auf, Lian?"

Lian stellte die Teller ab und drehte den Wasserhahn auf, dann wieder zu, ging zu ihrer Schultasche, die neben der Tür stand, und zog ein kleines Heft heraus, auf dessen Vorderseite ein Tiger abgebildet war und schlug es auf. Sie nickte, und endlich sah sie mich an.

„Dann setzt du dich jetzt hierher und erledigst die Aufgaben", sagte ich. „Den Abwasch erledige ich."

Das Spülbecken war matt vom Kalk, der Abfluss schwarz. Die Flasche mit dem Spülmittel war fast leer. So gut wie möglich machte ich das Becken sauber, dann wusch ich die Teller und die Gläser ab. Weil ich kein Geschirrtuch fand, trocknete ich sie mit Papiertaschentüchern ab. Einen Staubsauger suchte ich vergeblich, fand aber einen Besen und eine Kehrschaufel. Ich ging zu der staubigen Stelle in der Ecke und begann, die Flusen vom Boden abzukratzen, bis ich merkte, dass der Teppichboden sich bereits auflöste und ich Krümel davon in der Hand hielt. Die Berührung mit diesem widerlichen alten Teppichboden ekelte mich. Ich wurde wütend. Was um Himmels willen dachte sich Jing Jing dabei, ihr Kind so allein zu lassen? Und warum musste ich jetzt hier sein und mich darum kümmern? Lian sah schuldbewusst auf. Ihr Stift verharrte über dem Papier. Sie hatte noch nicht ein Wort geschrieben.

„Wir gehen zu mir", sagte ich.

Sie öffnete den Mund.

„Keine Widerrede. Nimm deine Schultasche und pack deinen Schlafanzug ein. Und die Zahnbürste!"

Lian in meiner Küche, an meinem Tisch. Vor sich wieder das Heft, immer noch hatte sie keinen Buchstaben geschrieben. Sie wusste nicht, wie sie sich verhalten sollte, saß starr da, atmete kaum, nur ihre Augen waren überall.

„Möchtest du etwas trinken?"

Sie nickte. In meinem Kühlschrank sah es nicht viel besser aus als in ihrem. „Ich gehe kurz zum Nachbarn, bin gleich wieder da, ja?"

Als ich vor Johannes' Tür stand, atmete ich kurz durch, bevor ich auf die Klingel drückte. Eine Frauenstimme war zu hören, dann die von Johannes, seine Schritte. Er wirkte angespannt. „Angelika", er fuhr sich mit den Fingern durchs Haar.

„Entschuldige", sagte ich, „ich will nicht stören."

„Du störst nicht. Es ist nur ... Silvia ist da. Meine Frau."

Unsere Kletterausflüge. Die Momente, in denen er so nah war, dass ich seine Haut gerochen hatte. Sein Hals, seine Wange. Seine Stimme in meinem Ohr.

Ich trat einen Schritt zurück. „Ich wollte nur ... hast du vielleicht irgendetwas da, was einem Kind schmecken würde?"

„Einem Kind?"

„Lian ist bei mir."

Er warf einen Blick über die Schulter, nickte und verschwand in der Wohnung. Wieder hörte ich die Frauenstimme. Ich lehnte mich an die Wand im Treppenhaus. Unsere Türen, nebeneinander, beide einen Spalt offen. Ich, im Seil hängend. Es hätte sich schön anfühlen können. Wenn ich anders wäre als ich war. Vieles hätte sich schön anfühlen können.

Johannes tauchte wieder auf: „Milch, Kakaopulver und ein paar Kekse. Das ist das einzige, was mir einfällt."

Unsere Hände berührten sich, als er mir die Sachen gab.

„Wir sprechen über die Scheidung", sagte er heiser.

Ich schluckte, wusste nicht, was ich sagen sollte und wandte mich zögernd zu meiner Tür.

„Warte", sagte er.

„Ich kann Lian nicht so lange allein lassen."

Ich blieb in meiner Bewegung stecken.

„Nur ganz kurz. Es ist wichtig." Er ging wieder ins Innere der Wohnung. Als er zurückkam, hielt er ein Foto in der Hand. Ich erkannte es sofort, und jetzt war ich es, die zögerte, bevor ich dann doch die Essenssachen auf den Boden stellte und mit zittrigen Fingern das Bild nahm, das er mir entgegenstreckte. Jenes Foto, das damals von mir gemacht worden war, als ich auf der Anlaufbahn stand und die dreißig Sekunden vorbei waren, in denen ich Gold hätte holen können. Das Klicken des Auslösers hatte mich zurückgebracht, von woher auch immer, zurück in die Olympiahalle, zurück in die bittere Realität des Versagens. Konsequent hatte ich seither jeden genauen Blick darauf vermieden, obwohl es in fast jeder Zeitung abgedruckt worden war.

„Schau es dir an", sagte Johannes. Und ich wagte es, ihm zu vertrauen und senkte meine Augen auf das Bild, langsam und vorsichtig, bereit, sie sofort wieder woanders hin zu lenken: auf den Fußboden, auf die Türen, auf die Essenssachen.

Johannes sah mich gespannt an. „Jo?" Die Frauenstimme aus seiner Wohnung.

Da stand ich. Blutjung, viel jünger, als ich gedacht hatte. Und es wirkte, als würde ich lächeln. Kein aufgesetztes Lächeln für die Kameras, sondern ein ganz feines, eines, das nach innen ging. Ein Lächeln nur für mich. Konnte das sein?

„Jo! Können wir jetzt weitermachen?" Die Stimme dieser Silvia klang jetzt genervt, aber Johannes blieb immer noch bei mir stehen. „Es heißt, man liebe einen Menschen nicht wegen seiner Stärken, sondern wegen seiner Schwächen", sagte er. „Ich glaube, deshalb haben die Leute das Foto so gemocht."

„Es ist schön, dass du hier wohnst", sagte ich.

Lian saß in derselben Haltung da wie zuvor. Das Heft war immer noch leer. Ich goss die Milch in einen Topf und stellte sie auf den Herd. Die Kekse verteilte ich auf einem Teller und stellte sie Lian hin, aber sie nahm keinen. Ich gab einen Löffel Kakaopulver in eine Tasse und goss die warme Milch darauf. Der Geruch! Ich hielt die Tasse unter meine Nase und sog ihn ein. Er erinnerte mich daran, wie ich das manchmal als Jugendliche getan hatte, wenn die Lust auf Süßes zu groß geworden war. Wie ich versucht hatte, mich satt zu riechen, mir vorgestellt hatte, wie die cremige Flüssigkeit meine Kehle hinunterrann und meinen Magen füllte, wie der Kakaogeschmack sich im Mund ausbreitete. Bis zu dem Moment, in dem ich es nicht mehr ausgehalten hatte und das Verlangen, den Kakao wirklich zu trinken, zu groß wurde und ich den Inhalt der Tasse schnell in den Ausguss kippte.

Ein schaler Geschmack breitete sich in meinem Mund aus, als ich jetzt daran dachte. Wie alt mochte ich gewesen sein? Dreizehn? Vierzehn? Ich nippte an der Tasse, als sei es etwas Verbotenes. Und als sich die Süße auf meiner Zunge breitmachte, wusste ich, dass ich immer so empfinden würde. Trotzdem machte ich auch für mich eine Tasse und setzte mich zu Lian. Schüchtern nahm sie ihren Kakao in die Hand, und als ich trank, tat sie es mir nach, und ich wünschte, ich könnte dafür sorgen, dass sie es sich nie verbieten lassen würde.

Am nächsten Morgen kam ich erst spät ins Krankenhaus. Ich hatte schlecht geschlafen, immer auf Lian gelauscht, die neben mir im Bett lag. Ganz still hatte sie gelegen, so still, dass ich nicht wusste, ob sie wirklich schlief oder es nur vorgab. Ich hatte ihr gesagt, dass sie mich wecken solle, wenn sie nicht schlafen könne, obwohl mir klar war, dass sie es nicht tun würde. Also lag ich die halbe Nacht wach, bevor ich endlich einschlief und kurz darauf wieder aufwachte, weil ich meinte, sie wimmern zu hören, aber als ich meine Gedanken zusammengesammelt hatte, bewegte sie sich nicht.

Morgens machte ich ihr einen Kakao und ein Knäckebrot mit Honig. Ich fuhr sie zur Schule und sah, wie sie in der Menge verschwand. Es kam mir vor, als sei sie das einzige Kind auf dem ganzen Schulhof, das nicht kreuz und quer herumrannte, sondern den geraden Weg zum Schulgebäude nahm und sich neben die Eingangstür stellte. Ein paar Mädchen kamen zu ihr und sprachen sie an, aber sie schüttelte nur den Kopf, die Mädchen hüpften weg und Lian stand wieder allein da.

Auf dem Weg zurück machte ich einen Zwischenstopp im Discounter. Milch, Kakaopulver, Joghurt, Brot, Wurst, Käse, Butter, Saft: fast zwanzig Euro musste ich bezahlen. Nein, ich würde Jing Jing nicht um Geld anbetteln!

Nachdem ich die Einkäufe im Kühlschrank und im Regal verstaut hatte, putzte ich meine Wohnung, saugte alle Ritzen aus, wischte den Boden, scheuerte die Kacheln im Bad ab, aber es nützte nichts, ich hatte doch immer nur das verkalkte Spülbecken in Lians Wohnung vor Augen und das Gefühl des bröselnden Teppichbodens zwischen den Fingern.

Ich musste mit Jing Jing sprechen. Musste jemanden organisieren, der übersetzen konnte, denn Lian durfte ich das nicht zumuten. Ich würde im Krankenhaus fragen. Vielleicht gab es einen Pfleger, eine Praktikantin, einen Arzt, irgendjemanden, der entweder selbst Chinesisch sprach oder jemanden kannte.

Mit diesem Vorsatz stieg ich die Treppen im Klinikum hoch, ein vertrauter Weg inzwischen, viel zu vertraut, der Flur mit den Rollstühlen, den Rollatoren, den Infusionsständern, diese von Krankheit dominierte Welt, die Jing Jings Welt war. Nicht meine!

Katja, die Pflegerin, kam aus einem Zimmer und schwenkte nach links. Sie verlangsamte ihren Schritt, blieb stehen und drehte sich um. An dem Stocken ihrer Bewegungen, diesem Zögern, das nicht zu ihr passte, wurde mir sofort klar, dass etwas passiert war. Etwas, das die Dinge auf den Kopf stellte, ohne sie wieder richtigherum drehen zu können.

„Was ist passiert?", fragte ich heiser, und sie sagte: „Hat man Sie nicht informiert?"

Der Verabschiedungsraum lag im Kellergeschoss. Ein junger Pfleger führte mich hin und machte ein ernstes Gesicht, als er die Tür öffnete.

Das Erste, was ich spürte, war die Kälte, die in dem Raum herrschte. Keine Uhr. Kein Fenster. Kein Geräusch. Ein Blumengesteck vor der Wand. Kiefernzweige, Nelken, weiß. Das Bett in der Mitte. Jing Jing in dem Bett, das viel zu groß war. Daneben auf einem Stuhl eine hochgewachsene Frau in schwarzem Kostüm. Jemand schloss die Tür hinter mir.

Die Frau erhob sich. Ihre Augen waren so stahlgrau wie ihr Haar. „Angelika Winter?"

Winter. Ja.

„Ich warte draußen auf Sie."

Jetzt war ich allein. Mit Jing Jing, tot. So viel stiller noch als ich sie kannte. Aber mir war, als sei noch ein Hauch von ihr da, nicht in dem Bett, sondern eine Schwingung in der Luft.

Ich setzte mich auf den Stuhl, auf dem die Frau gesessen hatte. Er war noch warm und ich dachte an Jing Jings Haut unter meinen Händen. Doch jetzt wagte ich nicht, den Finger auszustrecken und ihre Wange zu berühren. Die Wange mit dem Muttermal. Wie Nina.

Und auf einmal war ich wieder in der Halle. In Los Angeles. Ich sah wieder Jing Jing, die junge Jing Jing, die Turnerin, mit Blut am Bein. Fing ihren Blick auf, sah darin unendliche Tage in Hallen, die sich zu Jahren summierten, zu einer verlorenen Kindheit auftürmten.

Und ich fühle, dass wir Freundinnen sein könnten. Und ich fühle, dass sie meine Hand fasst. Lacht. Ein vorsichtiges Lachen, ein Lächeln eher. Und auch Mona kommt dazu. Wirft den Kopf in den Nacken, ihre Haare flattern durch die Luft, und auch sie lacht, anders als Jing Jing, laut und hell, und ich fühle mich leicht, so leicht, dass ich dieses Mal wirklich fliegen kann, dass die Schwerkraft mich nicht auf die Matte zieht, nein, ich fliege weiter, nach oben, und nehme Jing Jing und Mona mit, wir fassen uns an den Händen, immer höher steigen wir, die Zuschauer heben die Köpfe, sie schauen uns hinterher, sie staunen und jubeln und stehen auf, stellen sich auf die Bänke, strecken ihre Hände in die Höhe, wollen mit, aber wir sind schon weit oben, die Decke öffnet sich und wir schweben hinaus, nur noch Himmel, friedlich ist es und wunderbar still und die Luft ist frisch und wir sehen uns an und lachen und hören nicht mehr auf, weil da unten alles so klein ist: die Geräte, die Trainer, selbst die Olympiahalle ist winzig von hier oben, und daneben liegt das Meer mit seinen Wellen und Schaumkronen, so unendlich viel größer und mächtiger und schöner.

Ich saß da und atmete schwer.

Vor der Wand das Gesteck. Kiefern, Nelken.

Weiß.

Das Bett vor mir, der Körper unter dem Laken.

„Ich habe sie wieder, Jing Jing", flüsterte ich, „die dreißig Sekunden. Ich weiß, was war. Nach all den Jahren. Hast du es mir gesagt?" Ich schloss die Augen, und sie stand wieder vor mir, die junge Jing Jing. „Wir waren Kinder, Jing Jing. Wir waren noch Kinder." Und ihr Gesicht veränderte sich, wurde jünger, noch jünger, ihr Lachen offen und frei und ziellos. Und es verwandelte sich weiter, unmerklich fast: Das Kinn wurde schmaler, die Nasenflügel veränderten ihre Form, die Augen gingen etwas auseinander, die Brauen verbreiterten sich an den Ansätzen. Die Mundwinkel sanken herunter, das Lachen erstarb. Lian.

Meine Gedanken begannen sich zu sortieren.

Lian.

Ich stand auf. Der junge Pfleger erschrak, als die Tür aufflog. Ich rannte zum Treppenhaus, nach oben, aus dem Gebäude. Draußen atmete ich durch. Einen Moment noch. Einen Moment wollte ich noch dastehen und das Gesicht in den Regen halten und in den Himmel. Denselben Himmel, der über Los Angeles lag und über Xiantao.

Als ich den Kopf wieder senkte, stand die stahlgraue Frau da, zwei Meter entfernt, unter einem aufgespannten Schirm, eine Zigarette in der Hand.

„Katharina Li-Schumann." Ihre Stimme war tief. „Eine Bekannte von Wang Jing Jing. Man hat mich heute Nacht verständigt. Ich bin aus Frankfurt hergekommen."

„Lian! Was ist mit Lian?"

„Dem Kind?"

„Ja."

„Das ist noch in der Schule."

„Niemand hat ihr Bescheid gesagt?"

Sie sah mich an. „Das Kind kennt mich nicht. Und sonst, wenn ich die Situation richtig überblicke, ist niemand da außer Ihnen."

Vor dem Stahlzaun auf dem leeren Schulhof sammelten sich die ersten herabfallenden Blätter. Ich stand am Tor zu diesem Platz, der für Kinder gedacht war, auf dem aber keine waren, und fühlte mich trostlos. In dem Moment schrillte die Pausenglocke, und Sekunden später flossen Mädchen und Jungen aus dem Gebäude, als stünde es unter Überdruck. Die hellen Stimmen fluteten mein Hirn und ich musste aufpassen, durfte Lian nicht verpassen. So viele Köpfe! Ich musste sie abfangen, auf keinen Fall durfte sie allein zur Klinik fahren, in den zwölften Stock gehen, in Zimmer neunzehn. Links und rechts von mir rannten Schüler vorbei, einer rempelte mich an, so dass ich fast das Gleichgewicht verlor, rief „Tschuldigung!" und war schon wieder weg. Dann sah ich sie. Sie kam in meine Richtung, die Schultasche auf dem Rücken, den Blick auf den Boden gesenkt. Meine Knie wurden weich. Bis hierher hatte ich gedacht. Nicht weiter.

Jetzt hatte sie mich gesehen. Ihr Gesicht hellte sich auf, dann wurde sie langsamer, blieb stehen. Ihre Mundwinkel sackten nach unten. Zehn Meter lagen zwischen uns. Was sollte ich sagen? Und wie? Welche Worte konnte ich wählen, ohne sie für immer zu verletzen? Auf dem Schulhof waren kaum noch andere Kinder. Eine Lehrerin kam aus der Schule, bemerkte Lian, dann mich, ging auf Lian zu. Lians Lider begannen zu zucken, auf, zu, auf, zu, immer wieder. Ich breitete die Arme aus, und Lian kam auf mich zu, Schritt für Schritt. Zwei Meter vor mir blieb sie stehen. Ihre Augen flirrten, die Lippen zitterten, ihr Gesicht löste sich auf, aber dann war ich bei ihr, schlang meine Arme um sie, um ihren starren Körper, drückte mein Gesicht in ihr Haar. Ich wusste, dass ich es aussprechen musste, und jetzt kamen die Worte wie von selbst: „Sie ist im Himmel, Lian“, und ich spürte unter meinen Händen die Rippen des Mädchens, die sich hoben und senkten, immer schneller, und dann, endlich, schrie Lian.

Katharina Li-Schumann saß in meiner Küche, in derselben kerzengeraden Haltung, mit der sie an Jing Jings Totenbett gesessen hatte. Zwischen ihren Fingern klemmte eine filterlose Zigarette. Auf dem Tisch lag eine zerknautschte Zigarettenschachtel, eine Marke, die ich noch nie gesehen hatte. „Ich hoffe, Sie haben nichts dagegen“, sagte sie. Rauch hing in der Luft, trotz des gekippten Fensters, und ich wunderte mich darüber, wie egal es mir war.

„Sie schläft“, sagte ich und stellte ihr eine Untertasse für die Asche hin.

„Armes Ding.“ Sie hob ihre Handtasche vom Boden auf, eine steife Tasche aus schwarzem Leder, und zog eine etikettenlose Flasche mit einer klaren Flüssigkeit hervor. „Ein Schluck wird uns gut tun.“

„Schnapsgläser habe ich nicht", sagte ich und stellte Gläser auf den Tisch. Sie zog spöttisch die Brauen hoch und goss zwei Fingerbreit in jedes Glas. Der Schnaps brannte sich durch meine Kehle bis in den Magen. Ich rückte den Stuhl ein Stück weg und setzte mich.

„Nennen Sie mich bitte Katharina." Die Frau drückte die bis auf ihre Finger heruntergebrannte Zigarette aus. „Ich habe die Briefe an Sie übersetzt."

Die Briefe. So lang schien es her zu sein, dass Herr Xu mit einem Brief in der Hand in meine Halle gekommen war. Wie sehr hatten mich diese Schreiben aufgeregt! Jetzt fragte ich mich, woher ich überhaupt die Energie genommen hatte, mich aufzuregen.

„Jing Jing hat Sie bewundert, wissen Sie das?"

Müde lachte ich auf.

Katharina stand auf, blieb vor dem Fenster stehen und blickte hinaus. „Dass Sie lachen, zeigt mir, dass Sie nicht wissen, was das bedeutet. Als ich damals, 1984, in China war, wegen meines Mannes, war Wang Jing Jing ein Star. Sie hatte Gold für China geholt."

Sie drehte sich um. „Sie müssen sich vorstellen, was es für das Land bedeutete. Der ‚große Sprung nach vorn', der in Wirklichkeit das große Hungern gewesen war, die Kulturrevolution: Diese dunklen Zeiten schienen endlich vorbei, das Land begann sich zu öffnen, die Leute spürten einen Hauch von Freiheit. Und da gewinnt dieses Mädchen eine Goldmedaille, und zwar in den Vereinigten Staaten von Amerika, dem langjährigen Staatsfeind." Sie setzte sich wieder hin. „So ein junges Ding! Aber sie war eine Nationalheldin."

Katharinas tiefe Stimme glitt durch meine Ohren. Nur ein Teil ihrer Worte erreichte mich, denn ich sah die ganze Zeit

Lian vor mir, wie sie in meinem Bett lag, unter meiner Decke, die ich über sie gezogen hatte, wie ihre Lider selbst im Schlaf noch zuckten.

„Zehn Jahre später lernte ich Jing Jing kennen", fuhr Katharina fort. „Ihr Mann war Unternehmer, wie meiner. Wir verkehrten in hohen Kreisen. Hierarchien sind wichtig in China, müssen Sie wissen. Wenn ich ehrlich bin, mochte ich sie nicht. Ihr Ruhm war ihr zu Kopf gestiegen. Ich hielt sie für arrogant. Und sie war eine Kontrollfanatikerin. Über alles und alle wollte sie die Kontrolle haben. Gleichzeitig schien sie mir komplett abhängig von ihrem Mann zu sein, der sie wiederum vergötterte. Eine symbiotische Beziehung. Ich muss Ihnen sagen, dass ich nicht gerade begeistert war, als sich Jing Jing vor einem Jahr bei mir meldete und ankündigte, dass sie nach Deutschland kommen würde. Und natürlich rief sie nicht aus alter Freundschaft an. Sie bat mich, ihr zu helfen. Sie wollte Sie finden. Was heißt ‚bat'! Sie forderte es."

Ich sah auf. „Und Sie? Haben das einfach gemacht? Ohne Fragen zu stellen?"

„Ich war bestürzt, als ich hörte, dass Jing Jings Mann bei einem Autounfall ums Leben gekommen war. Ich wurde sentimental, erinnerte mich an alte Zeiten, fühlte mich irgendwie verpflichtet. Das konnte Jing Jing sehr gut: Menschen so beeinflussen, dass sie das Gefühl hatten, sich um sie kümmern zu müssen. Obwohl ich, das sollte ich vielleicht dazu sagen, zu dem Zeitpunkt weder wusste, dass sie krank war, noch, dass sie eine Tochter hatte. Wie ich schon sagte: Sie wollte alles unter Kontrolle haben und dafür hatte sie sehr ausgeklügelte Strategien entwickelt." Katharina zog mit einer Hand eine Zigarette aus der verknautschten Packung. „Ich machte Sie ausfindig."

„Wie haben Sie mich gefunden?"

„Ich habe recherchiert, dass Sie damals in Kassel wohnten. Eine Angelika Winter habe ich nicht im Telefonbuch gefunden, wohl aber andere mit dem Nachnamen. Die habe ich durchtelefoniert. Bei einer gewissen Regina Winter hatte ich Erfolg."

Ich hielt die Luft an. „Sie haben meine Mutter angerufen?"

Katharina warf mir einen schrägen Blick zu. „Allerdings. Sie scheint mir recht anders zu sein als Sie. Ihr halbes Leben hat sie mir erzählt! Wie auch immer. Sie hat von Ihrer Akrobatikschule berichtet, und ich dachte...

„Sie hat von meiner Schule erzählt?"

„Ja! Sicher."

„Was hat sie gesagt?"

„Ach Gott, was Mütter so sagen. Wie stolz sie auf Sie ist und dergleichen."

„Stolz? Meine Mutter? Auf mich?" Das konnte nicht sein. Bestimmt hatte diese furchtbare Person das nur erfunden. Um mich milde zu stimmen, mich auf ihre Seite zu ziehen!

Katharina zog die Brauen hoch. „Am besten besprechen Sie das mit ihr selbst. Ich jedenfalls hatte die Adresse Ihrer Schule und dachte, dass das sicher die Adresse sei, die Jing Jing interessierte." Sie steckte die Zigarette an und blies den Rauch in Richtung Fenster, während ich um meine Fassung kämpfte. Darum, nicht zu glauben, was sie eben gesagt hatte, denn nur von oben kann man tief fallen. Mutter. Stolz, auf mich.

„Jing Jing zog nach Kassel, sobald sie in Deutschland war", fuhr Katharina fort, und Lian zuliebe zwang ich mich, mich wieder auf das zu konzentrieren, was sie zu sagen hatte. „Wir korrespondierten ausschließlich per E-Mail, und ich war froh, dass sie nicht mit mir telefonieren oder mich womöglich besuchen wollte. Natürlich ahnte ich nichts von ihrer Krankheit. Nun ist mir klar, warum sie sich nie persönlich gemeldet hat.

Wie auch immer: Sie bat mich um verschiedene Übersetzungen."

„Um Übersetzungen von Briefen, die sie im Namen ihres Mannes schrieb! Sie wussten doch, dass er tot ist!" Meine Stimme drohte zu kippen, ich musste mich zusammenreißen.

„Sie zahlte gut, ich konnte das Geld gebrauchen, also erledigte ich die Arbeiten, ohne Fragen zu stellen. Genau wie Sie, nicht wahr?"

„Was soll das heißen?"

„Ich übersetzte ja nur. Eine Dienstleistung. So wie Sie nur trainierten."

„Sie hätten Kontakt zu mir aufnehmen können!"

Spöttisch sah sie mich an. „Um ehrlich zu sein, habe ich nicht eine Sekunde daran gedacht."

Ich versuchte ihrem Blick standzuhalten, auch wenn ich ihre zynische Art kaum noch ertragen konnte. „Wie haben Sie von ihrer Krankheit erfahren?"

Sie nahm einen tiefen Zug aus ihrer Zigarette. „Gar nicht. Von ihrem Tod habe ich erfahren: letzte Nacht." Der Rauch quoll zusammen mit den Worten aus ihrem Mund. „Jing Jing hatte mich als Kontaktperson angegeben für den Fall, dass sie stirbt. Die arme Frau vom Krankenhaus, die mich anrief – sie musste mir ziemlich viel erklären, bevor ich verstand, wovon sie überhaupt sprach. Als mir die Dimensionen klar wurden, vor allem, als ich von dem Kind erfuhr, habe ich tatsächlich kurz überlegt, einfach aufzulegen. Haben Sie Kinder?"

Ich stand auf, hielt die Nähe dieser Frau nicht mehr aus.

„Ich auch nicht", sagte sie. „Und ich habe nie welche haben wollen. Aber ich fuhr schließlich doch los. Man muss die Dinge zu einem Ende bringen, nicht wahr? Sonst hadert man ewig damit und macht sich unnötig Gedanken."

Ich ging zum Fenster und öffnete es ganz. Kalte Luft schlug mir entgegen.

„Um halb sechs war ich in der Klinik", fuhr Katharina fort. „Da lag sie schon in der Pathologie. Ich habe dann dafür gesorgt, dass sie in diesen Raum gebracht wird. Du meine Güte, es war ja wirklich nicht viel von ihr übriggeblieben! Und dann habe ich bei ihr gesessen und die Sachen durchgesehen, die in ihrem Nachttisch gelegen hatten. Unter anderem war darin ihr Testament…", wieder hob sie ihre Tasche vom Boden auf, öffnete den altmodischen Verschluss und zog ein Kuvert heraus, „… und dieser Brief." Sie hielt ihn mir entgegen. Porzellanfarben. „Er ist an Sie gerichtet", sagte sie.

Ich nahm den Brief nicht. Sie hob wieder die Brauen und legte ihn auf den Tisch. „Sie könnten ihn ohnehin nicht entziffern. Aber es wird Sie interessieren, was drin steht." Sie schenkte Schnaps nach. „Jing Jing schreibt, dass Sie nicht nur die beste, sondern auch die mutigste Turnerin sind, die sie je getroffen hat." Sie hob ihr Glas und forderte mich mit einer Kopfbewegung auf, ebenfalls zu trinken, als müssten wir auf das anstoßen, was sie gerade gesagt hatte. Ich rührte mich nicht. „Um ehrlich zu sein, glaube ich, dass sie deshalb mit ihrer Tochter nach Deutschland gekommen ist. Um Sie aufzusuchen. Wie gesagt, sie wollte alles kontrollieren, bis zum Schluss. Auch Sie. Sie waren Teil des großen Plans, den sie offensichtlich entworfen hat, als sie krank wurde und wusste, dass sie nur noch ein paar Jahre zu leben hat. Ein wichtiger Teil."

„Das ist absurd", flüsterte ich.

„Allerdings. Was Jing Jing außerdem schreibt, ist, dass Sie Ihnen etwas geben möchte, dass ohnehin Ihnen gehöre. Und sie bedankt sich bei Ihnen. Mit für ihre Verhältnisse übrigens recht pathetischen Worten." Sie sah mich an, als prüfe sie, in welcher

Verfassung ich war. Dann nahm sie wieder ihre Handtasche auf den Schoß, griff hinein und drückte mir einen mehrfach zusammengefalteten Plastikbeutel in die Hand. Er war klein und überraschend schwer, und faltete sich fast von selbst auseinander in meinen Fingern. An den Faltkanten war der Kunststoff weiß und brüchig geworden. Alterndes Material. Aber das, was in der Tüte war, nochmals eingewickelt in Papier, war blank und golden wie vor vierundzwanzig Jahren.

„Sie gehört Ihnen", sagte Katharina. „Wenn Sie sie in China verhökern wollen, helfe ich Ihnen. Da gibt es viele Neureiche."

Ich zog die Medaille aus dem Beutel und hielt sie zwischen meinen Fingern, betastete die Gravuren. Auf der Vorderseite die Schrift, XXIII OLYMPIAD Los Angeles 1984, und die Frau mit dem Lorbeerkranz. Auf der Rückseite ein Mann im Lendenschurz, getragen, hochgehoben von anderen Männern. Goldglänzende Muskeln.

„Die einzig wichtige Frage", sagte ich langsam und legte die Medaille auf den Tisch, „ist doch, was mit Lian geschehen soll. Ich hoffe, dass Jing Jing Ihnen auch dazu einen Brief geschrieben hat."

Katharina hustete – der teerige Husten einer langjährigen Raucherin. „In der Tat, auch zu dem Kind steht etwas in dem Brief an Sie." Sie tippte auf den Umschlag auf dem Tisch und fixierte mich. „Sie will, dass Sie sich um Lian kümmern." Sie kniff die Augen zusammen. „Ich habe es zunächst nicht verstanden. Aber dann sah ich sie vor mir: alles ins Kalkül ziehend, bis sie die Entscheidung traf. Nur die Beste sollte sich um ihr Kind kümmern. Und es trainieren. Sie traute Ihnen mehr zu als den engstirnigen Trainern einer chinesischen Talentschule, unter denen sie selbst lange Jahre gelitten hat. Ich sage ja, dass sie Sie bewundert ... hat."

„Ich glaube Ihnen kein Wort!" Ich stand so abrupt auf, dass mein Stuhl nach hinten kippte. „Man vertraut niemandem sein Kind an, nur weil man ihn bewundert!"

„Sie sind doch die Sportlerin, die damals nicht über diesen Lederbock gesprungen ist, nicht wahr? Ich kann mich gut daran erinnern. Wie Sie dagestanden haben mit Ihrem jungen Gesicht und in sich hineingelächelt haben. Ich habe mich köstlich amüsiert. So ein renitentes junges Ding, habe ich gedacht, Respekt! Und, wissen Sie, ich glaube, genau diese Renitenz hat Ihnen auch bei Jing Jing Respekt verschafft. Das hätte sie natürlich niemals zugegeben. Es verstieß gegen alle Grundsätze, die sie jemals gelernt hatte."

„Wie meinen Sie das?"

„Die Welt in Chinas Turninternaten war sehr eng. Sie ist es bis heute. Zu tun, was man will und nicht das, was man soll", zum ersten Mal lächelte Katharina und sah fast freundlich aus, „das war für Jing Jing unvorstellbar, damals."

„Was man will! Als ob ich jemals getan hätte, was ich …"

Ich brach ab. Dachte an die halbe Minute, die sich vorhin, an Jing Jings Totenbett, wieder in meine Erinnerungen gefügt hatte.

„Sie sind jedenfalls nicht gesprungen, als Sie es sollten, richtig?", sagte Katharina.

Geflogen war ich. Und Jing Jing war bei mir gewesen. Als Freundin.

„Vielleicht fand Jing Jing deshalb, Sie seien die Richtige für ihr Kind." Katharina packte die Zigaretten in ihre Tasche. „Wie auch immer, ich fahre jetzt in mein Hotel. Ansonsten sehen wir uns morgen? Es gibt viel zu organisieren. Die Einäscherung, die Überführung. Mich darum zu kümmern, diese Rolle hat Jing Jing für mich vorgesehen." Sie deutete auf die Flasche. „Die lasse ich Ihnen hier."

Ich hörte die Wohnungstür schlagen. „Halt! Warten Sie!"

Sie stand auf dem Treppenabsatz, die Handtasche an ihren Arm gehängt, und sah zu mir hoch.

„Lian", sagte ich. „Was ist mit Lian? Wer fragt sie, was sie will?"

Als ich aufwachte, war es draußen noch dunkel, und zum ersten Mal in diesem Herbst fiel mir auf, wie kurz die Tage schon geworden waren. Lian neben mir schlief noch, zusammengerollt und mit offenem Mund. Leise stand ich auf, ging aus dem Schlafzimmer, schloss die Tür hinter mir. Im Bad sah ich in den Spiegel, als würde ich dort eine Lösung finden. Mir wurde kalt. Ich trug nur mein Nachthemd, meine Sachen lagen noch im Schlafzimmer, und ich wollte Lian nicht wecken, denn Schlaf war jetzt das Beste, was ihr passieren konnte. Im Flur lag noch die Patchworkdecke, die ich in den Keller hatte bringen wollen. Dieses Ungetüm aus gehäkelten und gestrickten Quadraten, von Mutter vor einem halben Leben aneinandergenäht, mit grobem Faden und dicker Nadel. Ich senkte das Gesicht in die räudige Wolle, rieb meine Haut in den Stoff, hoffte auf den Geruch von Mutter. Doch er hatte sich verloren in all den Jahren, und auf einmal wusste ich, dass ich sie aufsuchen und mich vergewissern musste, dass sie noch da war. So unvollkommen, kindisch und maßlos in allem, in ihrer Gier nach Leben und in ihrer Traurigkeit: Sie war meine Mutter, da und warm. Und die einzige, die ich fragen konnte, wer mein Vater war. Fröstelnd hängte ich mir die Decke um die Schultern.

In der Küche begann ich Brote zu schmieren. Dick strich ich Butter auf die Scheiben, belegte sie mit Käse und Gelbwurst, schnitt Äpfel und Bananen in Stücke, schnitt und strich und verarbeitete alles, was ich am Tag zuvor gekauft hatte, bis es in Plastikdosen verpackt auf dem Tisch lag.

Lian stand in der Tür. „Guten Morgen", sagte ich, auch wenn jegliches Bemühen um Normalität ohnehin vergebens war. Sie kam auf mich zu. Ihre Füße tapsten auf den Dielen, und auf einmal wusste ich, dass es die Erinnerung an dieses Geräusch sein würde, an das Tapsen der nackten Füße auf dem Holz, das mich am meisten schmerzen würde. Und dann war sie bei mir, schlang ihre Arme um mich, drückte ihren Körper an meinen, anders als gestern auf dem Schulhof. Sie presste sich an mich mit all ihrer Kraft, ich fühlte ihren Herzschlag und ihr Haar unter meinem Kinn und die Feuchte ihrer verweinten Nacht und wusste, dass es richtig war, heute einen Ausflug zu machen, raus aus der Wohnung, weg von Schule und Krankenhaus und Verabschiedungsraum, weg von der Turnhalle, weg von der stahlgrauen Katharina.

Zum Dörnberg würden wir fahren, der sich aus den Wäldern als satte grüne Fläche erhob. Zur Wichtelkirche hinauf wandern und über den Gnom lachen, der dachte, er könne das Mädchen täuschen und ihr vormachen, er sei ein Prinz.

Auf die Helfensteine würden wir klettern, den höchsten Punkt, Horizonte rundum. Die Patchworkdecke auf dem zerklüfteten Felsen ausbreiten, eine bunte Berg- und Tal-Landschaft schaffen, und jede von uns würde sich einen Gipfel aussuchen, einen roten oder blauen oder gelben, und sich hinsetzen und ihr Brot essen.

Meine Augen würden sich auf die Stadt vor uns senken. Meine Stadt, in der Mutter lebte und Johannes und meine Halle, mit dem Stufenbarren, den Matten, dem Schwebebalken und dem ledernen Sprungpferd. Ich musste auf sie aufpassen, denn das Dach – es wurde ja bald Winter.

Lians Blick aber würde suchen. Und ihre Sehnsucht würde meinem Finger folgen, Südost, weit über Kassel hinweg, über Polen und die Ukraine und Kasachstan, über Städte und Wälder und Berge und Steppen bis nach Xiantao, wo Herr Xu auf einem klapprigen Stuhl saß und auf sie wartete.

Doch vor dem Abend nähme ich ihre Hand, und wir würden hinuntergehen auf die Wiese. Und dort würden wir Räder schlagen, eins nach dem anderen. Und jedes Mal für einen kurzen Augenblick die Erde zum Himmel machen.

ENDE

Nachwort

Während der Recherchen für diese Geschichte bin ich – zumindest mit einem Bein – nach Kassel gezogen, eine Stadt, von der ich bis dahin nur den Bahnhof Wilhelmshöhe kannte. Bei der ersten Begegnung im Herbst empfing uns die Stadt mit düsteren Wolken, Regen und zerrissenen gelben Säcken, deren Inhalt sich über die Straße verteilte. Doch dann kam der Sommer 2012, der zweite Blick, und ich habe Kassel lieben gelernt. Noch einmal ein halbes Jahr hat es allerdings gedauert, bis ich auf die Idee kam, dass Angelika und ihre alte Turnhalle viel besser in das sich neu definierende Kassel als nach Frankfurt passen, wo ich die Geschichte ursprünglich ansiedeln wollte.

Wie wunderbar sich dann vieles in die Geschichte fügte: die Sage über die Wichtelkirche etwa oder der Herkules auf seinem brüchigem Fundament. Ein paar dichterische Freiheiten habe ich mir erlaubt. So ist beispielsweise die Halle in Sensenstein erst seit 1992 Turn-Leistungszentrum geworden. Auch den TV Großenritte habe ich erfunden, da ich keinem der existierenden Sportvereine, die gute und wertvolle Arbeit leisten, eine Margot andichten wollte.

Danksagung

Viele Menschen haben zur Entstehung und Verwirklichung dieses Romans beigetragen.

Ich danke:

· Yvonne Haug – die mir in mehreren intensiven Gesprächen Einblicke in ihre erfolgreiche, aber auch schwierige Zeit als deutsche Spitzenturnerin gewährt hat
· Maren Borger-Lautz – die nicht nur ihren Turnschülerinnen, sondern auch vielen anderen Menschen hilft, herauszufinden, was wichtig und richtig ist: fürs Testlesen, für ihre turntechnischen Hinweise und nicht zuletzt für das jahrelange Ausleihen ihrer Trainings-Fachbücher
· Brigitte Morgenroth – für die guten Gespräche und die Inspiration
· Annette Wieners – vor allem für ihre klugen und wichtigen Hinweise zur rechten Zeit
· Bettina Wüst-Schlager – für ihre Hilfe
· Christian, Jens, Heike, Marita, Ralf und Sybille – fürs Testlesen und ihre ehrlichen Rückmeldungen
· den Olympionikinnen Brigitta Sandow und Anke Feller – für ihre Bereitschaft, meine Fragen zu beantworten
· Stephan Schlitzberger – für seine kleine Einführung ins Klettern am Scharfenstein
· den Mitgliedern der Darmstädter Textwerkstatt – für die wertschätzende Begleitung des Projekts
· Jens, Mareike und Sarah – für ihre Geduld mit mir, wenn ich mal wieder mehr in meiner Geschichte stecke als im echten Leben
· Dr. René Heinen sowie dem gesamten Team des Societäts-Verlags

Die Autorin

Maria Knissel, geboren 1964, lebt in Kassel und Reinheim. Studium in Berlin, Auslandsaufenthalte in Kalifornien, Indien und Nordnorwegen. 2007 erschien ihr Debüt „Der Klarinettist“, 2012 folgte der erfolgreiche Roman „Drei Worte auf einmal“. Maria Knissel ist Mitglied der Darmstädter Textwerkstatt, im Verband deutscher Schriftsteller und in der Literaturgesellschaft Hessen. Die Arbeit an dem Roman „Spring!“ förderte das Hessische Ministerium für Wissenschaft und Kunst mit einem Stipendium.